I0734833

CONCIERTO
Para Delinquir

CONCIERTO
Para Delinquir

ARMANDO CAICEDO

Unica Obra con Mención de Honor
I Premio Internacional de Novela Kipus

Palabra Libre

A mi nietas, Kali y Mina
A mis hijos, Andrés y Ana María.

A mi esposa Catalina.

A mis compañeros, Naúl Ojeda y José María Valle por inspirar estas líneas y por confiarme sus nombres, la magia de sus historias, sus ángeles y sus demonios.

LA MEMORIA

Lo que aconteció ese domingo 7 de julio en Puerto Galeón estremece a los pocos que aún padecen del mal de la buena memoria.

¿Cómo pueden desaparecer en una sola noche, de manera selectiva, los veintiún «filósofos» más apreciados del puerto?

Para rememorar el primer aniversario del paso del huracán, los historiadores oficiales y la prensa tradicional hicieron ligera mención sobre las veintiún víctimas. A renglón seguido, abrieron el cofre marcado «*amnesia*» y depositaron –bajo siete llaves– esos recuerdos incómodos.

La gente de a pie reconstruyó –sobre tantos hechos confusos y contradictorios– pintorescas leyendas urbanas que se fueron esfumando de la memoria colectiva cuando el tiempo entró a rematar la faena de la indiferencia.

Lo cierto es que la potencia destructora de la naturaleza y la violencia de los hombres se confabularon para arrasar a Puerto Galeón, y la verdad quedó sepultada bajo los escombros.

Este informe no trata de reescribir la historia oficial, sino de recuperar la memoria.

Con vocación de antropólogos forenses completamos ya treinta años examinando cada pista, uniendo cada eslabón, examinando cada trozo de evidencia para colocarlo en el sitio, hora, modo, circunstancia y lugar que le corresponde.

La tarea de unir las piezas ya identificadas e imaginar los trozos del rompecabezas que desaparecieron entre el caos de la revuelta y el paso del huracán no ha sido empresa fácil, porque el tiempo se encarga de borrar todo, en especial las cicatrices del miedo.

La tarea de reconstruir esta historia nos llevó por seis de los cinco continentes, para olfatear las huellas que el artista uruguayo fue dejando a su paso por más de treinta y tres países, mal contados. Pero su pista se perdió del todo aquella madrugada, cuando abandonó a Puerto Galeón sin más equipaje que su propia vida.

Por esa razón, si algún lector trabaja como caza–recompensas o si ya jubilado puede demostrar tal idoneidad y experiencia… ¡Bienvenido! Incluso estamos dispuestos a graduar mediante un curso acelerado –por el método de inmersión total– a curiosos y aficionados que deseen ingresar al fascinante mundo de los investigadores privados. De paso, instamos a aquellos detectives y agentes de inteligencia extranjeros que deseen seguirle la pista a este caso, que se sumen al equipo. Es fácil. Deben enviar una simple postal indicando la clave para contactarlos, más la declaración juramentada donde se puntualiza si operan con *«licencia para matar»*, o sin ella.

Confiamos en esclarecer los hechos que sucedieron en Puerto Galeón, desde aquella tarde cuando el mítico cuentero desembarcó en el Muelle de Gaviotas y se fundió en un fraterno abrazo con Naúl, hasta la madrugada cuando a este par de apátridas –a quienes nunca se les conocieron deudos, herederos ni dolientes– se los llevó el huracán.

Gracias a Dios no estamos solos. El Honorable Congreso de la República, en su graciosa sabiduría, ordenó «alinear del lado de esta investigación, a la decencia, a la moral y a la Tesorería General de la Nación». Para materializar el espíritu de esta Ley, se dispuso que «el Ministerio de Hacienda mantenga disponible en el rubro de *"partidas secretas"*, una jugosa suma en metálico, a disposición de los investigadores, para pagar las recompensas que estimularán la colaboración de informantes y soplones».

Así que ánimo. En la siguientes páginas yacen las claves que te permitirán –si estás de suerte– acceder a la recompensa prometida.

SE BUSCA

Nombre: *Naúl Ojeda*

Nacionalidad: *Uruguayo*

Estatus criminal: *Fugitivo internacional.*

Profesión: *Artista plástico.*

Color: *Tez blanca, tostada por el sol.*

Altura: *1.72 mts.*

Peso: *70 kilos.*

Cabello: *Entrecano y abundante. (El cabello se lo recoge en una cola de caballo atada con una cinta tricolor).*

Nariz: *Protuberante, soportada por un bigote colosal.*

Manos: *Anchas y dedos enormes.*

Edad: *48 años (aprox.) Sin bigote podría lucir más joven.*

¡CARGOS!

No se presentó al juicio que se le sigue en Puerto Galeón por once cargos criminales, entre los más graves: agitador, anarquista, libertario, ácrata y librepensador.

Está por esclarecerse su autoría intelectual en la muerte de uno de sus cómplices, y en la desaparición de otros veinte.

¡PISTAS!

Podría encontrarse en tránsito hacia las islas de Martinica o Cuba.

Subsiste con la venta de grabados, aguafuertes y pequeñas esculturas, de su autoría.

Adelanta actividades sediciosas y de proselitismo, armado con un ejemplar de «El Estado y la Anarquía» de Bakunin.

¡PRECAUCION!

Fugitivo de alta peligrosidad.

No intente capturarlo usted mismo.

Tiene antecedentes de haberle disparado a otro hombre.

Dé aviso inmediato a las autoridades nacionales del país donde sea localizado.

¡VIVO O MUERTO!

Se ofrece jugosa gratificación por su captura.

Preferiblemente vivo.

(Dependiendo del estado en que se entregue, se acepta –incluso– medio vivo)

La Noche del Cataclismo...

Desde hacía cinco días, la gente se sentía aturdida. Era como si el cerebro –cocinado en olla a presión y a fuego lento– se estuviese derritiendo allá por dentro.

El martes hacia el mediodía, las bajas presiones de la atmósfera se enloquecieron y la humedad trepó la sensación térmica hasta las cotas de la asfixia. Entonces el ambiente se cargó de esa extraña tensión eléctrica, con olor a ozono, que es anuncio de tormenta.

El domingo en la tarde, la vorágine de nubarrones negros que se formó allá en lo profundo de la ciénaga ocultó la zambullida del sol entre este mar que –a la hora del crepúsculo– suele exhibir lujurioso todas las tonalidades iracundas de los naranjas y los rojos, sobre un cielo sin límite, que cada tarde reinventa la escala de los grises.

Serían la seis cuando la luna intentó asomarse repetidas veces –tímida y temblorosa– hasta que al filo de las siete, acobardada por la colosal masa de nubes que empezó a embestir con potencia de huracán, debió cederle el escenario a una oscuridad de espanto.

Por el rugido de este océano encrespado, hasta el más neófito en las artes de la marinería podía adivinar, mar de leva, olas de cinco metros y corriente de resaca. La tempestad llegó furiosa –con derroche de retumbos y relampagueos– y arrasó con un paisaje de tinieblas negras que sólo se adivinaba de oído. Dejó como testigos de su frenético paso una estela de cadáveres de cosas, los arroyos desbordados, centenares de casas desentejadas, corpulentos árboles humillados, postes de electricidad derribados, avisos desparramados por doquier, un miedo atávico atorado en el esternón y la sensación agónica de la impotencia. El horizonte se adivinaba por segundos gracias a los destellos de decenas de relámpagos que como furiosos latigazos rasgaban el telón de fondo de una oscuridad dantesca. El suelo trepidaba aquejado de espasmos y la mar rugía con el anuncio del cataclismo universal.

A la medianoche, todos rezaban. Los más fervientes eran los ateos, que con jaculatorias en los labios juraron ser testigos del arribo del Apocalipsis.

De pronto, como a las cuatro de la madrugada, un cielo extraño, limpio, constelado de estrellas, se asomó por entre el ojo del huracán y las bandas de viento que giraban enloquecidas se trastearon al torrencial diluvio mar adentro, no al pegajoso bochorno que decidió permanecer terco en la orilla. Gracias a esa súbita claridad y a la tregua temporal que se sintió acá en la playa, se pudo apreciar la facha miserable de una docena y media de desesperados ¡Acorralados! Con sus rostros lavados por la lluvia y desfigurados por la incertidumbre. Si algunos tiritaban sin control… con certeza no era de frío… lo más seguro era de pánico.

Pese a que nadie pudo ver el rumbo que siguieron los vientos huracanados, sí fue posible adivinar su curso. El ventarrón continuó furioso por el filo de la costa, hacia el noreste, revolviéndoles las entrañas a las olas, tragándose veleros y tripulaciones, arrasando anónimos caseríos de pescadores, abatiendo los manglares y despelucando los cocoteros.

En ese mismo instante, en la dirección opuesta, los enormes incendios en Puerto Galeón, teñían la oscuridad de oro y grana.

—¡¿Dónde está el cuentero?!

—¡Naúl! ¡Olvídese de su compañero! ¡Huya! ¡Trépese a un bote! ¡Aléjese ya!

—¿Quién se cree usted? ¡Boludo! No me dé órdenes. ¡Me niego a abandonarlo!

—Esos locos están armados con dinamita, fusiles Mauser y rabia en el corazón. Lo buscan a usted y a sus compañeros. Esta noche quien imparte las órdenes es la demencia... ¡No usted!

– No me importa. ¡De aquí no me saca ni el putas!

– ¡Embárquese ya! El peligro es inminente. Mire el reflejo de los incendios criminales, quizás el cuentero no ha podido pasar y espera escondido a que la policía recupere el control del puerto. O, quizás, él ya zarpó desde otra playa.

Los relámpagos iluminaron por instantes los rostros empanicados. Un par de fogonazos descubrieron la facha de Naúl: descalzo, empapado, con sus enormes bigotes de emperador alemán, humillados. Se había cubierto su humanidad –desde la testa hasta los tobillos– con la bandera del Uruguay, y su exótica estampa bien podía confundirse con la de un náufrago, un anacoreta, un místico o, en la más apretada de las similitudes, con un alma en pena.

– ¡Maldito! No existe razón para que usted me ayude.

– ¡Naúl! Tengo una poderosa razón ¡Míreme bien! ¿Se le olvida que usted me perdonó la vida?

– ¡O salimos ahora o no salimos nunca! –se escuchó el berrido ronco de una mujer desde el bote.

– Ahora trépense los que quepan. Este es el último bote. Recen lo que sepan. ¡Huyan!

Naúl posó una rodilla en tierra y los ojos en las estrellas. En seguida inclinó su cuerpo y besó la arena. Apenas se intentó reincorporar, seis mujeres lo izaron a pulso y ¡Cataplum! lo arrojaron como a un pesado bulto al bote.

– ¡Proa al Norte! ¡Hasta nunca!

2

Celebran 30 años del arribo del cuentero...

(Voz del locutor de la emisora «Ondas de Puerto Galeón»)

«Señoras y señores, amables oyentes de ésta su emisora QBYX, «Ondas de Puerto Galeón», ajusten sus relojes. Son las cuatro en punto de un amanecer histórico. Hoy estamos unidos todos, en una inmensa cadena de solidaridad, para rendir homenaje de admiración al último *cuentero*. Gracias por estar a esta hora pegados en nuestra dial. No podía ser menos, mi gente bella, mi gente camelladora, mis valientes de a pie, mis elegantes matronas –la «crème de la crème» de este puerto– doñas que me escuchan a escondidas de sus maridos, y maridos que para vengarse de ellas me escuchan a escondidas de sus mujeres. Les digo también «muchas gracias por escucharme» a esas mozas de tono café con leche, que constituyen en este puerto la «crème –no tan– crème», abnegadas jovencitas en edad de merecer que les sirven a las anteriores de sirvientas. Gracias también a mis mujeres de la vida, que viven requeteorgullosas de portar refundido entre sus antecedentes judiciales un redondo *cero en conducta*. Ayer completé tres meses machacando –día y noche– con la misma cantaleta de vendedor de pomadas, de promotor de específicos, de traficante de ilusiones, de novio feo, de pastor protestante, de vendedor de seguros, tres meses anunciando que hoy era el gran día para rendirle el homenaje justo al poeta, el aplauso sincero al vate, la ovación al declamador, al alquimista que encontró en este puerto la piedra filosofal de los sueños, y que con su ingenio logró transmutar las palabras simples en ilusiones complejas, el que patentó la pócima sagrada para desdoblar el espíritu, el que logró aislar el agua bendita de la poesía y encontró la panacea que nos curó de espantos y nos permitió descubrir el mecanismo de cuerda de la metáfora poética. Alabanza y honra rendimos a ese último *cuentero* que como cometa impredecible pasó por este puerto…

(*Suena música de banda de pueblo*)

Muchos de ustedes mantienen viva las imágenes del arrasador huracán y los de mejor memoria aún tiemblan al recordar la sucesión de los extraños eventos que coincidieron con la visita del *cuentero*. Ese día de julio, hace 30 años, lo debemos celebrar como el punto de inflexión en Puerto Galeón, punto que marca nuestro tránsito de lo cóncavo a lo convexo, en palabras más claras, el día que la historia de este puerto cambió para siempre.

Amigos, en los siguientes minutos estaremos haciendo repaso de todo lo que ocurre en los seis puntos cardinales de este inconmensurable imperio de la radio que se extiende, desde nuestros micrófonos, hasta donde alcanza la potencia de los mil milagrosos vatios que aseguran, que ésta, su emisora «*Ondas de Puerto Galeón*», entre sin anunciarse en sus hogares, se cuele sin invitación en los salones, ingrese sin cita previa a los comercios, entre clandestino a los cuarteles, en pocas palabras, que se paseé, *como Pedro por su casa*, por todos los rincones de este ancho planeta que posee ocho municipios a la redonda.

(*Suena música guajira*)

Buenos días mis bellas matronas de Puerto Galeón, que ya las veo abanicando el fogón para calentar el cafecito y ¡dale duro! ¡dale! machacando los plátanos verdes, protocolo previo al acto de purificación que realizarán con el fuego, para operar el milagro de la transmutación: de pálidas rodajas de plátano azotadas con amor, a deliciosos tostones apropiados del color del oro puro. Aquí, desde este micrófono saludo a los que ya tomaron camino para el establo, para la quebrada, para el sembradío, para el corral, para la escuela… y claro saludo también a las nenas de las casas con farol encarnado, que también tomaron camino… pero para la cama. ¡*El que madruga Dios le ayuda*! Para celebrar este vicio solitario de madrugar, que jamás hemos interrumpido ni cuando nos asolaron los huracanes, el del 41 y el del 47, más los dos ventarrones del 51, ni cuando la tragedia de las inundaciones por el mar de leva, época en que si salvamos un par de calzoncillos fue porque los cargábamos puestos, ni tampoco interrumpimos esta transmisión cuando aquella plaga de la langosta que nos llevó a conocer de cuerpo entero a la miseria, ni durante las tres epidemias de fiebre amarilla y las del dengue, jamás de los jamases hemos dejado de transmitir. Aquí hemos permanecido, bocones y dicharacheros, madrugada tras madrugada, en las buenas y en las malas, sin pausa ni tregua, al lado de la gente emprendedora, de mis paisanos de Puerto Galeón. Ya veo que desfilaron hacia las playas los verdaderos madrugadores, pescadores de ilusiones que a esta hora, en la desembocadura de nuestro río nacional, arrojan su atarraya en dirección al último lucero. Ya se deslizan otros, arrobados de silencio, a punta de canalete, en su intento de traspasar el infinito que se despliega más allá del antepenúltimo horizonte de la Laguna Grande, y familias enteras zarparon ya con sus redes, con las velas desplegadas, mar adentro, para dar gracias al Señor, allá, en medio de la inmensidad, *por el sábalo nuestro de cada día*. Mi saludo a ellos. Ya verán cuando regresen cargados de frutos del río grande y de la mar oceánica, ostras, camarones caracoles y chipichipi. Vendrán repletos de jaibas, de pulpos, de erizos, de almejas, bogavantes, langostas y centollos, para que allá en el camellón del Comercio, sobre la calle San Pedro, acudan los prostáticos, los anémicos, los paliduchos, los impotentes, los que posan de machos, todos a recargar baterías; los que van a una cita de amor, y los que de allá vienen; los estudiantes que tienen un examen de álgebra o de cálculo integral, y los que simplemente padecen de cálculos o tiene un examen de tacto rectal; los que van a trasnochar y los que ya lo hicieron; todos ellos buscando esa panacea de la resurrección, frutos de los siete mares, servidos con, ají, vinagre, cebolla picada y zumo de limón. Señor cura, toque a rebato *el primero para misa de cinco* que se nos hizo tarde ¡Que suenen los bronces! ¡Que repiquen alegres las campanas! Este apoyo celestial se lo agradezco al de *Arriba* por conducto de su representante terrenal, el señor cura Timoleón, acá en la tierra. Saludo también a otros amigos madrugadores, los vaqueros que laboran en los hatos de las haciendas lecheras de la sabana. Desde aquí los imagino, armados de butaca, balde y paciencia, prendidos –desde el amanecer– a las ubres inmensas de esas vacas sabaneras, pacientes y melancólicas, apretándoles con el animado compás militar (del «*one–two–three*») sus tetas generosas. Mi saludo matutino a las que cocinan, a los que estudian, a los que velan y a quienes resguardan las últimas fronteras de la patria, grumetes, soldados y policías, gente mía… saludo a quienes ya tomaron camino para el fondo de la ciénaga, a las pacientes mujeres que esperan a sus maridos, porque, a juzgar por la hamaca vacía, ellos amanecieron calentando catre ajeno. Que sea ésta la oportunidad para saludar a los cornudos, a los infieles, a los chismosos, a los correveidiles, a tanto sapo que anda suelto inventando chismes, levantando cuentos, imaginando leyendas, hablando caca. Saludo a los enredadores, a los cizañeros, a los entrometidos, a los indiscretos y a los curiosos, porque de ése, su trabajo de clarividentes, vivo yo, de su esfuerzo imaginativo me desayuno, almuerzo y, en la noche, ceno. ¡Ah! y de su torcida creatividad… confieso que se sostiene esta emisora. Gracias a los entremetidos, a los fisgones, a los mentirosos, a los indiscretos y a los murmuradores que me calientan la oreja con sus cuentos maravillosos, con la magia de su ficción, con sus invenciones y cháchara, pues claro, va el crédito para ellos pues son la fuente de inspiración para mis comentarios. A propósito, se me viene a la cabeza hacerles una mención de simpatía a los herederos de don Fidedigno Hurtado, los hoy propietarios de «El Caribe Times», brújula doctrinaria que por más de medio siglo pretende imponer el *norte políticamente correcto* a la siempre sumisa opinión pública de este Puerto. A todos–todos, los que mantienen pegadas sus orejas a la radio con el engrudo de la imaginación, a todos los que han amanecido pendientes de la convocatoria que durante tres meses les he hecho, para celebrar con un programa de 24 horas continuas, los treinta años de la desaparición del último *cuentero… muy agradecido, muy agradecido, muy agradecido*. Por eso, no me cambien de emisora, no se distraigan, continúen aquí pegados a esta transmisión, como lapas, como ladillas, como estampillas, como lunares, insistan en permanecer en el dial como centinelas insomnes, perseveren como novia fea, como recaudador de impuestos, como contratista del municipio, como político en campaña, no aflojen, no se rindan que llegó la ansiada madrugada cuando la radio le rinde justo homenaje a la palabra. Hoy, por ser un día único, no habrá complacencias musicales, ni vamos a dedicar canciones de despecho, ni retransmitiremos mensajes en clave entre amantes clandestinos, ni leeremos cartas de amor ni de las otras. A las canciones se les habrá esfumado la música, porque sus letras poseen el suficiente poder de reinventar sus propias melodías. ¡Ah! pero si llegas a percibir alguna música de fondo, seguro que se trata de alguna cascada de letras que habrán caído por feliz accidente en ese rincón del corazón donde se fabrican las canciones. Y como de música se trata ¡*Hola buenos días*! Mis negros cumbiamberos de Puerto Galeón, morenos de contextura física perfecta, a quienes les brota por los poros, espontáneos, porros, merengues y alabaos, música africana, melamínica, con suficiente potencia nuclear para energizar a un asilo de tullidos. Cantos de juglaría, cantos de testimonio donde las palabras son capaces de imprimirle música de villancicos a dramáticas historias de verdad – verdad...

(*Locutor canta a capella*)
«Mister Mac Duller era un Chombo
Panadero en Andagoya–
Lo llamaban Maquerule,
Se arruinó fiando mogolla.
Maquerule no está aquí,
Maquerule está en Condoto
Cuando vuelva Maquerule
Su mujer se fue con otro.»

Pero claro, si con una botella de ron y un par de claves, unidos al compás que les rebulle entre los hombros, estos negros de barlovento son capaces de reescribir la historia universal. Que les broten espontáneas las palabras para gozar de su pegajosa sinfonía, pues ellos –por instinto natural– son capaces de extraerle música a cualquier palabra. Anunciamos de paso, que hoy no hay anuncios. *¿Por qué no hay anuncios?* preguntarán algunos sorprendidos. Pues para no salpicar de propinas y contaminar de propaganda este homenaje a la palabra. Para que esta fiesta de 24 horas continuas diseñada para rememorar el paso por Puerto Galeón del último *cuentero*, no parezca un remedo de sociedad de elogios mutuos, donde tú me alabas, yo te condecoro, tú me honras, yo te recompenso, y todos aplaudimos. Por esa higiénica razón, hemos eliminado por una única ocasión, en el curso de veinte años, la propaganda de productos. Pero ajá, es de caballeros obrar con justicia y ser gratos, razón para hacer breve mención en este día, de nuestros mejores anunciantes. Buenos días, y gracias por el apoyo que ésta, su emisora «Ondas de Puerto Galeón» ha recibido, durante tantos años, de la Farmacia de los herederos de don César «*el bacalao*» Libanati, importador y distribuidor exclusivo –durante más de medio siglo– de esa pócima asquerosa, tormento noruego reputado como *Emulsión de Scott*, «*aceite de hígado de bacalao, con hipofosfitos de cal y sosa*» que a mí me supo a caca, pero que reconozco les ha evitado el raquitismo a siete de nuestra generaciones de niños porteños. Y a don Alvaro Medina, que sabemos vive pegado a su viejo radio de la RCA Victor, va un abrazo, recordándoles a nuestros oyentes que «*Anacín al dolor le pone fin*», sin importar que «*mejor mejora Mejoral*». Nadie puede negarle en este espacio una justa mención a la tienda de ultramarinos de las herederas de don Mario Martínez y Palacios, señoritas que siguen importando perfumes, aguas de colonia, lociones capilares y dentífricos que traen desde la lejana Europa, para continuar con la tradición de su progenitor, que fuera importador exclusivo de los afamados jabones de tocador *Heno de Pravia y Flores del Campo*. Y si de resaltar a los verdaderos amigos se trata, es justo mencionar a nuestro peluquero mayor, don Nicanor... (¡...*erda!*... qué cipote embrollo, aquí debo confesar que con tanto verraco papel sobre esta mesa se me refundió su apellido, pero es que en este municipio se necesita ser forastero y haber llegado en el tren de las cuatro para no saber quién diablos es don Nica) propietario único de la Barbería Central, y depositario legal de la fórmula inglesa del «*Elíxir Tinte de Juventud*», que «*oculta las canas, recupera el color* *original del cabello, no mancha el cuero cabelludo y hace lucir más apuesto a quien lo usa».*mSaludo, sin que esto deba interpretarse como propaganda comercial, a los herederos de don Aquileo Salgar, propietarios durante más de medio siglo de la tradicional Funeraria *«El Juicio Final» «donde su último suspiro es nuestra primera prioridad».* No deseo extenderme en menciones comerciales, pero cómo sacarle el bulto a la «Fécula El León», cómo no mencionar a las «Píldoras Rosadas del doctor Williams», a la leche condensada «La Lechera», y a las fórmulas milagrosas que se preparan en «Su Botica de la Esquina», las hermanitas Martínez Fajardo, que producen, bajo licencia del ministerio de higiene, linimentos para la artritis, obleas analgésicas, las milagrosas cápsulas de quenopodio para expulsarles ácaros y gusanos a los niños barrigones, pastillas de menta para besar sin temor a la halitosis y las afamadas pastillas Nervocalm para aliviar las tensiones menstruales y dormir en paz. Ahora sí…¡Escuchen! ¡Milagro! Son las campanas que allá en la parroquia se acaban de echar a rebato.

(*Sonido de campanas*)

Es el introito a un nuevo día, es el *tilín–tolón* que notifica… ¡atención! ¡oído¡ escuchen… el *primero* para misa de cinco. Así se vuelve a materializar en ésta, como en todas las madrugadas, nuestra santa alianza, el concordato divino entre «Ondas de Puerto Galeón» y el mismísimo cielo. Ahora sí, gracias al Señor, estoy seguro que dentro de las fronteras de este municipio nadie duerme y que todos compartimos a esta hora la misma emoción cosquillera cuando está a punto de iniciarse nuestro programa de 24 horas continuas dedicado a celebrar la memoria del último *cuentero*.

(*Suena redoble de tambores*)

Señoras y señores, como todos lo que se nos da en abundancia no lo apreciamos. Consciente que el arte del amor es hacerte desear. Seguro que sólo te echamos de menos cuando no te tenemos. Sabedores que las cosas sólo se aprecian cuando ya las perdemos… a esta hora, se inicia el homenaje al último *cuentero*, aquel que nos enseñó las mañas para manipular la máquina de fabricar las palabras, aquel que –cumplida su misión– partió una tarde hacia ninguna parte, y se fundió, allá en el horizonte, a las doce millas, con el rubí que abrasa los últimos estertores del ocaso…

(*Suena música de bolero*)

Maestro, Don de la palabra, profeta del amor y de los cataclismos, voz en contravía. Para hacerle una declaración de amor a la palabra, «Ondas de Puerto Galeón» concluye esta transmisión por las siguientes 24 horas, para que en el altar de los silencios oficiemos esta comunión con tu recuerdo...»

(*Se escuchó un chasquido eléctrico*)

En ese instante, en simultánea con el último llamado para la misa de cinco, la emisora «Ondas de Puerto Galeón» salió del aire para ingresar, en sobrecogedor silencio, a la última circunvolución de la memoria.

La majestuosidad deprimente del silencio saltó a escena para hurgar la memoria lejana de trescientas mil almas, que se resistían a recordar lo que aconteció en esos días de confusión y aturdimiento –¡malaya sea!– cuando coincidieron en las mismas coordenadas, la fascinación y la demencia, la ingenuidad y la soberbia, y se desencadenaron –en simultánea– las potencias de la naturaleza y la barbarie.

Y todo sucedió en un suspiro… desde el arribo del *cuentero* con la brisa… hasta cuando se marchó con el huracán, hecho leyenda.

3

Doce años antes del paso del huracán...

Puerto Galeón dormitaba la siesta a pierna suelta bajo la canícula de un domingo de abril, cuando el «Príncipe Di Udine» empezó las maniobras de atraque en la punta del *muelle dos*. El trompetazo de la sirena, rebotó en tres ocasiones contra las bodegas que olían a café, banano y tabaco, se coló por entre las calles de la zona vieja y despabiló, de súbito, a las casi doscientas mil almas.

Naúl saltó a tierra y se colocó en la fila de *extranjeros*. El calor era sofocante pero el bochinche pintoresco y alegre. Más allá del puesto de control de sanidad, migración y aduanas se divisaban decenas de niños que se ofrecían a cargar baúles, cajas, camarotes y maletas, más el coro bullanguero de unas negras robustas que balanceaban sobre sus cabezas enormes canastas con frutas tropicales, para tentar a gritos a los viajeros con el menú de frutas prohibidas originarias de éste, el último paraíso por descubrir: «el mamey, la papaya, la guanábana, la piña para la niña, aquí tenemos la chirimoya para la *polla*, el caimito para *Jaimito* y el anón para el *señor*». Naúl trataba de descifrar las voces con la oferta de transporte hasta el centro y el inventario a voz en cuello de hoteles de paso y pensiones baratas, cuando el uniformado le preguntó, sin siquiera mirarlo, a qué se dedicaba y cuánto tiempo iba a permanecer en el país.

—Soy artista uruguayo —respondió con ese desenfado de quien se arroga ser «el rey de espadas».

«¿Y?» Aunque el agente no musitó ese monosílabo, sí dibujó un signo de interrogación sobre su frente levantando una sola ceja.

– Me embarqué en Tánger y me encuentro en tránsito hacia la Martinica y, luego hacia Cuba –respondió el artista, al tiempo que entrecerró los ojos, ensayó una venia y entregó un pasaporte repleto de sellos, documentos anexos, cintas desteñidas y la foto amarillenta de un adolescente flaco, desnutrido y despistado que más parecía la caricatura de una enorme nariz coronada por unas cejas peludas, y soportada en su base por un bigote de *mariscal prusiano*.

El oficial de piel tostada, sometido al *baño de maría* de ese caluroso mediodía, se trapeó con un pañuelo percudido las perlas de sudor que le brotaban por todos los poros. En seguida, cual si se tratara de un *crupier* repartiendo cartas en una mano de *bacará*, repasó las hojas del pasaporte con un profesionalismo impresionante.

Cuando terminó el raudo examen, le clavó su mirada de *autoridad competente* con un gesto que le «sonó» al artista como «¿dónde putas pongo el sello?»

Naúl extrajo de la bolsa una aporreada carpeta repleta de cartas de recomendación, documentos y recortes de prensa, y de ella, cuatro pasaportes que demostraban que él encarnaba el mismísimo movimiento perpetuo, ave migratoria por encima de fronteras y aduanas, latitudes y longitudes, en una errabundez impresionante, razón para que en todas las páginas los sellos aparecieran en obscena promiscuidad, unos encima de los otros.

– Es que… señor oficial… en todo el mundo no existen más de veintiún consulados de Uruguay. La mitad en Argentina –improvisó un gesto de *«usted sabe cómo es eso»*.

El agente de inmigración se quedó sin juego. Entonces estampó los dos sellos –el de la fecha de entrada y el de permiso por apenas 90 días– con la contundencia de sendas bofetadas, quizás confiado en que ese golpe de autoridad haría prevalecer su huella oficiosa sobre la jungla borrosa de los otros sellos.

Naúl salió a cielo abierto para enfrentarse, boquiabierto, a un paisaje Caribe inusitado, donde se acumulaban cuatro siglos de variadas influencias indígenas, africanas, mestizas y europeas.

Elemento determinante en la arquitectura de la ciudad fue la presencia en el Siglo XVI de piratas, corsarios y bucaneros que merodearon alrededor de Puerto Galeón y la obligaron a transformarse, de idílica parroquia, en ciudad amurallada. Tres siglos atrás le construyeron castillo artillado, dotado de baluartes, almenas, aspilleras, parapetos, garitas y caminos de ronda, un foso profundo y barbacana, polvorines y cañones, más la asignación de una guarnición que juró a ofrendar su vida en la defensa de los intereses de la corona española en el Caribe.

– ¡Qué escolta tan numerosa! –sonrió Naúl, mientras contaba a los niños curiosos que lo seguían–. Veo siete. ¿Cuál de ustedes es el que me va a llevar el equipaje?

– En este puerto sucede como en el gobierno –aclaró el rapazuelo avispado que se posesionó de la mochila– unos cargamos el bulto y otros supervisan. Estos que miran, siempre ganan más que los que bulteamos.

Pero piratas, corsarios y bucaneros quizás se cansaron de saquear puertos y asaltar galeones, porque Drake, Morgan y Vernon no volvieron a asomar sus narices por estas playas, como si hubiesen preferido desaparecer para convertirse en leyendas. Entonces enmudecieron los cañones de bronce y se extinguieron los mosquetes de mecha. Jamás de los jamases se volvieron a escuchar las oraciones de los artilleros ibéricos pidiéndole a *Santa Bárbara bendita* que les afinara la puntería para hundir algún galeón inglés, y la gloria de la ciudad amurallada se cubrió con una costra de salitre y olvido. La intemperie, unida a la amnesia colectiva, se encargaron de desmantelar la geometría defensiva, desaparecieron las baterías artilladas, los castillos pasaron a ser refugio de maleantes y las fortalezas se convirtieron en obstáculos incómodos para los nuevos ricos que empezaron a urbanizar a Puerto Galeón. Del aroma a azufre y a nitrato potásico de los polvorines sólo quedó un corrosivo aroma a *miaos*, que se vuelve insoportable cuando merma la brisa y reverbera sobre las murallas la canícula. Los fuertes y los baluartes que resistieron penosos sitios no resistieron el acoso de las modernidades y, entonces, a las murallas les abrieron grandes boquetes para cederles el paso a nuevas calles y anchas alamedas. Con el tiempo, los edificios del centro se alzaron tres y cuatro pisos hasta superar los cocoteros más altos, ocultando esos atardeceres de ensueño y obligando a que enmudeciera el susurro de la brisa. Los cantos gregorianos en las voces pluscuamperfectas de unas novicias contemplativas de velo blanco, que antaño traspasaban los gruesos muros del convento de clausura –como sonidos de ultratumba– resultaron aturdidos por las bocinas de los autos, la vocinglería del mercado, los reclamos a viva voz de los vendedores de pescado y las blasfemias de los borrachos en la madrugada. Cuando Puerto Galeón perdió el sueño, todo cambió, excepto el tañer melancólico de las campanas de la catedral, que continuaron retumbando –con terca exactitud– tres veces al día, para llamar al *Ángelus* con sus alaridos de bronce.

– ¿Qué tan grande es este puerto? –preguntó Naúl al chico que le cargaba la maleta.

– Según la esquina desde donde usted lo mire.

Con la llegada de exiliados de todas las guerras civiles juntas, Puerto Galeón se volvió grande y la plaza principal del casco viejo se llenó de otros acentos. Es más, se desbordó por fuera de la ciudad amurallada, como si se tratara del crecimiento desordenado de un adolescente.

– ¿Falta mucho? –preguntó Naúl.

– Aquí eso es muy relativo. Depende si uno camina ligero de carga, como usted, o soporta al hombro, como yo, el baúl de un pasajero gringo –contestó el muchacho.

El año anterior, cuando «El Caribe Times» publicó las estadísticas de Puerto Galeón, los boquiabiertos dirigentes descubrieron que esto ya no era un pueblo. Por primera vez la cantidad de cines superaron a las iglesias, aunque cines e iglesias sumados, lejos estuvieron de igualar el número de ruidosas cantinas, casas de putas y bailaderos que brotaban con irresponsable espontaneidad.

– ¿Conoces en este puerto a algún *artista*?

– Aquí todos somos unos artistas para sobrevivir –respondió el rapazuelo.

– De casualidad, ¿vive por aquí algún *uruguayo*?

– ¿Alguien sabe qué es un *uruguayo*? –el jovencito alzó su voz para consultar a los niños que lo escoltaban.

– ¿*Uru... qué*? –se rieron todos.

Bajo la fresca sombra de los inmensos árboles que cubrían la plaza principal de Puerto Galeón se fue fundiendo –con paciencia– en una única magma, la raza cósmica que visionó Vasconcelos. Es que a este puerto vinieron a parar todas las razas, conocidas y por conocer. Con el transcurrir del tiempo, se empezaron a confundir los mercaderes con los aventureros, los fugitivos de la justicia con los exploradores, los políticos exiliados con los estudiantes. Familias recién llegadas, adornadas con blasones y escoltadas por servidumbre de color, compartieron el andén con prostitutas, proxenetas y hasta con señoritas *bien*. Por estas calles se cruzaban etéreas las hermanitas misioneras, con los gordos obispos que vivían del mismo sermón de la caridad. Hombro a hombro transitaba una muestra variopinta de seres de todas las razas venidas de ultramar, franceses, italianos e ingleses, turcos, sirios y libaneses, alemanes y polacos, judíos, chinos y cubanos, venezolanos y panameños. Los herederos de los cimarrones que no se dejaron sojuzgar y los negros *pinchados* venidos de las Antillas inglesas, que se arrogaban ser de mejor familia.

– No señor, aquí viene gente de muchas partes, pero no distinguimos qué cara de pendejo puede tener un *uruguayo*.

Los habitantes de Puerto Galeón provienen de todos los confines de la Tierra y arribaron acá como si se hubiesen puesto cita desde mucho antes que a la historia se le oxidara la memoria.

Todos juran que aquí vienen de paso, pero una vez extendido

el *petate de yute*, o armado el catre de tijera, o guindada la hamaca tejida, desempacan su carga de nostalgias, sus costumbres exóticas y la decisión de hacer América. El clima benigno, el ambiente cosmopolita y las oportunidades que ven silvestres, convierten al puerto, en pocos meses, en su hogar para el resto de sus vidas.

Naúl también se sintió *extranjero* durante las primeras cuatro horas, hasta cuando ese enjambre de críos lo colocaron, junto con su morral, frente al portón rojo de la casona de doña Genoveva viuda de Zuleta, en el 610 de la calle del Alférez Mayor, propiedad que en tiempos de la Inquisición le fuera confiscada por el Tribunal del Santo Oficio a un comerciante portugués, judeo converso, tratante de negros, acusado de herejía.

– La señora Zuleta alquila habitaciones por semanas, con y sin alimentación –concluyó el guía.

La niña descalza, flacuchenta y desmueletada que abrió de par en par –y en simultánea– la puerta y sus ojazos de color caramelo, no alcanzó a despegar sus labios cuando ya el caballero espigado, de apariencia extranjera, le ordenó –con el mismo desparpajo del embajador inglés que arriba a una *república bananera*– «dígale a su señora que la busca un artista uruguayo».

– ¡Buenaventura! ¡¿Quién toca?!

Antes que la sirvienta respondiera, la dueña de la casa se asomó en levantadora y arrastraderas, con rulos sobre su testa y un gesto de curiosidad acomodado –de afán– sobre el ajado rostro.

– ¡Valentina! Corra a hacer sus tareas –le ordenó a la pequeña.

– Señora doña Genoveva, me hinco a sus pies. Soy Naúl Ojeda, artista uruguayo, acabo de desembarcar del Norte de África y necesito posada por ésta única noche.

A juzgar por el desayuno que la viuda sesentona le sirvió a las 5 de la madrugada –calentado de fríjoles de la noche anterior, más unos huevos con camarones y tostones, fruta fresca y una colada de café tan fuerte como para despabilar a todo un turno de centinelas– la biografía del *uruguayo* debió impresionarla. Porque la dama se mantuvo toda la noche boquiabierta, sin siquiera pestañear, escuchando hipnotizada el relato desordenado sobre la vida, obra y milagros de este extraño artista uruguayo.

Para no atosigarla con tanta información, Naúl se limitó a presentar la versión resumida de su autobiografía, correspondiente al período comprendido, desde la mañana cuando fue «regalado» en adopción al portero del mismo hospital de caridad donde su madre lo dio a luz… hasta el mediodía anterior –38 años más tarde–cuando desembarcó del vapor de línea «Príncipe Di Udine», en el *muelle dos* de este bullicioso puerto del Caribe.

Una década más tarde, el día que Valentina cumplió 16 años, Naúl, sentado en la misma mesa, comentó:

–¡Qué noche tan prolongada! Le pedí a la abuela posada por una sola noche, y ya transcurrieron diez años.

Valentina lo encandiló con una sonrisa de dientes perfectos, y sintió, por vez primera que Naúl la miraba alelado cual si fuera testigo de la metamorfosis de la primavera. Ella acababa de cruzar la puerta de la pubertad. Bajo su tensa piel del mismo color de la canela, sus hormonas despedían un aroma a mandarina y jazmín.

– Naúl, ¿me escuchas?

No hubo respuesta. El uruguayo lucía como ido.

– ¿Te quedarás en Puerto Galeón el resto de tu vida?

Algún día, Naúl se arrepentirá por no tener claro, cuál sería su siguiente puerto de destino.

4

Por amor al arte...

Naúl Ojeda, mochilero profesional, recorrió mundo y medio para ganarse el privilegio de colgar en ese cuarto del 610 de la calle del Alférez Mayor una hamaca indígena, tejida con la misma gama de colores que es patrimonio único de las guacamayas amazónicas y poder entronizar, sobre la altísima pared encalada de blanco, una tabla tan grande como el portón de una catedral, donde había tallado durante todo un año, con infinita paciencia –letra por letra– y al revés, estos versos de Machado:

Se le vio, caminando entre fusiles,

por una calle larga,

salir al campo frío,

aún con estrellas de la madrugada.

Mataron a Federico

cuando la luz asomaba.

El pelotón de verdugos

no osó mirarle la cara.

Todos cerraron los ojos;

rezaron: ¡ni Dios te salva!

Estos versos liberados de la fina madera, a punta de sudor y paciencia, sólo son legibles mediante la *lectura de espejo*, o cuando se estampa el original del grabado sobre una inmensa sábana de papel de algodón. El grabado deja adivinar, además, las imágenes talladas de un querubín de nalgas generosas, un fauno dotado con flauta y estrambótico sombrero de copa, más un barco solitario que dibujó patas arriba.

Naúl, viajero impenitente, era experto en todas las aduanas europeas, amén que conocía de memoria normas y leyes vigentes en los puestos de inmigración de medio centenar de países. Fue deportado mil veces hacia ninguna parte, porque sus pasaportes dejaban de existir agobiados por el peso de mil sellos de entrada y ninguno de salida. Como jamás se topó en su camino con un delegado consular del Uruguay, se apoderó de la ciudadanía del mundo y se autodeclaró: charrúa sin patria, y artista sin fronteras.

Nadie recuerda el día que desembarcó en Puerto Galeón, ni cómo, ni porqué. Simplemente llegó con todo su patrimonio entre la mochila que le abrazaba las espaldas. Su desordenada melena entrecana la acomodó dentro de una desteñida gorra de marinero griego, y, alrededor del cuello se anudó un pañuelo encarnado. En su mano diestra cargaba el libro «*El estado y la anarquía*» de Bakunin, texto que le había costado en diferentes países la negación de su ingreso, por ser portador de ideas libertarias, contrarias a las buenas costumbres de la civilización occidental.

Portaba como señal particular su cara afilada, su enorme nariz semítica, esos ojos enmarcados por un mar de cejas entrecanas y un aire de paciencia y estoicismo que es patrimonio de los peregrinos mochileros. Para sobrevivir en cualquier lugar del mundo, sin dominar ninguna lengua, se inventó una estudiada cara de melancolía, diseñada a propósito para ocultar su refinado sentido del humor. Poseía el don de reírse de sí mismo, pero con una seriedad solemne, sin permitir que sobre su rostro se adivinara la menor promesa de una sonrisa esquiva.

Veintitantos años atrás, Naúl le declaró su amor al arte. Por eso apareció en Puerto Galeón con sus clavos de fierro, una caja de lápices de colores, once pinceles de pelo de marta, su colección de tubos de óleo que guardaba cual si se tratara de aceites esenciales o de la última reserva de ambrosía –la bebida de los inmortales– amén de hojas y más hojas de papel de algodón fabricadas a mano y sus tesoros: pequeñas tablas de madera donde tallaba con sus clavos lo que le iban dictando sus intestinos.

Ni él mismo se imaginó cuánta preciosura podría caber entre un clavo de fierro. Pero lo fue descubriendo poco a poco, desde ese viernes santo, a sus quince, cuando Naúl y su primer clavo acerado, se juraron amor incondicional. Así en cada estación, en cada descanso, acurrucado a la vera de un camino anónimo, en la esquina de un parque o bajo el arco iris de un fin de tormenta, escarbaba obsesivo entre la madera para liberar las imágenes que se le amontonaban en su descentrado cerebro: mariposas, hombres de sombrero negro, ángeles y medias lunas, barcos que se silueteaban allá sobre un horizonte difuso, mujeres de ojos tristes y aves a las que con pulso, habilidad y paciencia liberaba de entre los laberintos de vetas y nudos de la madera que las aprisionaba. Luego, combinando los secretos de la alquimia, con la paciencia que hacen gala los santos condenados a vivir, las reproducía sobre la blancura absorbente del papel de algodón. Esos grabados se convirtieron en *papel moneda* de curso legal en ciudades famosas y en pueblos anónimos, lo que le permitió a Naúl vagar por todo el planeta, con esa humilde dignidad que se convierte en la caja menor de los artistas pobres.

Si Naúl hubiese partido de Puerto Galeón, hoy no estaría en la lista internacional de los veinte más buscados.

5

Niña Genoveva:
una historia por contar...

Naúl siempre se confesó viajero de paso, pero el día que pagó por adelantado la sexta mensualidad, entronizó la bandera albiceleste del Uruguay en una esquina del cuarto y guardó su vestido de paño de tres piezas *–por si algún día–* entre una bolsa repleta de bolas de naftalina. Al cumplir el año, aseguró sobre la pared del frente la inmensa tabla de madera con su colosal grabado, y tres meses más tarde, le solicitó licencia a doña Genoveva viuda de Zuleta para arreglar la desnivelada puerta de su cuarto.

– Niña Geno, la idea es arreglar la vieja puerta y convertirla en una obra de arte.

– ¿Arte? ¿De qué puerta me habla?

– Mi señora, ¿recuerda usted la famosa puerta de Bab EL Khamis en la ciudad de Casablanca? ¿O los veinte paneles con escenas religiosas de la famosa puerta de la fachada Sur del Baptisterio en Florencia? ¿O la puerta de la Bisagra en Toledo? ¿O las puertas del palacio de Topkapi en Estambul?

La vieja bizqueó en señal de estar perdida.

– Para su tranquilidad, mi señora, yo tampoco me acuerdo. Pero la idea es darle a esta puerta, una segunda oportunidad sobre la tierra y redescubrirle toda su belleza original.

Como Naúl se quedó esperando una respuesta, remató con entusiasmo.

– De paso puedo decorar la puerta de su nieta Valentina.

– Haga lo que quiera con la puerta de su habitación, caballero, pero con la de la niña, no se meta.

– ¿Necesito autorización de su hija?... quiero decir… ¿permiso de la mamá de Valentina?

– De nadie. Yo nunca tuve hijas.

– Bueno de su hijo.

– Tampoco tengo hijos.

– Doña Geno, ahora sí barájemela despacio –se reacomodó Naúl en la punta del asiento–. Tómese su agüita de yerbas, yo me sirvo un ron blanco, y la invito a que nos fumemos un Camel.

– Naúl, en esta casa no se toma licor.

– Perdóneme niña Genoveva… me emocioné con la paradoja. Yo la acompaño con un pocillado de esa pócima de valeriana que usted toma, pero no me deje con la duda. Explíqueme por caridad ¿cómo puede ser Valentina su nieta?

– Mire caballero, prefiero hablar de todas las puertas viejas que le venga en gana y de los mamarrachos que le piensa pintar a la de su habitación, pero no me venga a sonsacar remembranzas familiares que deben descansar en paz.

– Mi señora, yo ajusto un año largo en su casa. ¿Le molesta que me sienta de su familia?.

– Es que es muy difícil posar de ingenua y abrir archivos sentimentales que ya cerramos.

– Confíe en mí, niña Geno. Si ahora en esta casa me siento más Zuleta que Ojeda.

– Me irrita la gente curiosa, pero la vida es compartir. Prométame Naúl que lo que le cuente no saldrá de su boca.

Naúl no respondió, pero el gesto de besar esa cruz que improvisó con el dedo pulgar sobre el índice, parece que fue gesto suficiente para convencer a la vieja.

– Naúl, el doctor Zuleta, mi esposo, que en paz descanse, era hijo único. Mire esta foto… ¡Qué apuesto! ¿Cierto? Es de origen vasco. Me enamoré de su inteligencia, de sus gruesas patillas que se le encanecieron desde muy joven y de sus ojos claros. Su familia, huyó de España por la época de la Primera Guerra Carlista. Eran muy trabajadores y establecieron en las afueras de Puerto Galeón la primera industria de jabones que fabricaban con la copra de coco que traían de las islas. Cuando el negocio prosperó, los Zuleta Valdenebro adquirieron esta casa.

Doña Genoveva continuó de largo con su historia, como si necesitara reorganizar en una sola tarde todos esos recuerdos indigestos y, regurgitarlos en la noche para sentir alivio.

Diego Zuleta no encajó en los negocios de la jabonería de su padre, ni en la producción, ni en las tareas de oficina, mucho menos en las ventas. Por esa razón sus padres decidieron enviarlo a Barcelona a estudiar medicina. En una de las fiestas de despedida conoció a Genoveva. Ella acababa de cumplir sus quince y disfrutaba de las dos semanas finales de sus vacaciones de diciembre. El solo pensar en su inminente retorno al internado de las monjas de la Presentación, colegio situado en una ciudad andina, fría, triste y colonial, a una semana de distancia de este tibio mar Caribe, la inundó de melancolía.

Genoveva y Diego Zuleta mantuvieron –a lo largo de cinco años– un intenso romance epistolar. El mismo mes que él retornó de Europa, con su flamante título de doctor en medicina, ellos anunciaron –como lo habían planeado en tantas cartas– su compromiso matrimonial.

Un sábado de diciembre, coincidiendo con el mismo día que se conocieron, seis años atrás, se convirtieron en marido y mujer, *hasta que la muerte nos separe*.

Diego, como hijo único que era, tenía la ilusión de una casa repleta de vástagos con el apellido Zuleta, pero esa felicidad se tornó esquiva. Transcurrieron semanas, meses y años en el vano intento de procrear. Apelaron a todos los recursos médicos, sicológicos y mágicos, amén que consultaron a médicos, espiritistas, comadronas y científicos. Incluso barajaron la opción de adoptar algún niño expósito abandonado en la puerta de un hospicio o criado en un convento de monjas. Superado el quinto aniversario, la ausencia de un hijo se volvió lacerante y la estabilidad del matrimonio empezó a decaer.

Tres horas y doce cigarrillos más tarde, Naúl le pidió permiso a doña Genoveva para salir a la esquina a comprar tabaco. Cuando retornó, se había esfumado el encanto. Sobre la mesa encontró una nota: «*Me siento cansada. Cualquier otro día concluimos el tema de la puerta*».

– ¿Será que tantas confidencias íntimas de la abuela fueron un gesto de simpatía para corresponder a la autobiografía que le recité de corrido la noche de mi arribo?. O ¿quizás ella necesitaba aliviar su alma de la pesada carga de sus remordimientos?

6

Naúl: de la rebeldía
al exilio...

– ¿Y usted cómo llegó a ser artista?

– Buenaventura, el cuento es largo.

Durante mucho tiempo la negra Buenaventura le sonsacó a Naúl –a cuentagotas– la versión extensa de su biografía, en una sistemática operación de trueque, unas veces por un refresco de tamarindo, otras por pocillos de café cargado, aunque la mayoría de ocasiones a cambio de esos gestos irresistibles de ingenuidad y bondad.

Es una lástima que la negra desapareció tan pronto, porque hoy, cuando autoridades de varios países del mundo reclaman información precisa sobre el artista uruguayo, la negra podría estar recitando de memoria la más completa biografía de este fugitivo internacional.

Naúl le aseguró a Buenaventura, que él no escogió el arte como oficio, sino que el arte lo escogió a él como heraldo.

Fue amor a primera vista.

Sin que mediara un análisis vocacional, Naúl y el *Círculo de Bellas Artes* en Montevideo se enamoraron. Él se comprometió a domesticar su cerrera creatividad aceptando la disciplina de la academia, pero lo que pareció en un principio *amor del puro*, pronto derivó en una agridulce incompatibilidad de caracteres.

Las venias y genuflexiones que los maestros le rendían a la *forma*, a la *proporción* y a la *armonía* de los clásicos, le causaron a Naúl acidez estomacal, amén que las clases teóricas lo afectaron con una modorra irresistible. Durante la tediosa clase de *Anatomía Estética*, cuando el maestro Bellini empezaba su interminable clasificación de músculos, tendones, huesos y articulaciones, se le despertaba a Naúl un apetito desbordado, nostalgia de chorizos, morcillas, chinchulines, riñones, mollejas y chotos, regados con cristales de sal marina gruesa y asados allá –en el fondo de su imaginación– con leña verde del campo. Por eso, antes de concluir la tercera semana de clases, aprendió –en medio de un hondo bostezo– su primera lección de arte: *estudiante con hambre, no aprende.*

No bien terminó el balance de su tercer mes, sintió que lo abrazaba una duda y una convicción. No pudo definir si él se había apoderado del arte, o era el arte el que se había apoderado de él. Y sintió que la sublevación contra la academia era, además de inevitable, inminente.

Dueño de la misma rebeldía con la que contradijo a su familia, que no entendía para qué sirve un artista, y aspiraba a verlo de terno negro y reloj de leontina alineado en la burocracia oficial de Montevideo, él se convirtió en profeta de su propia escuela, «contra viento y María». (María, *su novia de toda la vida–* también intentó, sin éxito, disuadirlo de sus delirios de artista)

Naúl desarrolló un singular estilo plástico, absurdo, que buscó su propio nicho, a contrapelo de todas las escuelas y tendencias conocidas. En la tarea de ser diferente se propuso desconocer todas las leyes. Desde las de Pitágoras y su tabla de proporciones, hasta la ley de educación del Ministerio de Instrucción Pública y, de paso, el resto de leyes, la ley de gravedad y la ley contra la vagancia. Con esa cara adornada de una solemnidad peripatética, retó el buen gusto del establecimiento, escandalizó a los críticos, chocó el ojo del respetable, contradijo lo clásico, lo establecido, provocó la ira de los decoradores y ofendió «el buen gusto» de las asociaciones de padres de familia.

Propietario de un alma sin ataduras, jamás se encuadró en escuela diferente a la que el mismo fundó con su singular estilo.

Por eso, cuando se programó en el Pabellón de Higiene del Parque Rodó, la IV Exposición de Arte del Círculo, y el curador abrió la enorme carpeta con la propuesta de Naúl, un silencio sepulcral cayó sobre el recinto. El comité de jueces bizqueó sorprendido, porque los barcos elementales del artista navegaban patas arriba por entre las gasas de unas nubes grotescas, de color lila, desafiando la ley de gravedad. Porque sus personajes eran unos hombres siniestros, uniformados de negro, cubiertos con ridículos sombreros *Stetson* —encarnación de sus maestros del Círculo de Bellas Artes—. Porque sus gaviotas blancas calentaban huevos de avestruz y mantenían relaciones incestuosas con unos cuervos de plumaje negro. Y porque sus medialunas y sus soles no eran más que burdos emplastos de un primitivismo delirante, que no dejaba duda que la mano de un niño guiaba la enorme mano maestra de Naúl.

– Quien sabe qué clase de porrazo se debió dar este cretino sobre el occipital, en la misma madrugada que nació –suspiró su ácida crítica el arquitecto Ferrer.

Y entonces todos los maestros, improvisados de críticos, bascularon mansos sus cabezas, en señal de unánime acuerdo con la opinión del arquitecto.

Por esa crítica razón, Naúl resultó excluido de la exhibición.

Ese episodio le sirvió de pretexto para romper las últimas ligaduras con el establecimiento y, desde entonces, abrazó todas las causas libertarias, anárquicas, incitó a la insubordinación contra el Círculo de Bellas Artes, azuzó manifestaciones en contra del «arte oficial» y decidió que, a falta de organización política y dinero, solo debía confiar en su descocada imaginación.

Aquel viernes, cuando entre pompa y circunstancia se abrió la exhibición, Naúl resultó el artista más notorio. Instaló en el parque donde se alza el Pabellón de Higiene, seis atriles y sobre ellos montó la obra rechazada. Apareció con su cabello teñido de un rosado indefinible, sujeto con una corona de alambre que terminaba –allá arriba– en una aureola de santo que brincaba alegre, para atraer –según él– a las nueve musas rioplatenses y para capturar con su magnetismo a los ángeles y a los arcángeles, a las mariposas y a las gaviotas, y a cualquier otro objeto volador o ingrávido –que no zumbara– y que se prestara, gratis, como fuente para su inspiración.

¡Qué multitud de curiosos! Miles desfilaron frente a sus seis atriles, tres veces los que entraron a la rimbombante exhibición. Desde esa primera tarde, a nadie le volvió a importar la exhibición insolente de sus desproporcionados grabados, ni la asimetría de sus dibujos, ni mucho menos la desarmonía de los colores… la gente se extasió contemplando su genial forma de contradecir a la geometría. El público se gozó esos grabados infantiles, los asoció con la rebeldía del joven grabador y descubrió que esos papeles de algodón estaban habitados por duendecillos, genios y demonios que les insuflaban a las obras un soplo maravilloso.

En víspera de la exhibición que el Círculo de Bellas Artes programó para el siguiente año, bajo el título *Salón de Primavera*, volvieron a rechazar la propuesta del artista. Y éste volvió a armar toldo aparte en el parque, donde además de exhibir sus aguafuertes, vendió copias numeradas de un grabado titulado «Manifiesto en Repudio a lo Perfecto», que durante dos meses talló –letra por letra– sobre una tabla de raulí.

Antes de dos años, este artista del grabado se convirtió en elemento incómodo para el régimen. Su curiosa forma de protestar empezó a ser reconocida por el público, como si estuviera dotada de un sello que garantizaba su origen. Decidido a profundizar la ruptura entre la locura y la academia, se inventó curiosas formas de escandalizar, difíciles de predecir, incómodas de digerir y, como siempre, perturbadoras del orden.

Una noche entre las tinieblas de un sórdido boliche, y con dos botellas de vino entre pecho y espalda, un funcionario del Ministerio de Instrucción Pública lo abordó. El siniestro personaje portaba dos opciones. En su mano derecha, a manera de garrote, una resolución judicial: el Estado lo llamaba a juicio por alterar el orden público e incitar a la juventud a sublevarse, por irrespetar los símbolos patrios y burlarse de los valores heredados, más otros delitos menores como el acto degradante de empelotarse a la luz de un mediodía en la fuente de un parque. En la mano siniestra mostraba, a manera de zanahoria, un pasaje y una carta de invitación del gobierno de Francia para asistir a un curso de grabado en la *Ecole–des–Beaux–Arts* en París, con el patrocinio de una fundación francesa.

Apenas iba a preguntar cuál de esas opciones se cumpliría primero, y si el pasaje era de ida y vuelta, cuando los mismos tipos –cuyas imágenes él capturaba en sus grabados, vestidos de negro, y cubiertos con enormes sombreros *Stetson*– lo secuestraron. Sin grandes aspavientos lo introdujeron en un auto sin placas y se dirigieron al puerto, donde el vapor «Magellan» se encontraba en maniobras de zarpe, con destino a Marsella.

A toda prisa fue trepado al buque violando no sé cuántas disposiciones policiales, migratorias y de sanidad. Sin tiempo para preocuparse por la emboscada, Naúl vino a recuperar el *norte* cuando la potente sirena del «Magellan» estremeció los cimientos del puerto de Montevideo y, de paso, le sopló al oído que la fiesta de los iconoclastas, los ácratas y los nihilistas –que amenazaron con disolver el «Círculo de Bellas Artes»– había concluido.

Por lo que él luego llamó «razones de fuerza mayor», no le dieron tiempo para despedirse de María –*su novia de toda la vida*– ni nadie acudió al puerto a agitar un pañuelo. Es que ni siquiera le dieron oportunidad para liar entre un trapo un par de medias y el cepillo de dientes. El inventario de su magro patrimonio apenas ocupó siete renglones: un pasaporte nuevo, dos cartas de presentación, una cartilla rebosante de sellos donde la autoridad de higiene confirmaba que había sido vacunado contra la viruela, la fiebre amarilla y el cólera, un sobre con 500 francos, una bolsita de tela con su juego de once clavos de fierro, la bandera de Uruguay que desplegó en pintorescas demostraciones de desobediencia civil, en su vano intento por perturbar la serena placidez de la *Suiza de América* y un frío glacial atorado en el bajo vientre.

Con la inexplicable desaparición de Naúl, a María a se le quedó atorado un suspiro en la garganta, la imagen de un loco genial impresa en su memoria y la noticia que estaba embarazada.

7

Del arte profano
al arte sacro...

Siempre que alguien llegaba de visita a la parroquia de Puerto Galeón, la señorita Inocencia repetía el mismo auto sacramental:

– Este es el *santo padrecito* Müller.

La secretaria de la parroquia señalaba –con mal disimulado orgullo– la foto sepia, desteñida por la acción del sol, que adornaba la pared principal de la modesta oficina. Allí aparece el gigantesco presbítero, posando a cielo abierto sobre el atrio de la iglesia, rodeado por los alumnos de catecismo que doce años atrás, preparó para la primera comunión. Cual si se tratara de un altar de *Corpus* y el cura Müller debiera fungir su papel de *Nuestro Amo Expuesto*, aparecía en el mismísimo centro de la fotografía. Lucía majestuoso, imperial, con su sotana negra –renegra– y el bonete que lo hacía ver aún más alto, rodeado por un enjambre de liliputienses. A este lado, niñas vestidas de blanco, con ramitos de azucenas en sus manos. Alineados en el hemisferio opuesto, un regimiento de varones uniformados de marineros, con las bandas de los cruzados sobre el pecho.

Wolfgang Müller no era propiamente grande, sino arquitectónicamente colosal. Estaba adornado con una panza de cervecero alemán y una terquedad a toda prueba. A contrapelo del insoportable bochorno húmedo del trópico, siempre se le vio embutido entre una sotana negra. Si bien predicaba la palabra de Dios, lo hacía con aquellos modales imperiales que lo situaban a la derecha del *Padre* y a la izquierda del *Káiser de Prusia*.

Naúl y el cura se cruzaron infinidad de veces en Puerto Galeón, pero jamás en la iglesia. El padre Müller –que tenía ojo fotográfico y memoria de elefante– lo mantuvo durante varios años entre su archivo de «asuntos por resolver».

Una tarde, la señorita Inocencia golpeó en la puerta de la casa de doña Genoveva.

– Niña Geno, le ruego comunicarle al señor artista uruguayo que su reverencia quiere hablar con él.

Doña Genoveva tomó muy a pecho la misión. A la hora del desayuno, entre sorbos de su agüita de poleo, menta y valeriana, le notificó.

– Naúl, quiero hablar seriamente con usted.

– ¿Cierto que vamos a retomar el tema de «la puerta»? –dibujó una sonrisa de complicidad, adobada con un guiño de picardía.

– No señor. El tema de «la puerta» tendrá que esperar.

Sin tantas vueltas le contó sobre la visita de la señorita Inocencia, y le advirtió con severidad maternal, que el padrecito Müller era un tris cascarrabias con el protocolo. Así que lo comprometió a someterse, desde esa misma noche, a un curso acelerado de buenos modales.

– En este país, la autoridad eclesiástica manda más que el presidente. Así que, por favor, haga un esfuercito por pensar antes de hablar. Es más, en lo posible… permanezca callado.

El sábado siguiente Naúl salió a cumplir la cita con el cura. Lucía impecable, con un pantalón de lino crudo recién planchado y una camisa blanca almidonada, más unos zapatos blancos que rescató de la basura. Se amarró al pescuezo su pañoleta naranja (según él, la más discreta que encontró) y cepilló su estropeada gorra de marinero griego. «Me siento disfrazado de cuajada», le confesó a su veterana patrocinadora, mientras ella lo colmaba de bendiciones en la puerta.

La audiencia con el padre Müller transcurrió al pasitrote. El cura trasteó a Naúl por todos los recovecos de la iglesita, la casa cural y la escuela, derrochando la energía de una locomotora alemana. Sobre la marcha le dictó cátedra sobre la amenaza del *protestantismo* en estas tierras, repitiendo la cantaleta que «los demonios no reposan». La perorata resultó más política que sacra, pues el párroco no perdió oportunidad para repetir que los nuevos gobiernos liberales de este país son *anticlericales*, alineados con los protestantes norteamericanos y demasiado tolerantes con socialistas, comunistas y masones. Naúl parecía la sombra del cura porque no se despegó de su costado y, además, para hacer juego con la naturaleza de las sombras, no musitó palabra.

– Me han dicho que usted es pintor y vende en Francia...

– Grabador, su excelencia –lo corrigió.

– Da lo mismo –sentenció con ese áspero acento alemán que espantaba–. ¿Usted es un artista? *¿Sí o sí?* ¿Sabe mezclar colores? *¿Sí o sí?* ¿Estudió arte? *¿Sí o sí?* ¿Pinta murales? *¿Sí o sí?* ¿Vive de eso? *¿Sí o sí?*

Como Naúl no supo por cuál de los diez «*sí*» decidirse, repasó de memoria las admoniciones de doña Genoveva y siguió caminando –sin abrir el pico– al frenético compás que impuso esa monumental locomotora de vapor, envuelta en una sotana negra. De súbito, sin hacer señal previa, el cura se detuvo frente a una pequeña pared ubicada en el segundo patio trasero de la casa cural.

– Maestro, en este ambiente de árboles y flores tropicales, muy parecido al que se vivía en el Paraíso, quiero un mural sobre «*La Creación*».

El «*quiero*» no era la expresión humilde de un deseo. Aquí en Puerto Galeón –como en cualquier cuartel prusiano– ese «*quiero*» poseía la contundencia de una orden de ejecución sumaria. Sin darle tiempo para examinar la calidad del muro, el cura palmoteó el hombro de Naúl, con tal fuerza, que ahí mismo lo bajó de su nube de reflexiones sobre *La Creación*. «¡Regresamos!» El cura giró 180 grados sobre su eje, y bufando se enrumbó hacia la casa cural. Durante el retorno, continuó machacando su sermón sobre las amenazas que se cernían sobre la «santa madre iglesia», debido a la invasión de misioneros protestantes gringos, a la indiferencia de los gobiernos liberales y a esa chifladura tan de moda que era el anarquismo internacional.

8

De Montevideo
a París...

Al momento de desembarcar en el puerto de Marsella, el capitán del «Magellan» le entregó al joven Naúl un paquete de documentos que las autoridades uruguayas colocaron bajo su cuidado.

En un modesto hotel del puerto Naúl practicó el inventario de sus magras pertenencias. Organizó sobre la cama todo su patrimonio y recontó cinco veces los francos que halló entre un sobre. Hizo los cálculos del costo de llegar a París, y se convenció que entre más se demorara en Marsella, su patrimonio se continuaría adelgazando. De paso, picado por la curiosidad, con la esperanza de encontrar recursos adicionales, abrió los otros sobres.

– ¡Ay María! ¡Qué fantasía!

¡Qué pomposas recomendaciones! ¡Qué papel tan fino el que utilizaron! Qué frases tan rimbombantes rebuscó el burócrata uruguayo para exaltar los méritos de un artista que desconocía. ¡Qué buen gusto para decorar la carta! Se evidenciaban marcas de agua, aquí; florones, allá; orlas en las esquinas; escudos, lacres y cintas. Qué rúbrica tan aparatosa dibujó el oficial del Ministerio, con rasgos tan exagerados y alambicados que, al final, fue necesario asegurar la firma sobre la cartulina, con tres pegotes de lacre, donde se apreciaba –repujado– el escudo de la República Oriental del Uruguay.

Esa visión de las credenciales y su lectura lograron apaciguar la ansiedad que se le había estacionado a la altura del esternón. Ahora se sentía un elegido. La sensación de serenidad le inundó el cuerpo. Por primera y última ocasión en su vida sintió un cosquilleo maravilloso: todo el poder político del Estado uruguayo se unió para otorgarle su respaldo.

En «la ciudad luz» se sintió en un escenario de ensueño. Estaba convencido que el privilegio de representar al nuevo arte juvenil rioplatense –ni más ni menos que en París, la capital del mundo culto– le demandaba responsabilidades dignas de un embajador *ad honorem*. Era un triunfador y debía actuar ante las influyentes autoridades del arte galo, como tal. Para no desentonar, Naúl se jugó sus restos con un judío que hacía negocios de arte y quien logró desenhuesarse de un pesado vestido de paño, de seis piezas, que incluía sombrero bombín, un par de botines –una talla más grandes– más un bastón de junco egipcio con empuñadura en cobre. A cambio, debió entregar las pruebas de impresión de sus primeros tres grabados hechos en París, junto con las matrices originales en madera y la autorización para que el intermediario imprimiera, a su aire, todas las copias que quisiera. El terno, una suerte de homenaje a la avaricia, despedía un tufo astringente, efecto de la prisión que padeció, durante cincuenta años entre un viejo baúl que apestaba a naftalina. El traje era herencia del abuelo que murió en Londres, y si el intermediario judío lo conservó, no fue por nostalgia familiar, ni amor por su tío, sino por si de pronto lo podía vender.

Una vez uniformado de gentil burgués, Naúl dedicó cinco semanas a fungir el papel de judío errante, en una peregrinación intuitiva en todas las direcciones, atando cabos y desandando calles, hasta aquella tarde cuando lo asaltó la infame revelación: se olió que había sido victima de pérfida engañifa. A su gobierno le importaba un higo su arte y su suerte. Si lo enviaron a París fue con el propósito de despercudirse de un joven agitador, potencialmente peligroso, que pudiera contaminar con sus locuras creativas a la sensible comunidad universitaria. Los burócratas uruguayos consideraron de interés nacional aislar a la *Suiza de América* de su perniciosa influencia, y si colocaron un océano de por medio, fue porque el procedimiento pintaba eficiente, rápido y barato.

Ese fin de semana Naúl comparó –por última ocasión– los documentos oficiales del gobierno uruguayo, con las anotaciones que tomó en su diario. Reconoció que le habían dado *jaque mate*: los nombres de los tres presuntos destinatarios de las cartas jamás existieron en la frondosa burocracia francesa, y nadie en el gobierno francés tuvo tiempo para escucharlo, mucho menos la paciencia para conmoverse con su historia extravagante. Es más, ni se arriesgaron a exponer en público su ignorancia para preguntarle sobre la ubicación en el mapamundi de ese tal «*Uruguay*», al que Naúl se refería en un francés desastroso.

Las rimbombantes instituciones educativas y culturales en las que debía presentar las cartas sólo existieron en la pérfida imaginación del funcionario uruguayo que armó semejante pastel. Y las direcciones, claro que existían, pero correspondían, la primera, a un convento de monjas de clausura de la orden de las hermanitas benedictinas. La segunda, a una casa de putas en el barrio Pigalle. Mientras que la tercera, a una bodega de ultramarinos que apestaba a un almizcle nauseabundo, indefinido, mezcla de bacalao salado, frituras, aguas estancadas y miseria.

Cuando acudió a la embajada uruguaya en París, no le dedicaron un segundo de atención. Por esa época, sus funcionarios se encontraban contagiados de *chauvinismo* como resultado de los triunfos de la selección de fútbol celeste en dos Juegos Olímpicos consecutivos: París y Ámsterdam. Apropiados del papel de *primas donnas*, no disponían de tiempo, ni paciencia para atender los reclamos de un estudiante de arte, que alegaba estar a punto de fallecer de hambre en París, por cuenta del gobierno uruguayo. Sus lamentos apenas encontraron débil eco en un veterano funcionario de tercer nivel que le sopló al oído de Naúl su única esperanza de redención:

– Señor Ojeda, le voy a recomendar al mejor maestro de arte en París: se llama «*el hambre*».

Naúl tuvo que reconocer, que el régimen le había recetado para su activismo político la misma medicina que él usaba para sobrevivir como artista: *el humor negro*. Además, aceptó que semejante pócima le causó un efecto sedante: le bajó los humos revolucionarios, le regaló un aire neutro –que ocultaba lo que en el fondo de su corazón sentía– y lo volvió más taciturno y huraño.

Las tres *cartas oficiales* pasaron a constituir, lo que el artista uruguayo bautizó como «el expediente de la mala leche». Las falsas misivas –tan perfectas ellas– eran un monumento de cuerpo entero, homenaje a la maniobra política.

Con el paso del tiempo, Naúl recompuso la anécdota y le adicionó tantos detalles pintorescos, que parecía recitando un monólogo de Aristófanes sobre «la aplicación de las tácticas del humor a la estrategia del buen gobierno».

– Macho, la sacaste barata.

Así concluyó el licenciado Navarrete, un viejo exiliado mexicano, que viajó a París en el año 14, huyendo del golpe militar de Victoriano Huerta.

– Si tu alzamiento contra el régimen hubiera ocurrido más al norte, te «*suicidan*» contra un muro, carnal. O te hacen desaparecer detrás del trasero de alguna bailarina al servicio del régimen. O se inventan docena y media de razones para mandarte a podrir en una cárcel sin nombre, donde nadie se interesa por el destino de nadie. ¡Aguas compadre! Ustedes los artistas pobres sólo se cotizan bien, pero después de muertos.

9

El sacro mural de
"La Creación"...

La respuesta al padre Müller no se hizo esperar. Aunque la nota aparece manuscrita por Naúl, doña Genoveva se la dictó palabra por palabra. Para evitar controversias, ella alegó poseer fino olfato en asuntos *político–eclesiásticos–locales*, y no tener tiempo para debates inútiles.

Naúl le listó al cura el presupuesto detallado de la obra y, en el párrafo final, enfatizó que los materiales, tiempo e ingenio eran por cuenta «de éste artista uruguayo, como demostración de mi simpatía por la obra misionera de la iglesia».

– Naúl, en estos tiempos de intolerancia, extremismos y excomuniones es preferible estar sentado a la *diestra* del padre Müller, no a su *siniestra*.

Pero la matrona no se quedó en el mero enunciado, sino que de inmediato le estiró a Naúl el dinero necesario para adquirir los materiales.

La sola preparación de la superficie del muro resultó toda una odisea. Luego de la detallada inspección Naúl concluyó que «el muro fue construido por la época en que los dinosaurios aún no habían sido notificados del peligro de extinguirse». Era muy ancho, *construido de tapia pisada sobre cimientos de piedra acomodada* y protegido en la cumbrera con tejas de barro cocidas. Lo habían empañetado un siglo atrás y tenía tantas manos de cal superpuestas, que parecía un veterano actor del teatro *kabuki* japonés, con su espeso maquillaje de polvo de arroz. Así que le tocó apuntalar el muro con concreto y reforzarlo con ladrillo. A continuación, Naúl se encargó de la tarea de aplicarle las tres capas de pañete que ordenan los expertos. Cada capa de mortero, la dejó secar por dos semanas, hasta comprobar que la superficie se encontraba oreada y sana. Entonces le metió mano a la textura final, la más compleja, la correspondiente al *intánoco*. La mezcla final requirió un balance perfecto de polvo de mármol fino, agua y cal muerta. La simple tarea de apagar la cal viva le tomó a Naúl seis semanas.

– Buenaventura: ¡Nos llegó la hora! ¡Manos a la obra!

Con la fe de un alquimista, el uruguayo invadió el patio trasero de la casa de la Calle del Alférez Mayor. Se armó con peroles, totumas y tarros para mezclar los pigmentos que consiguió en la plaza de mercado, la botica y la ferretería: azafrán, greda verde y verde montaña, ancorca de Flandes, ocre tostado, bermellón, negro carbón, albín, espalto, granos de kermes y blanco de plomo. La preparación de la pintura le exigió agua, cal, goma arábiga y «no me acuerdo cuántas canastadas de huevos», a los que la negra Buenaventura les fue extrayendo la yema con científica paciencia, para ayudarle a preparar los mazacotes necesarios que garantizaban que el fresco de «*La Creación*» –expuesto a la inclemencia de un trópico iracundo–… duraría «*ésta vida y la otra*».

Una vez perfeccionados los bocetos en cuadrículas y listas las mezclas con apariencia de bazofia, Naúl se esfumó del paisaje de Puerto Galeón, durante los siguientes cinco meses.

A cambio de su generosidad pactó con el cura, total respeto a su espacio personal, cero interrupciones mientras pintaba, privacidad en el área de trabajo y garantía que ningún mirón asomaría sus narices en un radio de medio kilómetro a la redonda, exigencia que incluía al padrecito Müller.

Para proteger a la obra de la intemperie y de la curiosidad, doña Genoveva le prestó *no sé cuántas sábanas de algodón* para cubrir las cuadrículas del muro que iban quedando terminadas.

Un jueves, al final de la tarde, Naúl se apareció en la oficina de la parroquia. Su facha era deplorable. Bien podría ser confundido con un payaso, un deshollinador o un panadero. Estaba salpicado de pintura desde las pestañas hasta el peroné. Su enorme bigote de manubrio evocaba dos gruesos pinceles de pelo de camello, saturados de colores intensos. Lo único que no denotaba mancha era su ingenuidad y también esa hilera de dientes mal acomodados entre su sonrisa bonachona.

– Mi señora Inocencia…

– *Señorita*, y a mucho honor –se apresuró a corregirlo.

– *Señorita*, corrijo lo de señora, el señor cura párroco debe saber que su mural sobre «*La Creación*» está listo.

– ¿Listo?

– Dije «*listo*», no «*seco*».

La entrega protocolaria de la obra se aplazó tres semanas, hasta que el muro se secó por completo.

La expectativa sobre el resultado de la obra, creció gracias al enorme texto que Naúl pintó sobre las sábanas que cubrían el mural: «*¡Silencio! La Creación está en reposo*».

Para demostrar el milagro de la metamorfosis, o cómo una derruida tapia, se puede convertir en una obra de arte, Naúl se propuso subrayarle al cura las fronteras entre el *albañil* y el *pintor*, y entre el *pintor* y el *creador*. Para ello organizó una ceremonia privada a la que gracias al Altísimo, los únicos invitados fueron: el reverendo cura Müller y la señorita Inocencia.

Esa mañana, frente al muro, Naúl lucía radiante. La facha de peregrino cruzando el desierto que luciera durante doscientos y tantos días de trabajo solitario, quedó en el pasado. Vestía de impecable blanco, con un anturio rojo, vibrante, asomado en el bolsillo de su camisa, pañuelo multicolor anudado al cuello y una boina vasca inclinada sobre su oreja izquierda, adornada con una cucarda tricolor.

Si bien el conjunto despedía cierto tufillo estrafalario, su rostro neutro denotaba pompa y circunstancia. Sobre el césped clavó el palo de una escoba a manera de asta, y permitió que la bandera uruguaya se desmadejara sin aliento.

– Reverendo cura párroco Wolfgang Müller y *señorita* aquí presente. Doy gracias al cielo por la oportunidad que me prodigaron de recrear la *Creación*. La obra que a continuación veréis está ajustada, tanto a la letra del *Génesis*, como a las tradiciones de nuestra cultura judeo–cristiana, vistas, claro está, desde la perspectiva de esta sucursal del cielo, que es nuestro maravilloso Puerto Galeón.

El cura empacado entre su sotana negra, con esa actitud impersonal de caja fuerte, miró de reojo a la señorita Inocencia que lucía extasiada –como ida– ante la parafernalia que el uruguayo montó alrededor del muro.

De súbito, el artista trocó su expresión mesurada y solemne, y se transmutó en un poseído. Arrancó a tirones las sábanas que cubrían la tapia y gritó al borde del clímax: «*¡El fresco!*».

La súbita visión del muro deslumbró al párroco. Sorprendido, se frotó los párpados, como si necesitara balancear sus neuronas para entender la singular interpretación que el artista uruguayo había hecho del *Génesis*... luego de quince segundos de un silencio agobiante, profirió un estridente berrido:

– ¡Raus hier!

Como Naúl creyó que era una interjección en alemán, algo así como «*¡qué maravilla!*», sonrió por apenas tres segundos, antes que el coloso bárbaro conmutara su soberbia, al castellano.

– ¿Fresco? ¡Imbécil! El «*fresco*» es usted. Usted no es un pintor sagrado sino un vulgar pornógrafo. ¡Fuera de aquí!

Y tomándolo de una oreja lo sacó a la calle.

– ¡Raus hier! –bramó repetidas veces– ¡Raus hier!

10

El espíritu de
la tertulia...

Naúl terminó vinculado a la tertulia de intelectuales que muchos años atrás organizara el librero mayor de Puerto Galeón, Francisco Terán, mejor conocido como *Paco el Gallego*, propietario de la «Librería del Centenario», importador de enciclopedias, libros y revistas, corresponsal del diario más importante de la capital y consumidor de unos enormes habanos *Partagás* que apestaban a varias cuadras a la redonda.

Con esa autoridad que impone la tinta de imprimir, «el Gallego» le decretó a los miembros de «*su*» tertulia una disciplina para galeotes. Todas las semanas el estricto orden del día se iniciaba con un recuento de las últimas novedades editoriales y la lectura de las notas críticas sobre libros que a la semana siguiente aparecerían en la sección cultural de «El Caribe Times». A renglón seguido, se debatía la política internacional, las novedades en el arte plástico, los eventos culturales locales y terminaban con la lectura de ensayos y poemas tibios, recién empollados por los más inspirados miembros de la tertulia.

Al remate de cada tertulia no asistía *Paco el Gallego*. Por la simple razón que el colectivo sufría un dramático desdoblamiento de personalidad. De agudos filósofos frente al librero se trasmutaban en parranderos irrefrenables «*donde Teresa*». Los finos intelectuales resultaban bebiendo como arrieros, cantaban a voz en cuello las canciones de la provincia, garlaban como cotorras sobre putas y parrandas, despellejaban a medio puerto y celebraban ocurrencias e idioteces cual si fueran adolescentes, entre chanzas y sonoras carcajadas. Así operaba –en la clandestinidad de una casa de lenocinio– esta camarilla de tipos bien nacidos y mejor educados, bajo la influencia exorcizante del ron blanco.

Un febrero, vísperas de carnaval, la tertulia resultó herida de muerte. La ronquera con tos crupal que padecía el Gallego por causa de su tabaquismo desembocó en una traicionera angina de pecho. Su inconsolable mujer no resistió la pena y justo a los sesenta días *se largó sin despedirse*. Con la muerte de la pareja desaparecieron la librería, la corresponsalía y la sede oficial de la tertulia. Aunque el espíritu de la tertulia sobrevivió, quedó boqueando. Fue entonces cuando este grupo variopinto de impulsadores de la cultura se sobrepuso al dolor y, en homenaje a su fundador, se reorganizaron, procurando mantener intactos los principios y reglas aprendidos del Gallego. Se declararon «sociedad secreta dedicada a estudiar y practicar las artes de la retórica tanto en su propósito persuasivo como en su expresión estética» y, a renglón seguido, sin más huevonadas, le pidieron posada al turco Badel, un patriarca millonario, que hizo su fortuna a la antigua, trabajando de sol a sol, en su negocio de carga marítima. El turco sonrió condescendiente y sin hacer ni una pregunta, les prestó –a cambio de nada– un rincón, al fondo de una de sus bodegas.

Jamás una sociedad secreta pareció tan exótica y tan bien intencionada. No por el empeño que se imponían los veintiún complotados para resucitar el arte de la retórica, buscando polemizar sobre todo lo divino y lo humano, desde la política local, hasta la apologética sagrada; desde la función de la próstata, hasta la función del cine que anunciaba escenas calenturientas de la Jean Harlow, *sin cortes y sin censuras*; desde las recetas del boticario, con purgantes, emplastos, infusiones y fomentos hasta las más rebuscadas recetas afrodisíacas, a base de chipi–chipi, espárragos y criadillas; aquí se improvisaban duelos filosóficos sobre la mejor receta del arroz con coco, y allá se hurgaba con insolencia la teoría de la relatividad de

Einstein; un día se polemizaba con ardor sobre el manifiesto de los cubistas en París, y en el siguiente intentaban establecer la escala de ardor de un examen dígito rectal de la próstata; en jornadas de inmensa creatividad intentaban establecer las relaciones causales entre dos variables imposibles, como cuando estudiaron la posibilidad de la existencia de una correlación regular y mensurable, entre las oscilaciones en la bolsa de Londres y las tarifas de las *guarichas* en los bailaderos de Puerto Galeón.

Aquella tarde cuando el padrecito Müller trató a Naúl de vulgar pornógrafo y lo sacó a la calle a los gritos de: «*¡Raus hier!*», éste buscó natural refugio en la tertulia.

– Después de cinco meses de ausencia, aquí me tenéis, milagrosamente vivo, con la crónica fresca sobre mi «*fresco*».

Para echar el cuento sobre su obra monumental, sin omitir detalle, extendió sobre la mesa los bocetos del mural.

Había pintado con minuciosos detalles los principales edificios de Puerto Galeón, rodeados de cientos de casitas encaladas, con su mar de fondo. Destacó los tramos que aún sobrevivían de aquellas históricas murallas que –estoicas– aún resistían con hidalguía el ataque de las nuevas avenidas. En el costado derecho aparecían las fincas de los alrededores de Puerto Galeón, con sus matas de plátano, burros, caballos y mulas, amén de la ciénaga con sus pescadores y atarrayas. En primer plano, en el mismo centro del mural, pintó la iglesia parroquial y, frente a la estructura, un muñeco grande con sotana y bonete negros, encarnación del reverendo cura Wolfgang Müller. A su lado aparecía una mujer insignificante, que no daba lugar a especulaciones, porque era la viva imagen de la *señorita* Inocencia. Para ser consecuente con el tema bíblico de la Creación, pintó un arcángel de sombrero de copa, trepado en un globo de vivos colores, soplando una larga trompeta que expulsaba nubes de mariposas multicolores. Sobre el firmamento azul se apreciaba un barco de vapor de tres chimeneas que navegaba patasarriba sobre el algodón de las nubes. Y en primerísimo plano pintó dos figuras desnudas corriendo, una en pos de la otra. La de adelante no cabía duda que se trataba de *Eva* por las enormes tetas que le dibujó, y detrás, pisándole los talones, corría un tipo flacuchento –en actitud de violador– cargando amenazante la serpiente. Un texto, inserto dentro de una cinta de circunvoluciones heráldicas, rezaba: «*Después de un merecido descanso, el día octavo, Dios creó a Puerto Galeón*».

Con la expresión más sentida de la solidaridad humana, todos sus amigos de la tertulia lloraron a raudales –no por la emoción que les causara la descripción del cuadro, sino contagiados de una risa viral, al imaginarse la cara de sorpresa de su reverencia. Resultó tan memorable el episodio, que el capitán Carrizosa sugirió «mover el dispositivo de defensa hacia *Donde Teresa*» para analizar a fondo la situación. La madrugada los sorprendió en esa trinchera intelectual, alterna, riendo a mandíbula batiente.

– ¡Ay! Naúl, se lo advertí tantas veces ¡Ay! que no toreara con sus chanzas al padrecito Müller, porque él tiene un genio pesado –se lamentaba doña Genoveva, a tiempo que le advirtió– ni me vaya a contar que fue lo que pintó, porque me puede dar un soponcio.

– Misia Geno, la sabiduría no es gratuita. Gracias a este bíblico episodio siento que descendió sobre mi espíritu una revelación divina: *el arte moderno es incompatible con el arte sacro.*

II

Valentina arriba con
la madrugada...

– Naúl tengo que hablar seriamente con usted.

– ¿De la «puerta»?

– Frío joven. Del conflicto entre el reverendo padre Müller y usted.

– Niña Geno, si me va a pegar tan duro no me regañe. Tráteme con cariño, como a un hijo bobo.

– Ay Naúl, no me hable de hijos que me pongo triste. Acompáñeme por ahora a tomar una agüita aromática.

El efecto de esa infusión aromática que doña Geno consumía a olletadas –mezcla de poleo, menta y valeriana– era milagroso. Poseía las virtudes de tranquilizarle el espíritu a la vieja y, como en este caso, le ayudaba a expulsar fantasmas, gases y otros recuerdos indigestos.

– Compréndame Naúl, la presencia de un hijo en esta casa se convirtió en una obsesión para el doctor Zuleta...

Así inició doña Geno su sesión de catarsis, en medio de dos ruidosos soplidos para enfriar la infusión y un sorbito de prueba.

– Le fascinaban los niños y en su especialidad en enfermedades tropicales, les prestaba amorosa atención. Incluso se ganó entre las madres una reputación de «curandero y santón».

Cuando el gobierno nacional lanzó el programa de vacunación rural, él se ofreció a encabezarla. Esa decisión fue suma de dos razones: un reto profesional y una oportunidad para llenar, con el activismo social, ese vacío de la ausencia de un hijo que se le estacionó en el alma. Con el paso del tiempo se comprometió más y más en comisiones oficiales y en la organización de puestos de salud en pagos remotos, huyendo de la vida cómoda, aburguesada e incompleta que padecía en Puerto Galeón.

Ya superaban los siete años de matrimonio y tres de convertir los frecuentes viajes en rutina, cuando un suceso milagroso les cambió la vida para siempre.

Una madrugada de julio, fresca y silenciosa, todos en casa dormían como críos cuando un fantasma golpeó recio el portón. La señora Genoveva se incorporó asustada. Abrió las pupilas en el intento de ver en la oscuridad, al tiempo que su corazón galopaba sin control. A la segunda serie de golpes se alarmó y una premonición fatídica le cruzó rauda el cerebro. Y a la tercera vez presintió lo peor. Se levantó angustiada, corrió hasta la habitación del servicio, en la parte de atrás de la casona y rebulló a las tres sirvientas «¡Auxilio! ¡Despierten! Parecen momias. ¡Tengo un grave presentimiento! ¡Dios mío! Algo grave le pasó al doctor». Con prudencia se asomaron por las ventans y luego por el balcón, pero no vieron a nadie. Como los golpes fueron tan claros, la señora ordenó abrir la puerta. Una vez retiraron todas las trancas, giraron pestillos, picaportes y fallebas, y aliviaron la puerta de candados y cadenas… ¡Santo Cielo! Las cuatro mujeres quedaron pasmadas. ¡Qué cosa de portento! En una canasta de mimbre yacía acomodado un angelito caído del cielo. Las tres ilusas coincidieron en mirar hacia el oscuro firmamento en su intento de comprobar que era un milagro, y cuando no distinguieron señal divina salieron disparadas hacia todas las esquinas en el intento de resolver el enigma… pero en el vecindario todo era sombras y serenidad. Ni siquiera ladraron los perros. El crío dormía profundo, indiferente al zipizape que por su causa se formó, aquí, en el portón rojo, de la casa 610 de la Calle del Alférez Mayor, a las 4:30 de la madrugada, de un martes 25 de julio.

A las volandas entraron a la criatura y cerraron la puerta con tal apremio que cualquiera pensaría que se la estaban robando. La canasta la colocaron sobre la mesa de comedor, encendieron las luces y contemplaron boquiabiertas el regalo que les cayó del mismísimo Cielo. Una vez le retiraron la frazada de algodón. ¡Milagro! Se trataba de una niña. Debajo de su brazo le habían colocado una nota manuscrita, con letra tan prolija que permitía deducir que su madre era una mujer letrada y muy bien educada.

«La decisión que acabó de tomar es muy dolorosa para cualquier madre. No puedo brindarle a mi hija un futuro decente. Me aconsejaron entregarla para el servicio de Dios en el convento de las Clarisas o dejarla en el portón de la catedral, pero he decidido colocarla frente a esta puerta, a la Buena de Dios, en un hogar cristiano donde la niña pueda tener las oportunidades y la seguridad que en mi situación económica yo no le puedo ofrecer. La Virgen bendiga a mi hija y Dios bendiga a vuestras mercedes que serán desde hoy su nueva familia».

Una semana más tarde el doctor Zuleta retornó. Quizás presentía algo porque por primera vez en muchos años no arribó a su casa con esa cara de fatiga, quejándose del calor, de las lluvias, de las nubes de zancudos, del atalaje, de la mula, de la matadura en la nalga, de la canícula. Mi Dios se encargó de dibujarle una extraña cara de felicidad. Justo al entrar le enseñaron la criatura y apenas le empezaron a narrar la extraña historia cuando tomó a la chiquilla en sus brazos y bailó de la dicha.

La criatura era bella, tendría tres meses, era morenita, adornada con una par de ojos inmensos de color café –muy claros– y pestañas abundantes.

– Como nos la regalaron la madrugada del día de Santa Valentina, no hay espacio para debates sobre el nombre de la criatura –sentenció el doctor Zuleta.

Esta milagrosa aparición, hecha carne, le dio un vuelco a las relaciones de la pareja. Durante años habían sostenido un matrimonio de apariencias, y desde hacía tres, el vínculo se debilitaba víctima de la rutina y el tedio. Él ya no disfrutaba de su hogar, y doña Genoveva lo empezó a asfixiar con su dependencia y control. Con el arribo de la pequeña Valentina el cambio fue abismal. El amor por la niña se volvió obsesivo. El doctor Zuleta renunció a sus comisiones sanitarias y empezó a pasar más tiempo en Puerto Galeón, pero no en su consultorio del hospital, ni en el club, sino en su casa.

Como los milagros no llegan solos, ya se iba a cumplir un mes de carreras e improvisaciones, cuando el doctor Zuleta llegó radiante y en alto grado de excitación.

– ¡Genoveva! ¡Otro milagro! El médico Hernando Ospina me refirió a una pobre mujer recién parida, que acaba de perder a su bebé y está buscando trabajo como nodriza.

Doña Genoveva, que no estaba preparada para asumir de improviso el papel integral de madre, se contagió de entusiasmo.

– Diego, estoy segura que esta pequeña Valentina es un milagro capaz de producir más y más milagros.

La mujer era joven, trigueña, de poca educación, muy bien formada, con unas caderas redondas y paradas, de bonita figura, alegre, y de fácil habla. En conjunto, era la humildad vestida con belleza y dignidad. «Mi señora, me llamo Buenaventura». Doña Genoveva le dio gracias a Dios por esta nueva oportunidad. Esa misma tarde Buenaventura retornó con un estropeado baúl, y antes de instalarse en la habitación que le asignaron, la bebecita –su amita– ya lucía plácida, prendida con avidez a la teta de su madre de leche.

– Que el milagro de la leche materna le fortaleció el organismo a la niña, de eso no hay duda. Me afana que desde cuando Diego murió, la niña se atrasó un tris y a veces la noto como flacuchenta, aunque creo que eso obedece a su edad y a su desarrollo natural. Lo importantes es que ¡Gracias a Dios! Mi nieta es fuerte, inteligente y sana.

Aquí la matrona hizo una pausa entre dos prolongados suspiros y tres buches de la infusión.

– Yo hubiera preferido que la niña se nutriera con la leche materna de su verdadera madre biológica. Eso es lo que le robustece las defensas a la criatura. Por eso a mí siempre me ha asaltado la duda sobre si la leche de Buenaventura fue la que le traspasó a Valentina esas actitudes voluntariosas y rebeldes que por herencia genética cargan las negras. Eso me angustia, no durante sus etapas de niñez y adolescencia, porque al fin y al cabo una de madre la reprende y orienta. La preocupación es cuando ella deba enfrentarse sola, al reto de ser mujer, y yo ya no esté a su lado.

– Niña Geno, la duda que me despabila el sueño es ¿cuál es la razón para que ella sea su nieta y no su hija?

– ¡Ay! Naúl. A mi edad, cuando todos nuestros amigos en el club conocían el jeroglífico indescifrable en que se convirtió nuestro matrimonio ¡Ay! y mis amigas sabían que yo ya había superado los calores de la menopausia, ¡Ay! y con este cabello que desde joven ya no le cabía ni una cana más ¡Ay! no la íbamos a registrar como hija nuestra. Así que Diego se habló con el notario de entonces, y allá en el club, se unieron sus amigos en una conspiración de amor y buena fe. Nunca supe qué archivos movieron, no sé qué juramentos en vano realizaron, desconozco qué maniobras documentales hicieron y si falsificaron documentos… no lo sé. Lo cierto es que la niña aparece, legalmente como nuestra nieta, hija de una presunta «*hija*» ya fallecida, y su custodia quedó claramente establecida a favor nuestro.

– ¿Custodia?

– El mayor temor que siempre tuvimos era que nos encariñáramos con la niña y de pronto apareciera su madre biológica con pruebas y ambiciones que nos convirtieran en rehenes del amor por una hija ajena.

Naúl se pegó un suspiro tan prolongado como si intentara acaparar todo el aire circundante.

– Naúl, por caridad, le pido total discreción. Que el secreto que le he compartido jamás lo sepa nadie… ni siquiera la fiel Buenaventura. Piense en el impacto que podría sufrir la niña.

– Doña Geno, algún día ella se va a plantear muchas preguntas.

¿Por qué el tono tostado de mi piel si mis abuelos son blancos como la leche?

– Por fortuna los ojos de la niña son bien claros, casi tanto como los de Diego. Esa feliz coincidencia la tranquilizará. Hoy, cuando ya no tengo canario que me píe, ni perro que me ladre, ni gato que me ronronee, mi única preocupación es que cuando yo me vaya, Valentina posea la mejor educación, asegure su mejor futuro y herede todo el patrimonio que Diego y yo amasamos con responsabilidad y prudencia, incluida esta casa.

Con tanta confidencia atorada en su pescuezo, Naúl fumó en silencio su último cigarrillo negro y consideró que por ese día ya era suficiente.

– Naúl, ¿queda satisfecha su curiosidad?

– Niña Geno, de manera oficial declaro superados los enigmas del mural de *La Creación* y de *la puerta colonial*. Aquí bajo el telón. Fin de la obra.

¡Qué optimista! *El Mural de La Creación* continuará siendo herida abierta para el imperial cura párroco.

12

El conquistador de París...

París deslumbró a Naúl. Conciente que no podía posar de *gallo quiquiriquí* en corral ajeno, adoptó una cara de mística solemnidad, digna de los estadistas en el exilio, y se propuso domesticar sus locuras, encausar su rebeldía y buscar la forma de sobrevivir, sin hipotecar su actitud iconoclasta.

Para acercarse al ambiente artístico, le recomendaron observar el curioso comercio que se realizaba en la esquina del Boulevard Montparnasse y la Rue De La Grande Chaumiere, lugar donde los artistas solían contratar a sus modelos para proyectos sobre retrato y figura humana. Durante su breve exploración por el vecindario, preguntó sobre tarifas y condiciones, y gracias a su habilidad para la promoción, se lanzó como «*modelo masculino, en la versión de Adonis Sudamericano*».

Con espartana dedicación se dedicó a fortalecer sus menguado físico mediante una dieta matutina de gimnasia sueca –según él– para endurecer y tonificar, bíceps, muslos y pectorales. Domesticó con gomina sus abundantes cabellos y enceró las puntas de ese inmenso bigote que parecía darle soporte a su colosal nariz. Por las noches, frente al espejo, ensayó diferentes «poses helénicas».

– ¡Qué pereza! Para poder ejercer el oficio de *modelo clásico*, tal como lo exigía la academia, me tenía que afeitar el pecho y la ingle, una semana sí, y la otra también.

Del modelaje artístico se sostuvo casi un año. Aunque las agotadoras sesiones le provocaban dolorosos calambres, eso era mal menor. El verdadero cilicio consistía en clausurar el pico, mantenerse inmóvil y –aún peor– conmutar el botón de su cerebro al modo de *apagado*, para que sus neuronas creativas, que reverberaban con disparatadas ideas, no le fueran a fundir el coco. Ganaba12 francos por sesión de tres horas, sin importar la cantidad de estudiantes que asistían a la clase. Durante el invierno la calefacción era tan exigua que pasó toda la temporada con bronquitis.

Pese a que no conoció semana sin contrato, antes de un año concluyó que el modelaje era un oficio para cretinos y que prefería estudiar.

– Posar para artistas pobres esa sí es la sublimación de la pobreza –exclamó el día que renunció a su papel de «adonis sudamericano».

La decisión de estudiar fue consecuencia del ambiente académico que lo hechizó. Pero ¡atención! de entrada se declaró enemigo, como en sus tiempos del Círculo de Bellas Artes en Montevideo, de lidiar con proporciones áureas, con la geometría de la perspectiva, con la belleza formal y la intransigencia ortodoxa de sus profesores de la academia.

Entonces descartó la idea y retornó a los basureros para recoger su cosecha de tesoros: tablas, tapas de pupitres, puertas y chapas, a las que les ofreció la irresistible oportunidad de convertirse en matrices para sus grabados. Las cortó, lijó y pulió, antes de empezar la labor quirúrgica de hurgarles los intestinos, para liberarles de sus fibras interiores las figuras infantiles de barcos ingrávidos, ángeles regordetes, medialunas y cuervos, más ese perfil repetido de una mujer con un ojo grande.

13

«Cómo me gusta
hablar Español»...

¿Qué fuerza magnética reúne a los exiliados en París?

Los exiliados se reúnen por grupos en las mismas bancas del mismo parque, en la misma plaza, en el mismo café de la esquina, o en cualquier restaurante modesto donde el aroma a *sancocho*, a *asopado*, a *cocido*, a *pörkölt*, o a *solianka*, se convierte en el imán que atrae los recuerdos más genuinos de su patria lejana.

Pero la nostalgia de los refugiados no se limita al paladar, también la lengua y el oído necesitan ejercitarse con el idioma que les instalaron de origen, y claro está, perciben música celestial cuando reconocen lenguas, acentos, colores y tonos propios de la tierra en la que nacieron. Se reúnen los refugiados para nutrirse de nostalgia y deshojar, en colectivo, los pétalos de una margarita común, que les permite revivir –el *me quiere, no me quiere*– que son los amores y los odios de los tiempos idos.

Precisamente, en una fiesta de estudiantes latinoamericanos en el parque de Vincennes, en las afueras de París, se encontraron alrededor del mismo fuego, dos lunáticos: Naúl y el *cuentero*.

– Soy Naúl Ojeda, artista uruguayo. Como *monsieur* puede apreciar, soy diplomado en chotos, chinchulines, y mollejas, con un doctorado en tripagorda y asado.

– Yo, José María Valle, *cuentero*, apátrida y juglar.

En ese ambiente de necesidad de afecto, se sorprendieron mirándose sobre el mismo espejo del exilio –el de *ser* y, al mismo tiempo, el de *no ser*– y coincidieron que había más razones para identificarse que para ignorarse.

El elemento catalizador de esta amistad no se limitó a esas tiras deliciosamente obscenas de *asado uruguayo*, desparramadas de manera lujuriosa sobre una parrilla que ardió al rojo vivo, el tiempo justo, para traspasarle a la carne el tufillo libidinoso de la brasa de leña. También contribuyeron a establecer mutua confianza las diez botellas de vino tinto uruguayo de las *Bodegas de Faraut*, que Naúl no supo explicar cómo diablos fueron a parar a París, (aunque sí aclaró que el vino era uruguayo, y originario de su pueblo natal: Durazno).

– A las morcillas de esa tarde, también les doy el crédito de haber estrechado una fraterna amistad que duró –apenas– ese ínfimo lapso de tiempo que solemos llamar *toda la vida* –confirmó luego Naúl.

Al tal *cuentero* se le notaba que había recorrido mundo y medio, amén que manejaba una verborrea que le brotaba espontánea. Con la imaginación de Julio Verne, con más mundos recorridos que el Marco Polo y con tres veces las millas náuticas que navegó el Robinson Crusoe, José María era maestro de la fantasía y un profeta iluminado por la facilidad de la palabra. No era un simple viajero impenitente sino un auténtico nómada, porque su trashumancia era visceral. Sin artilugios ni artificios, sin hacer alarde de sabiduría, el *cuentero* les planteó a los presentes una elemental pregunta, recurso para levantar sobre ella una galaxia de alucinaciones. «¿A qué huele la *melancolia*?» –preguntó sin esperar respuesta– porque a renglón seguido le brotó un manantial de palabras y metáforas que desataron el delirio de estos exiliados. Boquiabiertos, los paisanos se entregaron sin condiciones –en cuerpo y alma– y se dejaron arrastrar por la fantasía de su verbo sin oponer la menor resistencia, porque entendieron que la entelequia era disfrutar del viaje que propuso el cuentero, sin importar el destino.

Al día siguiente, Naúl clasificó científicamente a su nuevo amigo. En su caótico cuaderno de bocetos anotó: «Último domingo de Abril. Conocí a un *mamífero vertebrado*, del orden de los *primates*, perteneciente a la especie *"homo errabundus"*, que se arroga ser el inventor de las palabras».

José María medio hablaba cinco lenguas, con ese acento áspero, plagado de expresiones ordinarias, que se aprende de urgencia en los grandes puertos, como requisito –*sine qua non*– para poder sobrevivir. Pero el mundo era demasiado largo y ancho para conformarse con ello. Para sobrevivir en regiones exóticas donde desconocía la lengua, se enamoró en Italia de las técnicas de la pantomima. En derroche de disciplina logró educar su cuerpo y controlar su respiración, para que cada músculo, cada tendón, cada poro y cada célula pudieran actuar de manera independiente, para así transmitir mensajes y emociones, utilizando un limitado arsenal de gesticulaciones, visajes y muecas, amén de movimientos exagerados del cuerpo. Cuando Naúl le pidió la fórmula secreta del arte de la pantomima, José María se lo sintetizó así:

– La clave es bien sencilla. Debes ser capaz de transmitir la misma información contenida en los 24 volúmenes de la Enciclopedia Británica, pero… sin abrir la trompa.

Un agnóstico como Naúl no iba a reconocer que fue la intervención divina la que lo hizo llegar ese domingo de abril al lugar que era, a la hora que era. Él achacó el suceso a una feliz conspiración alentada por sus *musas rioplatenses*. Lo cierto es que, antes de un mes, el artista uruguayo y el cuentero trashumante se confabularon para fundar –«con un capital de menos cero francos»– su empresa de espectáculos: «*Carnaval Callejero del Silencio*».

Todas las oscuras madrugadas –llueva, truene, o relampaguee– el telón virtual de su espectáculo callejero se levantaba (de 12 a 3 a.m.), en la esquina de la *Rue Pigalle* y la *Rue de Douai*. Allí Naúl –embadurnado hasta las pestañas con una mermelada a base de flor de zinc y vaselina– y dotado con dos aparatosas alas confeccionadas con plumas de gallina, se trepaba sobre un cajón de madera pintado de blanco, y simulaba (sin siquiera parpadear) ser la estatua en mármol de un *arcángel anunciador*. Alrededor de este monumento clásico, su carnal José María, les «*relataba*» a los curiosos cuentos coloridos y retorcidos, sin abrir la boca, gracias a los divertidos movimientos y a las gesticulaciones de la pantomima.

– En la historia universal de los íconos sagrados, incluidos los bizantinos, ésta es la primera ocasión que la imagen de un arcángel se presenta en público con bigote de mariscal alemán – explicó Naúl–. Ese es el precio que todas las noches le facturo a San Gabriel, por el privilegio de representarlo.

Estaba feliz. Seguía posando de modelo en ese ambiente bohemio de París, pero aliviado de la obligación de afeitarse –cada semana– el pecho y el área de los genitales, como le exigían en la Academia. Además podía cambiar de pose a su antojo y, como si fuera poco, ganaba diez veces más por sesión, habida cuenta que los borrachos son en especial sensibles al *arte escultórico* en las madrugadas y, como feliz consecuencia, se vuelven manirrotos con las propinas.

A partir de entonces, Naúl y José María se declararon en asamblea permanente y montaron su centro de operaciones en el área de Pigalle. Al concluir la siguiente semana ya habían compartido tantos secretos sobre el arte de sobrevivir en París, que juraron permanecer ahí, en el ombligo del mundo –flemáticos– hasta el mismo *día del juicio final*, o hasta ser ungidos con una jubilación del gobierno como *veteranos de guerra*. «Lo que la Providencia nos depare primero», convinieron.

Cada loro busca su estaca. Cada historia encuentra su audiencia. Es la ley de la gravitación universal. Los objetos celestes se atraen.

Naúl y José María no tuvieron necesidad de hacer profundas reflexiones para reconocer una mutua identidad intelectual y afectiva, y coincidieron en la imperiosa necesidad de blindar su amistad. Para ello pactaron sublevarse contra el orden establecido y se declararon –con la debida pompa y circunstancia– como *republiqueta independiente*. En unas bacanales mitológicas, regadas con el verde esmeralda del ajenjo, Naúl encarnó a Dionisos, el dios griego del vicio, mientras José María personificó a su contraparte romana, el dios Baco. En ese estado de desequilibrio etílico redactaron, sobre una servilleta de organdí, y a cuatro manos, su propia *Constitución* y se auto eligieron por unanimidad (con el 100% de los votos escrutados por dos estudiantes argentinas) como Emperador Naúl I y Emperador José María I «soberanos de la tierra firme y sus islas adyacentes, almirantes de los siete mares y caciques de todas las tierras incógnitas que aún quedan por descubrir».

Una semana más tarde improvisaron un riesgoso viaje exploratorio por las calles de París, hasta un diminuto *chambre de bonne* –en la sexta planta de un edificio de la Rue des Écouffes– donde el viejo Esteban, un veterano músico con pinta de profeta yoruba, los recibió con su enorme sonrisa de teclado de marfil.

Este sexagenario tresero cubano, decimista y compositor, quien fuera integrante del famoso *Coro Ronco de Pueblo Nuevo*, durante las competencias musicales que en Cuba disputaban los más famosos orfeones de *guaguancó*, había aceptado la solicitud formal de audiencia que el par de sublevados le enviaron por correo, en nota de estilo, dos semanas atrás.

En el transcurso de esa inolvidable parranda, le propusieron al cubano pasar a los anales de la historia universal, por la vía de componer el *himno nacional* de su naciente republiqueta en el exilio. El «negro» Esteban –quien salió de Cuba en el exilio del año17– no se resistió a la tentación de transitar en vida a la posteridad, y sin dilación organizó su charanga. Él tocó el *tres*, José María el *güiro* y Naúl –quien siempre reconoció haber nacido sordo para la música– agitó (sin ton ni son) las *maracas*. El resultado fue desastroso. El himno nacional se negó a germinar en semejante ambiente de desconcierto.

Al filo de esa madrugada, a punto de agotarse los recursos etílicos, el trío reconoció que Naúl estaba adornado con la potencia de desafinar a un coro de monjes benedictinos. Entonces Esteban los contaminó del orgullo de pertenecer a esa raza de hombre libres que todos cargamos atorada en el pecho. Contagiados por esa evocación, adoptaron –por unanimidad– como himno oficial de su Nación en el exilio, la vieja guaracha «*¡Somos la raza pura!*».

« ¡Somos la raza pura!

Traigo en mi sangre ancestros puros:

Vascos, gallegos y catalanes. Carabalíes, minas y lucumís.

Chinos, mandingas y yucatecos. Francia, Inglaterra y el Siboney

¡Somos de puro origen santo!

Creo en Jesús, Yemayá y Oyá, y en la Virgencita de la Caridad.

Creo en Ogún, Babalú y Changó, y en la Santísima Trinidad.

Guardo en mi mente sonidos puros:

bongós, timbales y tumbadoras; guitarras, güiros y calabazos;

trompetas, congas y saxofones; cencerros, claves y clarinetes.

Y me hechizan ellas, mujeres bellas, de raza pura con piel oscura:

Mulatas lindas de piel canela, hechas de azúcar,

tabaco y miel.

¡Somos la raza pura!»

Esa noche de invierno, música y ajenjo, Naúl se enamoró de oído, de un mar Caribe que quedaba ahí no más, a un océano de distancia. Juró que sus huesos descansarían en ese lugar donde el sol se viste de rojo antes de zambullirse de golpe en un mar infinito y en la mañana se asoma –tímido, recién bañado– luciendo su mejor traje de luces. Entre ese par de fenómenos celestiales, se prometió escuchar, a la luz de las antorchas, todas las guarachas juntas.

Esa misma noche, con todos los honores y protocolos, se enarboló el pabellón del Uruguay en un cabo de escoba, y se decretó que *hasta nueva orden* se adoptaba esa insignia como la bandera nacional de los sublevados. A las ocho de la mañana de un martes cenizo y helado se dio por terminada la rumba con un *petit dejeuner* regado con vino y se cantó a voz en cuello, por última vez el himno «*¡Somos la raza pura!*». Los tres complotados firmaron el acta de rendición de la reunión y como la mañana estaba helada y a Naúl se le refundió su bufanda en la juerga, se arropó el pescuezo con la tibia bandera *charrúa*, antes de lanzarse a la calle.

Desde entonces José María y Naúl unieron sus armadas invencibles y se convirtieron en inseparables. Juntos acuden a los cafés de la *Rive Gauche* donde se habla de política y de *la paz de Wilson*, vagan por los parques en el reino de los veteranos jugadores de bochas, se atreven a ingresar a las callejuelas oscuras donde se reúnen los verdaderos magos de la supervivencia, esos genios del bien que se saben de memoria todas las fisuras del sistema, antro donde puedes transar una excepción a la regla y, a través de éste modelo de la fina política, acceder a un subsidio de veterano de guerra con una identidad chueca, a una ayuda de caridad posando de viuda (sin importar el sexo del aplicante), a una beca completa para estudiar «ciencias hermenéuticas y alquimia» en Alejandría, o a una simple limosna para procurarse una botella de ajenjo.

– Lo maravilloso del sistema es que con sólo las tres horas que le robamos a cada madrugada para actuar en el «Carnaval Callejero del Silencio» pudimos costear la provisión suficiente de plumas de gallina para mi atuendo de «*arcángel anunciador*» y, como si ello fuera poco, nos pagaban por divertirnos.

Naúl y el *cuentero* continuaron unidos a ese mundo paralelo del exilio, por la fuerza magnética de la solidaridad. Es que los exiliados van llegando por señas a un lugar común, como si todos cargaran en sus genes la brújula orientada hacia el mismo *norte*. Es que entre una multitud de diez mil personas uno reconoce las facciones del único paisano que mora a cien kilómetros a la redonda, o lo identifica por su acento, si está de noche. Es que el idioma nativo es un diapasón que se carga incorporado en el alma y que vibra cuando otro diapasón –del mismo tono– vibra en la misma frecuencia.

Exiliado que se respete siempre habla del amor que espera al otro lado del mar y de los afectos fracturados. De hijos que se sospechan y de los que hay certidumbre y de aquellos a los que se les perdió toda pista desde la misma noche de la huida.

Se debate sobre dictadores de opereta y republiquetas de cartón. Se discute sobre *golpes de estado* y *golpes de opinión*, sobre la legalidad de las revoluciones y los chismes palaciegos. Se leen en colectivo periódicos viejos que traen chismes nuevos. Se comenta sobre tragedias ocurridas en la patria, sucesos que poseen la potencia de arrugarle el alma a cualquier exiliado, así se haya declarado impermeable a la nostalgia. Se muestran viejas cartas de amor, que de tanto releerlas han perdido sus letras. Y se parte y comparte el pan del exilio. El cigarrillo egipcio rota entre el grupo. Se dan mutuo calor en el invierno y caminan… caminan y caminan, en procura del pan de cada día.

Muchos de estos exiliados se resignan a morir lejos de la patria, porque el solo pensamiento de regresar demanda la tarea de volver a reorganizar sus miedos.

Una madrugada de café, Naúl y José María decidieron protocolizar una gran alianza de sus ejércitos imperiales y reunir en una sola bolsa el patrimonio amasado en su «Carnaval Callejero del Silencio». Con ese gesto consolidaron su conquista de París.

Los ahorros a duras penas les alcanzó para alquilar una *chambre de bonne* en el Barrio Latino, un séptimo piso en el Boulevard Raspail –que la casera, luego de observar la facha de sus dos clientes, calificó como «*une mansarde digne de La Bohème*».

Para ingresar a ese palacio, que desde esa fecha fungió como sede oficial de la nueva republiqueta en el exilio, solo existía un camino, vertical y tortuoso, en espiral, una «*escalier en colimacon*», que no permitía trepar ni una maleta. La sala de audiencias era tan reducida que a duras penas contaba con espacio para alojar dos catres de campaña, una mesa pequeña, dos asientos y tres cojines, que los nuevos huéspedes no se pudieron explicar, cómo putas lograron treparlos hasta ese nido de cóndores.

Pero si el interior lucía ordinario… el paisaje resultó extraordinario. A través de la estrecha ventana se contemplaba el mosaico de tejados sucios del vecindario en el acto de fundirse con un horizonte gris y melancólico. Pero sobre esa suerte de telón de fondo deprimente, flotaba ingrávida la poesía. Asomados al patio de atrás de este *París de verdad*, evidenciaron que el fenómeno del movimiento perpetuo sí existe: cientos de prendas recién lavadas, colgadas a orear, ondeaban –a su aire– con vocación de estandartes; allí flotaban prístinas sábanas hacia el poniente cual si se tratara de las velas de una «armada invencible»; también flameaban calzones y otras prendas íntimas como si fueran gallardetes amarrados de las puntas de las lanzas de un regimiento de caballería; y se encrespaba el paisaje emulando la espuma de las olas de un mar embravecido con el agitar de esos lienzos blancos que parecían fungir de atildados pendones de su nación de mentiras.

Naúl colocó sobre la puerta, un cartón que rezaba: «Patria es el lugar donde se vive bien».

Para posar de honesto, remató: «*Frase de Naúl Ojeda, cuya autoría se la disputa Cicerón*».

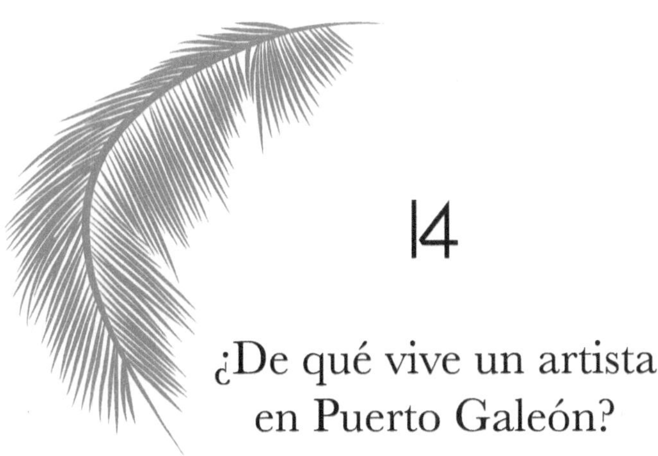

14

¿De qué vive un artista
en Puerto Galeón?

Con el cuento del *artista uruguayo*, Naúl conquistó a Puerto Galeón. Por amor al arte se regaló como voluntario en una escuela pública fungiendo de maestro sin salario. Les enseñó a los niños a hacer monigotes de barro y a perderle temor a los espacios en blanco. Organizó murales colectivos para que los muchachos de las escuelas recuperaran las paredes deterioradas en sus vecindarios y empezó a sembrar a su paso –cual si se tratara de flores– unas diminutas esculturas cinéticas, rechinantes de colores, a las que les infundía alma con mecanismos inverosímiles. Su fantasía era demostrar la posibilidad de reinventar las leyes de la física, utilizando objetos inútiles que recuperaba de la basura.

A Valentina la envolvió en un cuento de hadas. Como no le dieron autorización para pintorretear su puerta, cierta tarde clavó sobre la pared del corredor un listón de madera al que le pintó un bosque repleto de flores diminutas, frutas silvestres y mariposas multicolores. Sobre la florida superficie dibujó una cinta métrica amarilla como la que usaba la abuela en su costurero. La niña –desde lejos– se extasió con otra de las locuras del «tío Naúl». Una vez concluyó la obra, le pidió ayuda a Buenaventura. Naúl se irguió contra el listón y la negra, trepada sobre un butaco, señaló con un lápiz su altura. Naúl repintó la raya y escribió la fecha. Luego llamaron a Valentina y la midieron. Naúl dejó el registro de su altura y subrayó la misma fecha.

– Cuando sobrepases esta altura –Naúl señaló su marca– te saldrán alas como a una mariposa y volarás libre hacia otros reinos encantados que te esperan allá, al otro lado del mar.

La niña sonrió tímida dejando ver la ausencia de varios dientes de leche.

Desde entonces el listón se convirtió en la promesa de un mundo mejor. Varias veces al año Valentina le pedía a Naúl repetir el protocolo, y extasiada comprobaba que al escribir la nueva fecha, la raya se trepaba unos milímetros.

Durante todos estos años Naúl vivió del clima. (Tanto del clima tropical, como del clima de tolerancia de las autoridades migratorias de Puerto Galeón) Pero también de su trabajo como artista plástico. Sus grabados los enviaba a dos comerciantes judíos afincados en París, Rosemberg y Moskowsky *«experts en peinture moderne et marchands de tableaux»*, que allá en la Rue de Saint–Georges, se los pagaban a precios irrisorios, para revenderlos luego a coleccionistas en Estados Unidos y Europa, a precios de especulador. Sobra aclarar que el par de judíos se quedaba con la tajada del león y cada cuatro meses le enviaban a Naúl un anémico giro cablegráfico, vía el Banco Alemán, con los huesos y las sobras.

Una tarde de mayo, Naúl emprendió con entusiasmo la siempre aplazada tarea de desmontar la pesada puerta de su habitación. Cual si se tratara de una vieja actriz de *vaudeville* la fue aliviando de las siete manos de pintura que con el tiempo acumuló, hasta desnudarle su belleza interior. Entonces emprendió la tarea de imprimirle al enorme tablero el sello de su genio. Con la paciencia que derrocha una monja de clausura y el pulso firme de un cirujano cerebral, empezó a colocar a ambos lados de la puerta una sucesión de puntitos de colores, pinceladas diminutas extraídas de una paleta mínima: el bermellón purísimo, el rojo escarlata, el amarillo de cadmio naranja, el violeta cobalto, el negro mate y el blanco de zinc –uno por uno, punto por punto– con la exactitud matemática de los impresionistas.

La pequeña Valentina fisgoneaba desde la habitación de la abuela y no podía despegar sus inmensos ojos –color caramelo– de la evolución del milagro. Desde esa distancia el resultado era clarísimo. El efecto óptico de yuxtaponer tantos puntos, ubicado cada uno en su coordenada exacta, permitía adivinar cientos de mariposas revoloteando alrededor de una cigüeña que calentaba un huevo gigante, entre un sombrero de copa, mientras un barco de vapor navegaba sobre un atardecer escarlata. No firmó la obra, pero en la parte inferior, clavó el ajado cartón que trajo de París: «Patria es el lugar donde se vive bien». «*Frase de Naúl Ojeda, cuya autoría se la disputa Cicerón*». Para burlarse de su propio ateismo, ésta vez le colocó como colofón la expresión hebrea: «*Amén*».

— Naúl, ¿usted ha visitado un psiquiatra para que le mire de qué parte del cerebro le salen esas imágenes tan raras? —le preguntó la viuda al tiempo que entrecerraba los ojos para apreciar mejor el efecto artístico de tanta profusión de puntitos.

— Doña, mis padres adoptivos me cuentan que se trata de un don que adquirí allá en Uruguay, con mi propio esfuerzo, luego de desplomarme por quinta vez de la cuna.

Como la matrona no le entendió bien la respuesta y quedó medio cabreada con la frase que colgó sobre la puerta, recargó el arma larga de su preguntadera y disparó de nuevo.

— Naúl, ¿usted está huyendo de alguien? ¿Ese tal *Cicerón* que menciona en el cartón es un enemigo?

— Definitivamente sí, niña Geno. Le huyo a la intolerancia, a la ignorancia, al racismo y a la mediocridad. En cuanto al Marco Tulio Cicerón, tranquila mi señora, el tipo pudo ser medio borrachín y mujeriego pero, en el fondo, fue un filósofo bacán y un orador de primera.

15

La bodega del turco
Badel, el mecenas...

– Naúl, ¿qué es esa encerradera de todos los días en la tal *tertulia*? La gente ya empezó a pensar mal de ustedes. Que conspiran contra el gobierno. Que pertenecen a una iglesia protestante. Que son bolcheviques o masones. Que son alquimistas o anarquistas. Que se dedican a no sé cuántos vicios vergonzosos. A mí no me gusta meterme en la vida de mis inquilinos, pero la gente habla mucho.

– Niña Geno, usted quiere la explicación larga, o la corta?

Como la vieja se cabreaba con frecuencia ante las rebuscadas explicaciones del uruguayo, susurró:

– Pues siempre entiendo mejor con la corta

– Niña Geno, ¿quién es uno?

La vieja se vio tan sorprendida ante el examen oral, que Naúl se apresuró a soplarle la respuesta.

– Tranquila doña, yo le ayudo. Uno es, lo que uno es... pero también lo que uno cree, que uno es... y también, lo que la gente... cree, que uno es.

Como doña Genoveva bizqueó tratando de digerir el esotérico discurso, Naúl entró a rematar:

– La verdad es que en la tertulia hacemos cosas. Pero la gente en Puerto Galeón piensa que hacemos otras cosas diferentes. La verdad es que hacemos todo lo contrario. Como ocurre siempre, los prejuicios, vencen a los juicios.

– Naúl, no me confunda más. ¿Qué es lo que hacen?

– De todo, mi señora: lo primero, lo último, lo impensado, lo demás y algo más.

La bodega del turco Badel más parecía cueva de contrabandistas, que centro de una tertulia de intelectuales decentes. Tres lámparas metálicas que pendían de las vigas del techo, alumbraban un rectángulo de 8 por 6 metros donde reinaba la retórica. Como casi todos fumaban, el humo permanecía terco, estacionada en el salón. Si no fuera por el bochorno del trópico, ese paisaje brumoso podría confundirse con una típica madrugada de invierno en Londres, descrita por la pluma de Dickens. Con el higiénico propósito de renovar el aire, el gordo Celaya donó un ventilador de pie que sufría de recurrentes espasmos metálicos –«*claque–claque–claque*»– causados por el descuadre de algún engranaje oxidado. Pero el tremor desaparecía de manera milagrosa, tan pronto el gordo le aplicaba un certero puntapié sobre la base. Las tres macizas mesas de madera –heredadas de un viejo taller de tipografía– permanecían cubiertas de fólderes con recortes de periódicos y revistas. Sobre la pared del fondo, vecina a la cortina que hacía las veces de puerta, improvisaron una biblioteca, con bloques de ladrillos y tablas sin cepillar. Allí fue a parar el millar de libros que los miembros de la tertulia –organizados como pandilla de saqueadores– se sustrajeron de la librería de Paco «*El Gallego*», cuando se percataron que de la Península jamás llegaron los dolientes que el juzgado convocó por edicto, para entregarles los bártulos de la pareja. La biblioteca continuó creciendo con los «nuevos libros viejos» abandonados por sus dueños, que sin fórmula de juicio pasaban a ser propiedad de la tertulia en calidad de bienes mostrencos.

Los miembros de la tertulia constituían un mosaico caótico de profesionales e industriales, agentes de aduana y poetas, filósofos y profesores, médicos y abogados, dos ingenieros y un arquitecto, dos burócratas jubilados, un oficial del ejército en retiro, más un artista pobre: Naúl. Éste juraba que pese a lo heterogéneo del grupo, cualquier miembro podía ser reconocido, en una noche oscura, con los ojos vendados –incluso con el viento en contra– porque todos ellos despedían tufo a «Montecristo». (Alusión a los enormes tabacos de 15 centímetros que el gordo Celaya chupaba con gozo pagano, como si a él le hubiesen impuesto el encargo de oficiar, a toda hora, el rito del sahumerio, para serenar los espíritus de los inquietos retóricos de Puerto Galeón).

Quienes pensaban que la tertulia era un remanso de paz o el epicentro de una parranda perpetua, ni sospechaban las tremendas confrontaciones dialécticas que en varias ocasiones estuvieron a punto de disolver el espíritu de la hermandad. Como el incidente ocurrido la tarde cuando se debatió sobre «la pena de muerte».

– La pena de muerte es Ley de Dios.

Así sentenciaron en coro los dos hermanos Yurgaqui, al tiempo que desenfundaron una Biblia cual si se tratara de un arma cortopunzante.

Cuando algunos agnósticos de la tertulia intentaron sacar a Dios de la discusión, los dos hermanos rastrillaron contra el suelo su sapiencia recitando de memoria pasajes bíblicos, capítulos y versículos a tutiplén:

– De acuerdo al Deuteronomio 17:6 Por el testimonio de dos o tres testigos se podrá condenar a muerte a una persona.

– Según el Deuteronomio 17:7 Dios ordena que «los encargados de ejecutar el castigo sean los mismos testigos».

Al arribar al capítulo 21 del Éxodo, los hermanos apuntaron sus índices sobre sus compañeros de tertulia, enfatizando que Dios decretó otras causales para merecer la pena de muerte, tales como el adulterio, el bestialismo, la violación y la prostitución.

Justo ahí, en ese instante, todos –sin excepción– sintieron sobre sus respectivas yugulares el cosquilleo de la guillotina.

Naúl no se aguantó tanto arrebato místico. Así que desprovisto de prejuicios se saltó la barda del protocolo y retó a los Yurgaqui.

– ¿Ustedes han visto descender la guillotina sobre el pescuezo de un ser humano? ¡Yo sí! Y esa maldita visión aún me desvela. Fui testigo durante mi exilio en París de la ejecución de un hombre, la gélida noche de navidad de 1931. Yo me encontraba en un café festejando cuando los alaridos ahogaron la música y el bochinche: «¡*A la prison de la Santé!*» Nadie preguntó «¿a qué?». En segundos, me sentí envuelto en una tremolina surrealista. Cuando la muchedumbre alcanzó la plazoleta de Roquette, todos frenamos al unísono, sobrecogidos ante la aparición de la barbarie. Allí, sobre el telón de fondo de una noche oscura, se alzaba erecta, la silueta altanera de la guillotina.

La camisa del reo la tijeretearon a la altura del cuello, pues la norma del ajusticiamiento dispone que entre la afilada hoja y el pescuezo del reo no debe mediar ningún obstáculo, como si un ínfimo jirón de tela pudiera detener la voluntad suprema de su majestad, la guillotina. El apuesto Gauchet –«*el asesino del joyero*»– avanzó manso hacia la máquina. Lo ayudaron a inclinarse para colocar su pescuezo entre la medialuna metálica y *¡suazz!* La cuchilla –recién lubricada– descendió sin titubeos. Ni que esa hubiese sido la señal, para el Apocalipsis. No alcanzó a rebotar por segunda ocasión la cabeza del desgraciado sobre el fondo de la canasta, cuando la multitud enloquecida rompió las barreras y se lanzó frenética sobre el cadalso para humedecer sus pañuelos y bufandas con la sangre tibia del decapitado.

– Gracias a ese espectáculo de horror, el *norte* de mi vida dio un inevitable giro de *179 grados*.

A ninguno se le ocurrió preguntar sobre la suerte del grado que le faltó al uruguayo para redondear los 180. En actitud espontánea, coincidieron en dibujar la misma cara de asco sobre sus rostros y guardar silencio.

– Desde esa madrugada –continuó Naúl– estoy convencido que sólo la locura, el humor, las guarachas y el ron pueden salvar a la raza humana del morbo inevitable de la decadencia.

De pronto, cambió de dirección su mirada, dio cinco pasos en dirección a Antonio Yurgaqui y le plantó su nariz semítica a un geme de la suya.

– Escúcheme turco, ¿de dónde acá se arroga usted la representación judicial de Dios, para santificar los asesinatos oficiales?

Elías, el más alto de los dos Yurgaqui, saltó a defender a su hermano. Encaró a Naúl y lo empujó con el pecho. Para enfatizar que el asunto estaba lejos de concluir, colocó su nariz a menos de un geme de la del artista uruguayo.

– Usted blasfema, ilustrado artista, con eso de los asesinatos oficiales. En Génesis 9:6 y Romanos 13:1–7 se demuestra que Dios delega en los gobiernos determinar cuándo se justifica la pena capital y establece, además, que es antibíblico asegurar que Dios se opone a la pena de muerte.

El regordete viejo Libanati brincó como un caucho, y como la estatura no le alcanzó, se empinó para intentar meter también su apéndice nasal entre el cuadrilátero de la confrontación dialéctica. A manera de arma arrojadiza, agitaba amenazante un grueso libro. Con el acento italiano, del que jamás pudo despercudirse, gritó:

– Cuando Caín mató a Abel ¿cuál fue la sentencia divina por ese primer asesinato? ¿La muerte? ¿La guillotina? ¿El paredón? ¿El potro de tormentos? ¿La Cuna de Judas?

– Señor Libanati. Usted blasfema con sus preguntas de pacotilla –gritó Antonio.

– Más blasfemos son los versículos y capítulos que usted agita en su intento de colocarle al despotismo de Estado el disfraz de sacrosanto sacramento –riposto Naúl.

Contagiado por la adrenalina, el viejo Libanati se levantó iracundo:

– Turcos bárbaros –gritó– Dios, en su infinita misericordia, no condenó a Caín a la pena capital, sino antes bien, le perdonó la vida y lo envió al destierro.

Y poniéndole acción a la palabra, arrojó en dirección a los Yurgaqui el pesado volumen «*Dei delitti e delle pene*», en el que su paisano Cesare Bonesana, Marchese di Becarria, denunció en 1764 la brutalidad de los procedimientos judiciales de los gobiernos que, invocando la majestad de la justicia, incurrían en barbaridades más horrendas que los delitos que habían cometido los criminales, aplicando sin piedad, torturas, confesiones forzadas y la pena capital.

¡Qué certera puntería la del energúmeno Libanati! El libro hizo una parábola en el aire y golpeó –una, tras otra– las dos testas de los hermanos Yurgaqui. De paso, gracias a tan inspirada carambola, consiguió disolver la unidad monolítica de la tertulia, por primera vez en muchos años.

Debieron transcurrir cinco laboriosos meses para que Naúl y otros tres compañeros de la tertulia lograran persuadir al terco *signor Libanati* que no valía la pena retar a duelo a los dos hermanos Yurgaqui, habida cuenta que se trataba de unos jayanes de estatura respetable, muy bien nutridos por su madre con esa dieta libanesa de kibbeh, berenjenas fritas y baklava, régimen alimenticio que la vieja reforzaba con platos vernáculos: sancocho de rabo y costilla, arroz apastelado, bollo de yuca, arepa de huevo y las deliciosas butifarras, de producción local.

– Cualquier duelo, compadre, equivale a un suicidio – le susurró Naúl en el oído.

– Antes bien, mi querido gordo –agregó el «sordo» Pérez, a quien apodaban «Beethoven»– si quieres demostrar por partida doble, tu inteligencia y el calibre de tus huevos, debes presentar tus disculpas de manera formal.

– Y si te responden con insultos, finge ser sordo, incluso te conviene ser más sordo que el «Beethoven» Pérez –recomendó el capitán Carrizosa.

16

Pasión, muerte y resurrección de la tertulia...

Contra todos los pronósticos, este *rifi–rafe* no marcó la disolución de la tertulia.

La tarde cuando los *turcos* y Libanati se estrecharon las manos en señal de «superado el incidente», Naúl epilogó la ceremonia de armisticio parafraseando el «discurso moral» de Sócrates.

– Compañeros: Los antiguos alquimistas, dotados de la «piedra filosofal», lo advirtieron: «Jamás mezcles tres elementos radioactivos, que empiecen con «erre» (en éste caso, *Ron, Retórica* y *Religión*»). Esta pócima –altamente inestable– posee la potencia de disolver el universo.

El incidente de la pena de muerte despertó entre los intelectuales de la tertulia el ánimo reformista.

Luego de repasar los duelos parlamentarios más fogosos protagonizados en el curso de tantos años, reconocieron que gracias a la prudencia y al autocontrol de sus miembros, no había estallado en Puerto Galeón un cisma local. De todas maneras, en vista del ambiente volátil creado por las discusiones y para prevenir una tragedia, decidieron buscar un recurso para mermarle fogosidad a los debates. Aprobaron que, a partir de la siguiente semana, continuarían debatiendo, pero alrededor de tres mesas de *póker*, seguros que la emoción del juego morigeraría el ardor pringoso de la palabra.

¡Qué decisión tan torpe!

Al año de apostar y chicanear, se evidenció que la pasión del *póker* había eclipsado la magia de la tertulia. Estos hombres –construidos alrededor de la palabra– se dieron cuenta que ya no intercambiaban ideas francas, ni oraciones inspiradas, ni siquiera discutían sobre literatura ni política y hasta se olvidaron de las divertidas anécdotas de vagabundas y parrandas. El ambiente del juego, la emoción del riesgo y las apuestas traicionaron la naturaleza que originalmente cohesionó al grupo en la librería de Paco «el Gallego». Se terminaron contaminando de la cultura de la hipocresía, donde se valoran los gestos sospechosos y las señas torcidas, donde las expresiones están plagadas de doble sentido, construidas ellas, de manera expresa, para provocar error y confusión. Entonces tomaron la decisión de cambiar el libreto.

No hubo demasiado debate, la tarde que decidieron migrar, del *póker*, al juego de *dominó*.

¡Qué acierto! ¡Qué juego tan caribeño! La pureza de la palabra, encajaba de maravilla entre las 46 fichas de marfil, y en ese ambiente festivo se pudo recuperar el brillo y el protagonismo que les negó el *póker*.

Pero a los pocos meses, debieron revisar tal decisión. Administraban sin proponérselo un conflicto de intereses, entre la concentración que exige encadenar un discurso y la dedicación mental que demanda el juego.

Entonces decidieron revisar en asamblea formal, por primera ocasión en una década, la letra de los estatutos de la tertulia.

Con asombro descubrieron que esa democracia sin gobierno había subsistido todos esos años rigiéndose por reglas espontáneas y tácitas que a nadie se le ocurrió transcribir sobre un papel.

De paso, convinieron descartar cualquier juego que se basara en la estrategia de la mentira.

– La mentira –pontificó el gordo Celaya entre erupciones de humo y ceniza de su «Montecristo»– pervierte la magia del discurso y anula el poder hipnótico que alcanzamos maniobrando tono, énfasis, volumen, color y modulación de nuestras voces.

– La palabra ha sido la suprema razón para reunirnos aquí durante tantos años –aclaró el capitán Carrizosa– no perdamos ese rumbo. Si queremos parlamentar y divertirnos busquemos un pasatiempo inocuo donde no arriesguemos nada.

Desde entonces acordaron alternar sus discusiones con divertidos juegos de *parchís*. En el *parchís*, los grandes protagonistas son botones de colores que recorren un tablero con 96 casillas, por el impulso de los dados y la suerte. El *parchís* luce tan elemental e ingenuo que no da lugar a engaños.

La sensación fue de alivio. Eso de apostar sus gallos de pelea, la cosecha de algodón, el consumo del ron de esa tarde, sus burros, sus vacas paridas y sus haciendas, causaba una agonía que despertaba inconfesables instintos. Con el arribo del *parchís* las apuestas se redujeron a media libra de fríjoles rojos que, el «Beethoven» Pérez repartía con esa milimetría codiciosa de los tasadores de limosnas.

¡Milagro! ¡Milagro Señor! ¡Milagro! Sobre el tablero del parchís, la discusión empezó a fluir de nuevo, más espontánea y divertida. Pero claro, ya no era necesario soportar el peso de la desconfianza, ni el temor a la traición, ni la mirada amañada. Qué época tan creativa. Resucitaron el repentismo y la capacidad de improvisación, se reinventaron los recursos de la dramaturgia, y empezó a crecer, feraz y espontáneo el calambur, la copla, los versos endecasílabos, y hasta se recuperaron las dos armas más poderosas de la crítica: la sátira y el humor. El poder de la palabra asumió el mando. Bueno… hasta esa maldita tarde cuando aparecieron en el suelo, unos dados cargados. Nadie los reclamó, no apareció responsable. Nadie asumió la autoría de tamaña felonía. En pocas horas, todos los veintitantos miembros se recelaban entre sí, como si esa maldita noche, esos humildes fríjoles de las apuestas hubieran sido los felones culpables del renacer de la codicia, o como si los sencillos granos hubiesen aumentado su valor a la par con la cotización de los diamantes de Transvaal. La desconfianza que el entuerto de los dados despertó, les clausuró con candado alemán esas bocazas tan dadas a la conversación y a la polémica. La tradición de la tertulia resultó herida de muerte.

Sin ponerse de acuerdo, todos desertaron de la cueva del turco Badel.

Los parlanchines resistieron la mudez durante siete semanas. Pero llegó el día que la dieta de silencio se volvió insoportable. Estaban intoxicados de chismes, encartados con la palabra secuestrada, ahítos de noticias y estaban impelidos a vomitar lo que pensaban. ¡Putas! Qué necesidad superior sentían de volver a tener la razón, de esgrimir argumentos para que les reconocieran su lucidez, de imponer sus puntos de vista, de pontificar de la «a» a la «z». Como nadie supo resolver el nuevo galimatías: «qué putas hago con las tres horas que me sobran cada día», la vieja sociedad de la tertulia se reencarnó –tímida y desconfiada– en una tenebrosa taberna, que se alza a tres cuadras de la bodega del turco Badel.

Con expresión de *aquí no ha pasado nada*, fueron desgranándose –uno tras otro– sin cita previa, sin regalarse ni una mirada de reojo y mucho menos un saludo. Parecía un rosario de náufragos que arribaron a la misma playa sin acuerdo previo.

El gordo Libanati propuso, con timidez:

– Si el espíritu de la tertulia aún sobrevive, démosle respiración boca a boca, en el intento de salvarla. Y si ya es demasiado tarde, practiquémosle de inmediato la eutanasia, para que la tertulia no agonice de manera tan humillante y dolorosa.

– La primera estupidez que se nos ocurrió fue cambiar de ambiente –recordaba el ginecólogo doctor Juancho Mora– así que, sin vergüenza, desertamos del fondo de la bodega del turco Badel y nos citamos en las mesas de afuera del café de los Lacoutiere, a la sombra del almendro, allá en la esquina de la Avenida del Comercio, punto privilegiado donde soplan al unísono los cuatro vientos, y en las noches con *luna llena* es preciso usar lentes oscuros.

Pero la palabra –acostumbrada a la sombra– se confesó tímida y se negó a asomar sus narices a la luz. Pero claro, una cosa es parlamentar en un entorno de conspiradores, donde las palabras más bellas, tiernas y seductoras, tienen licencia para refocilarse como marranas albinas entre el mismo lodo que salpican las palabras profanas y malsonantes, entre maldiciones, carcajadas y alaridos ¡Ajá! Y otra, muy diferente, hacer ostentación del verbo divino a la luz del día, en sitio público, rodeados de curiosos y cretinos.

Aguantaron tres semanas de exhibición pública, y, entonces –humillados y cabizbajos– los desertores retornaron con su carga de explicaciones peregrinas a pedir perdón y permiso a la oficina del turco Badel.

El viejo zorro no musitó palabra. Se limitó a escuchar el rosario de disculpas, con su sonrisa de perro viejo y la mirada brillante de los sabios de Alejandría.

Los veintiún cofrades retornaron al nido con su carga de justificaciones y explicaciones, con el peso de sus poemas sin publicar, con mil temas de controversia que permanecían atorados en sus gargantas, esperando la ansiada liberación, amén de promesas de chismes nuevos sobre mujeres viejas. Y se reinstalaron, *como Pedro en su casa*, en el mismo rincón donde sus musas tropicales bajaban todas las tardes a practicar gimnasia para desentumirles las neuronas y animarles la inspiración.

Le sacudieron el polvo al millar de libros y remendaron unos cables para instalar los dos ventiladores viejos que regaló el turco Badel, en reemplazo del que falleció aquejado de insoportable «*claque–claque*». Gracias a esta donación, las ideas volvieron a disfrutar de esa brisa oxidada, vital para que la retórica descendiera fresca de las alturas y se posara mansa sobre los iluminados.

– Turco ¡Qué obra de caridad la que hiciste! Si estos parlanchines no hablaban, se iban explotar como sapos –le comentó el capitán Carrizosa al turco Badel.

Ese efecto lo sintieron todos. Pero durante los primeros días de levantado el ayuno intelectual, las palabras no se aventuraron a fluir ¡Carajo! Ni con el poder lubricante de un litro de *Bacardí*.

Alguien recomendó reiniciar la tertulia con una labor de estiramiento de la neuronas que gobiernan, la inteligencia. Entonces el «sordo Beethoven» propuso.

– Para desentumir a las neuronas nada mejor que el ajedrez.

La mitad se rebeló con tan peregrina idea. La otra mitad manifestó su escepticismo.

Con recelo aceptaron la propuesta. Se armaron de fichas blancas y negras, cronómetros y diez tableros, más los «Fundamentos de Ajedrez» del Capablanca y cinco manuales en francés sobre el «juego ciencia». Alcanzaron a jugar dos semanas, pero aturdidos por ese mutismo que espantaba, lograron aburrirse como veintiún ostras en vísperas de jubilación. Ese tal juego ciencia era una disciplina diseñada para monjas de clausura, convictos a cadena perpetua, soldados víctimas de sitio prolongado y críos huéspedes del limbo sin el sello del bautismo en sus pasaportes. Quemaron sus mejores neuronas en el intento de comprender la diferencia entre la tal «*apertura española*» y el «*gambito de dama declinado*», entre «*la defensa de los dos caballos*» y el «*gambito letón*»… Al cabo de dos semanas… desertaron sin pena ni gloria.

Naúl presentó el parte final de la partida.

– Compañeros: el vuelo libre de la retórica no tiene la paciencia para esperar el avance perezoso de los caballos, los brinquitos de marica que imponen los peones y el desfile de los alfiles que, como ocurre con los políticos y los curas, se desplazan en diagonal. Nadie se puede expresar en libertad sobre un escenario cuadriculado. Esta mierda nos dio *jaque mate*.

Entonces abrieron un concurso para buscar caminos exóticos e insólitos, que les sirvieran para engranar de nuevo la máquina de la creatividad.

Qué ideas tan locas barajaron para rescatar el espíritu iconoclasta de la tertulia y estimular el debate parlamentario. Al final ¡qué locos tan descarriados! Animados por Naúl escogieron la más extravagante de las propuestas.

Juraron sobre siete Biblias, tres Coranes y la Torá mantener discreción absoluta sobre los detalles del proyecto, amén que lo rodearon de un ambiente de clandestinidad, que es el aderezo que estimula la pasión de pertenecer a una sociedad secreta.

Semejantes machos testiculados, hechos y derechos, de voz ronca, pelo en el pecho y educación superior se armaron de agujas para tejer, hilos de colores, patrones y bastidores, más toda la parafernalia que se requiere para practicar tejidos y bordados.

Unidos por la consigna: «*punto, cadeneta y chisme*», decidieron competir con las damas más prestantes de Puerto Galeón, en las artes y técnicas de las manualidades preciosistas.

Pero no se limitaron a confeccionar carpetitas, pañuelos o servilletas, sino que se arriscaron a producir verdaderas obras heroicas, como ese inmenso mantel de «*tela panamá*», confeccionado para una supuesta mesa de veinticuatro comensales, sobre la que bordaron, con la técnica «a la lagartera calada», las 64 posiciónes que, según el Manolito Celaya, son las básicas del *Kama Sutra*. Esta megaobra colectiva de arte erótico, contó con la asistencia científica del doctor Juancho Mora, reputado ginecólogo de Puerto Galeón, quien dio fe que «las figuras y posiciones están estrictamente ceñidas a las proporciones del cuerpo humano, y no aparecen exageradas». Una vez concluyeron esta hercúlea obra, la colgaron sobre la pared del fondo de la bodega y brindaron con ron.

Desde entonces, las tardes transcurrieron en un suspiro, pues se alternaban las discusiones apasionadas sobre la poesía de Lorca, con piezas de tela sobre las que fueron apareciendo fantásticos bordados de imaginería, con técnicas preciosistas, desde *el punto de cadeneta doble con hilos de colores*, hasta *el punto del Escorial* –donde se usaron hilos de oro y plata para resaltar el bordado de oro matizado–.

En otra ocasión repasaron durante varias semanas las cartas de Juliano El Apóstata, al tiempo que manos no tan maestras repujaban sobre la tela –con la técnica del *a point couché* de los franceses– las doce divinidades del Olimpo: desde el águila de Zeus, hasta la Afrodita de tetas grandes y caderas generosas, que emergía de lo profundo de un mar de hilos, con olas y espuma bordadas con lentejuelas de nácar.

Gastaron saliva durante un mes reviviendo el Concilio de Bizancio y su anodina discusión sobre el sexo de los ángeles, mientras maniobraban hilos, nudos, vueltas y revueltas en el tan complicado *bordado de bolillo*.

Enfrentaron con irrefrenable pasión semanas de discusión sobre la política del «big stick» de Roosevelt y sobre el expansionismo codicioso de los americanos, al tiempo que reinventaron *el arte del punto de lana de oveja negra* sobre una inmaculada pieza de lino blanco.

Una tarde se abrió el debate sobre la interjección usada por el General Cambronne, Jefe de la Guardia Imperial de Napoleón, para responder al general inglés que le conminó su rendición en Waterloo: «*¡A la mierda!*» Durante esos 21 días, no se limitaron a alzarle altar a tan recursiva interjección, sino que, de paso, concluyeron otra colosal obra colectiva, con diseños eróticos precolombinos, realizada con bordado a hilos contados, usando la técnica de puntada en diagonal o *punto de cruz*.

Vieran de qué manera armonizaron la discusión sobre la posibilidad científica de la máquina de «*perpetuum mobile*», con el bordado de ojales, pespuntes, hilvanados y festoneados.

Para el análisis colectivo del manifiesto Dadá de 1918, experimentaron con un inmenso bordado –a 42 manos– en *punto escapulario*. Y para debatir sobre el movimiento de desobediencia civil animado por un flacuchento revolucionario de apellido Gandhi, que se alzó contra la ocupación inglesa de la India, trabajaron como laboriosas monjas de velo blanco, sobre una prístina sábana en la que reprodujeron ¡Mi madre qué frío! un paisaje antártico, empleando fruncidos, pliegues, realzados, abullonados, dobladillos, ojetes, nudos, recamados y constelados blancos.

¡Ay! En ese ambiente clandestino, donde mezclaron el debate intelectual y las manualidades, por fin lograron alcanzar el balance perfecto que les insufló ánimo para pontificar sobre todo.

17

Pasatiempos terrenales
y celestiales...

Durante largos años, doña Genoveva soportó que Naul atesorara esos extraños artilugios, resortes, tornillos, poleas, mecanismos y engranajes, cosas sin nombre, que iba recogiendo en la basura y en los *cuartos de san alejo* de las casas viejas. Cuando ya se percató que por elemental falta de espacio el uruguayo debía estar durmiendo como un vulgar murciélago –colgado del techo– lo sentó a manteles para amonestarlo.

– Naul, ¿cómo puede usted crear en semejante leonera?

– Doña Geno, Dios no creó el universo con escuadra y plomada. El caos es el origen divino de la vida. Nuestra vida no es más que un suspiro que debe deslizarse por un enredado laberinto repleto de sorpresas. Si algo debemos defender los artistas, es nuestro derecho a producir milagros... atormentados por nuestro desorden creativo.

La vieja bizqueó tratando de seguir el hilo del discurso de Naul y –aún a riesgo de arderse la lengua– apuró a grandes sorbos la infusión de poleo, menta y valeriana, que la negra Buenaventura le preparaba –por ollas– para serenar sus nervios, controlar los gases digestivos y evitar una taquicardia.

– Respetada matrona: Sólo en los ambientes de mayor desorden se pueden lograr las creaciones más inesperadas.

Para ponerle punto final al sermón del uruguayo y recuperar su orden del día, doña Genoveva gritó

– ¡Valentina! ¡Venga a ayudar a la abuela!

La señora se incorporó de la mesa, buscó apoyo en el brazo de la niña y encabezó la pomposa procesión hasta el segundo patio interior de la casona, que culminó frente a una pesada puerta que lucía agobiada por tantas manos de pintura.

– Ésta es la única llave de este candado colonial. No la vaya a refundir, Naul.

La estancia era amplia, aunque mal iluminada. Pese a que lucía limpia y recién encalada, conservaba una cierta hediondez a sobaquina, herencia de tantos años de clausura.

– Este será la nueva sede de su caos. Si en algo le puede servir de inspiración, le cuento que aquí vivieron las negras esclavas que durante varios siglos sirvieron en esta casa, mujeres abnegadas, raptadas de sus hogares, en las orillas de inmensos ríos en Guinea y Cabo Verde.

– Doña Genoveva, me hinco a sus pies.

– En cambio de hincarse, muchacho, póngase ya en la tarea de trasladar su caos a esta estancia. Siga creando nuevas máquinas a ver si por fin descubre el tal «movimiento perpetuo» e invente nuevos colores para alegrar esos horrendos mamarrachos que aún no me explico de qué parte del cerebro es que le brotan.

– Mamá, ¿yo puedo ayudar?

– ¡No! Primero la obligación que la devoción.

Del éxodo de cachivaches hasta el «nuevo» *atelier* se encargó la negra Buenaventura con las otras dos sirvientas. Doña Genoveva, que había notado durante esos años la fascinación de la pequeña Valentina con las pinturas y cachivaches que fabricaba Naul, le prohibió participar en el trasteo. Como la criatura reaccionó con un berrinche, resultó confinada en su cuarto durante toda la semana, penitencia que soportó estoica, con los ojos cerrados y los oídos despiertos, imaginando cómo era que el artista uruguayo fabricaba sus milagros.

Tal como se evidenció durante la presentación del mural sobre *La Creación*, Naul y el padre Müller resultaron artísticamente incompatibles.

Pero la incompatibilidad era más profunda. Químicamente no eran el agua y el aceite, sino algo más peligroso. Cualquier intento de mezclar sus personalidades resultaría en una substancia altamente inestable que podría generar una explosión.

Naul solía ilustrar el nivel de mutua antipatía que se prodigaban, con su metáfora del TNT.

– El cura es «*trinitro*» y yo, «*tolueno*». Al menor chisporroteo explotamos.

El padre «*trinitro*» buscaba con tozudez ser una máquina 100% eficiente. Su obsesión era la excelencia. Planeaba cada evento. Ejecutaba con precisión cada movimiento. Esa disciplina, unida a su capacidad de trabajo y a su persistencia las bebió en su hogar en el Rhidendase, donde su madre era muy exigente y su padre un militar alemán. Blindado con esa educación, resultó impermeable a la influencia *cumbiambera* de la cultura caribeña. De entrada, condenaba la costumbre local de llegar tarde a las citas y criticaba la práctica reparadora de la siesta, a la que le cargaba la culpa de ser el origen de los siete pecados capitales. Censuraba la manía de mezclarle bebidas alcohólicas a todos los eventos. Para mostrar algo de tolerancia, justificaba brindar con una copita de ron blanco durante una boda, «porque uno sólo se casa una vez en la vida». Los dos eventos que más criticaba eran la celebración de los bautismos con borrachera, por ser ejemplo pernicioso, y aquellos funerales cuando los compadres se cargaban el cajón con el finado adentro, a un antro asqueroso, para celebrarle la despedida de este mundo con un parrandón de tres días.

Pero el cura también tenía sus momentos de esparcimiento, tan íntimos, que no más de dos personas conocían la faceta tan humana de esa «máquina de la eficiencia vestida con sotana negra».

Una de estas personas era el organista, *il signor* Chiaraviglio, un corpulento caballero italiano, propietario de un vozarrón de tenor, con maravilloso fraseo, que lograba transitar de registros graves rotundos, a unos agudos potentes. El italiano era un solterón que tocaba el órgano de fuelle en la iglesia y reforzaba los magros ingresos que le pagaba el padrecito Wolfgang Müller, con clases de canto a domicilio, amén que era el único varón autorizado para ingresar a los dos conventos de clausura, en función de chantre, para dirigir los coros de las monjas de velo negro.

Los domingos al caer la tarde, el padre «*trinitro*» y *il signor* Chiaraviglio se reunían a cielo abierto, en el patio de atrás de la casa cural, a rememorar su lejana Europa y a cantar –a dúo, y a *capella*– arias de Verdi, Puccini, Donizetti y Leoncavallo, hasta cuando el vino de consagrar y la cerveza alcanzaban su punto de sublimación y entonces el maestro extraía de su estuche su acordeón «Paolo Soprani», para hacerle la segunda al cura que le daba la juma por entonar a todo pulmón el «*Deutschland, Deutschland über alles*» de su lejana Alemania.

Il signor Chiaraviglio era, además, el mejor acordeonista que alguna vez haya pisado los adoquines del puerto.

– Hay que hacer una precisión –explicaba el señor Chiaraviglio– una cosa es ser acordeonista, con estudios en el conservatorio de San Pietro a Maiella, en Nápoles, y otra, muy diferente, ser acordionero diplomado durante el curso de una parranda de fin de semana, en alguna hacienda en los confines de la sabana.

Cuando alguien comentó en la tertulia la arrogancia del organista, la antipatía que Naul sentía por el padre «*trinitro*», se extendió al italiano, o por lo menos, éste fue su comentario:

– Este boludo del Chiaraviglio no es capaz de distinguir entre «solterón» y «*solterín*».

Muy pronto, Naul resultará víctima de tan necio comentario.

18

Filosofar es oficio
de desocupados...

Por la época en que Naúl y José María alianzaron sus ejércitos, aún se disfrutaba en París del coletazo de los *Locos años 20's*. Los jóvenes intelectuales –y los que sin serlo, querían posar de ello– amanecían en los cafés sedientos de controversia, defendiendo sus convicciones de cambio o de revolución. Los cafés se convirtieron entonces en cuarteles generales de sociedades informales, que agrupaban a escritores, políticos, filósofos y artistas pobres.

En ese ambiente bohemio, Naúl y José María descubrieron que la mejor estratégica para engañar el hambre era filosofar. Para imitar a Platón inauguraron su propia Academia –no al aire libre como en Atenas –sino *«sur la rive gauche de la Seine»*, diagonal a la Iglesia de San Medardo, en el fondo de un local que olía a curtiembre, sobre la rue Mouffetard, único sitio que se acomodó a la altura de su menguada economía. Allá fueron a parar aquellos iniciados que aprobaron las cinco pruebas exigidas por la insobornable «junta de protocolo» presidida por Naúl y José María: Poseer cara de latinoamericano. Confesarse burro para el francés. Poseer sentido del humor negro. Demostrar la urgencia de hablar español hasta por los codos. Y jurar fidelidad a este sínodo latinoamericano dedicado a la crítica y al debate.

El local lo regentaba un tal monsieur Dubois, tipo cascarrabias, de madre marroquí, que siempre olía a ajo y que a la altura de una segunda botella de coñac, se limpiaba las manos con el delantal, y se unía al grupo so pretexto de «aprender español». Por tratarse de una modesta estancia que Dubois alquilaba los fines de semana para fiestas familiares, el grupo permanecía a sus anchas, apenas con un consumo mínimo. Atraídos por esta aventura intelectual respondieron *presente* once «paisanos» y seis argentinas (una suerte de «amigas–primas») egresadas del mismo colegio en Buenos Aires, que ajustaban tres años de reinado en «la rive gauche», por cuenta de unas supuestas carreras en la *Ecole–des–Beaux–Arts* que jamás iniciaron. Para justificar el gordo giro cablegráfico que mes tras mes les enviaban desde Argentina, las complotadas asistían –una vez a la semana– a las clases libres que se impartían en la *Académie de la Grande Chaumière*, la más económica en el vecindario. De la disciplina del taller, de la técnica del dibujo y de los secretos de la perspectiva y de la luz, resultaron más analfabetas que cuando arribaron a París. Pero en sus tiempos libres –que eran todos– las seis aprendieron a retozar por los cafés para untarse del tejemaneje del arte, recurso vital para sostener en Sudamérica, el cuento de la *academia*. Lo vital era mantenerse ahí, porque al fin y al cabo París era el Vaticano del arte, Montparnasse su Plaza de San Pedro y en las mesas de sus cafés se oficiaba –a toda hora– una misa por amor al arte. Penélope, la flaca, la menor, se enroló como modelo de esas mujeres melancólicas de los grabados de Naúl.

La asistencia a la tertulia dependía de las oscilaciones en la bolsa de trabajo. Si el *laburo* estaba en alza podían transcurrir hasta dos semanas sin que nadie apareciera. Cuando el trabajo escaseaba los diecisiete contestaban *presente* y arrancaban a discursear sin parar, sin orden ni fundamento, sin concierto y sin importar el pretexto. En la mesa común se apoltronaba la raza latinoamericana a disfrutar del concierto «*allegro*» de sus propios acentos.

Qué buena suerte. Naúl arribó a París en época de *vacas gordas* para los inmigrantes.

La Gran Guerra le había cobrado a Francia aterrador peaje: un millón y medio de muertos y tres millones de heridos en un país de

40 millones. Francia necesitaba llenar ese vacío. Entonces los trabajadores extranjeros arribaron, por oleadas, desde toda Europa.

Si bien la depresión golpeó en esos años al resto del mundo, Francia parecía estar blindada contra el hambre. Los franceses –siempre tan desconfiados de los bancos– ahorraban debajo del colchón y en oro. En contraste, a los americanos se los comió la confianza ciega en su sistema. Ellos convirtieron sus ahorros en acciones, que no eran más que pedazos de cartulina bellamente impresos, con respaldo tan débil que no resistieron el caos financiero que ellos mismos crearon, cuando se contagiaron por el virus del enriquecimiento fácil, por la vía de la especulación.

La «*academia latinoamericana de filósofos sin empleo*» del café de monsieur Dubois, en la Rue Mouffetard, concluyó operaciones cuando el imperio francés –el más extenso sobre la faz de la Tierra– decidió recordarle al mundo su grandeza. Para cumplir ese arrogante objetivo se organizó la «Exposition Coloniale Internationale» sobre un enorme terreno de cien hectáreas en el Bois de Vincennes. Para el montaje de tan faraónica empresa hubo empleo para miles de trabajadores, en todas las especialidades.

– Compañeros… ¡Levantamos campamento! Ahora sobra trabajo. Piden desde artistas primitivistas, hasta expertos en hidráulica para duchar hipopótamos. No hay plazas para filósofos.

– ¿El chambeo le ganó a la filosofía? –preguntó con asombro un estudiante mexicano.

– Camaradas –respondió José María– La filosofía ya cumplió su función metafísica: ¡distraer el hambre!

– A partir de hoy –remató Naúl– la filosofía disfruta de pensión de jubilación y nosotros de trabajo.

Eso de *nosotros* y *trabajo* no fue una afirmación rigurosamente cierta. José María, el *cuentero*, jamás vendió su alma al mejor postor. Su oficio de navegante perpetuo– y su profesión de taumaturgo de la palabra– le impedían fondear dos veces en el mismo puerto. Lo esperaban otros amaneceres, en otras latitudes y él debía generar su propia brisa. Esa misma noche decidió retomar el timón de su nave y maniobrar los aparejos, las jarcias de labor y las lonas en busca de nuevos horizontes. Al día tercero, el *cuentero* levantó anclas, desplegó sus velas y pidió al de Arriba un buen viento de popa que se embolsara entre el trapo, para que su espíritu pudiera navegar más rápido que el mismo viento.

La madrugada de su partida, José María garrapateó de prisa una nota y la consumió entre un sobre.

– Naúl: deposito en vuestras augustas manos el mapa del tesoro. Este mapa y sus instrucciones sólo podrán ser consultados en caso extremo –*conditio sine qua non*– si resultas enredado en algún juicio por traición a la patria; o por alguna condena a prisión que debas pagar, siempre y cuando ella supere las dos cadenas perpetuas; o por decisión unilateral de cambio de sexo; o por cualquier dolorcillo de cabeza que demande la trepanación de tu cráneo. De lo contrario, te ruego conservarlo intacto. Me lo retornas sin abrir (el cráneo y el mensaje) el día que nos topemos en el más allá, o cuando nos citen como testigos de la defensa, en el *Juicio Final*.

Dobló el sobre en varios pliegues cual si se tratara de una obra de origami, y se lo introdujo en ese bolsillo interno del saco que está alineado con el corazón. En seguida lo abrazó, le sacudió la espalda con tres fuertes golpes y le haló el bigote.

– Macho. Llegó la hora de entonar nuestro tradicional salmo a la esperanza.

Se empacaron uno tras otro cinco brindis de coñac y descendieron a punto de desnucarse por la peligrosa «escalier en colimacon», berreando a capella la guaracha «*¡Somos la raza pura!*»

Una vez en la calle, José María se echó al hombro su morral repleto de sueños, se despojó de su gorra de marinero griego y la encajó en la testa de Naúl. Sin mediar otra ceremonia, desapareció en la esquina.

19

Por cuenta de la civilización francesa...

La «Exposition Coloniale Internationale» pretendía demostrar que si bien las obras físicas eran las que engrandecían sus colonias, la verdadera riqueza que ellas acumulaban provenía de la influencia civilizadora francesa. Con ese propósito se levantó en las afueras de París una colosal ciudadela, para recibir –durante seis meses– a millones de visitantes atraídos por la promesa de «*dar lavuelta al mundo en apenas un día*». La grandeza de Francia se hizo evidente. Participaron sus 26 territorios coloniales y se exhibieron sin modestia las razones por las que 47 naciones en el mundo reconocían al francés como su lengua oficial.

Naúl con su habilidad para las manualidades, el arte y la decoración, dio su propia vuelta al «universo francés» en los siguientes veinte meses.

Con su equipo de «filósofos» de la rue Mouffetard trabajó en el pabellón de Bagdad en un contrato de mampostería. Cuatro meses más tarde sirvió a órdenes de los contratistas de electricidad en el templo de Angkor. En la zona de Indochina se lució como ayudante de carpintería, en el pabellón de Cochinchina y luego como experto fontanero en la exhibición de Camboya. El equipo de Naúl jugaba en todas las posiciones. Durante un mes ayudaron a entablar los pisos en el pabellón de la «Industria del Libro» y en el siguiente, ayudaron a colocar alfombras en la exhibición de Madagascar. En agotadoras jornadas ofrecieron sus servicios en todo tipo de especialidades, desplazándose –a señas– a lo largo y ancho del África Colonial Francesa. Unas veces aparecían trepados, allá arriba, en lo más alto del minarete del pabellón de Argelia, colocando reflectores, y tiempo después, allá abajo, sobre el enorme espejo de agua del pabellón de Marruecos, ajustando las válvulas que le imprimirían el soplo divino a unas fuentes de ensueño. Hasta Naúl se improvisó de artista primitivista y ayudó a pintar murales con «dibujos nativos», que pasaron como *originales* del África Ecuatorial Francesa. El equipo dejó su huella por doquier, desde el Templo de Angkor, hasta los pabellones de Camerún, Togo y Cayena. Desde el trabajo de instalación de muros y rejas en el colosal zoológico, hasta la siembra de tulipanes en los jardines que rodean el imponente pabellón de la «Compagnie du Canal de Suez». Cuando la «Exposition Coloniale Internationale» abrió sus puertas, todas las obras proyectadas se encontraban listas dos semanas antes, fruto de 25 años de soberbia planeación de los franceses.

Entonces la negra Josephine Baker, que pese a ser norteamericana fue coronada «Reina de las Colonias Francesas», se tomó por asalto el corazón de los tres millones de trabajadores inmigrantes que laboraban en Francia, con su seductora canción: «yo tengo dos amores: mi país y París».

Si no fuera porque Naúl manejaba un francés desastroso, y su oído de artillero se le atrofiaba a extremos vergonzosos cuando intentaba cantar «*J'ai deux amours: Mon pays et Paris*», la pegajosa canción hubiese derrocado a la guaracha «*¡Somos la raza pura!*», reputada hasta entonces como el himno nacional de su republiqueta de mentiras.

Una vez la Exposición abrió sus puertas al público, Naúl se improvisó –durante seis meses– en los más exóticos oficios.

Aunque luego compuso una divertida anécdota sobre su experiencia como conductor de camellos y elefantes, lo más probable es que se limitó a llevarlos tres veces al día al abrevadero, los duchó durante el verano y limpió con entusiasmo la mierda que evacuaban por arrobas. Lo que sí es rigurosamente cierto –por las fotos que

conserva– es que actuó como *extra* en la demostración del mercado
de esclavos, en la Rue des Andalous, y varias veces como encantador
de serpientes, en el pabellón de Túnez. Fue auxiliar en el pabellón
de Bélgica (pero no en la exhibición dedicada a su colosal colonia
del Congo) sino limpiando la mierda en el *stand* de las palomas bel-
gas. Cuando los flacuchentos nativos traídos de la Cochinchina se
sublevaron en protesta contra el colonialismo francés y se negaron
a recorrer las instalaciones de la feria en «*la comparsa del dragón*»,
Naúl organizó a su equipo de *filósofos* de la rue Mouffetard, para
reemplazar a los indochinos alzados. En el pabellón de Palestina se
regaló para trabajar en la sección de degustación de los milagrosos
vinos producidos de las cepas de Canaán. Y milagroso debió ser el
bendito vino, porque una semana más tarde percibió aquella señal
celestial que lo sedujo para siempre… era música sagrada que fluía
del pabellón de Martinica, donde una orquesta *creole* improvisaba
el «buiguine vidé» y otros sones de carnaval, al golpe de timbales y
bongós. Nunca supo si la culpable fue esa música cadenciosa que lo
sedujo o el verdadero inspirador fue ese ron de caña con etiqueta de
1929 que le escaldó el gaznate o, en últimas, quizás, fue que ambas
poderosas razones conspiraron para que su brújula empezara a buscar con obsesión cualquier *norte*, que se asentara en las vecindades
de un mar de apellido «*Caribe*».

El 15 de noviembre se arrió la bandera francesa de la altísima
torre de bronce en el monumento a las Fuerzas de Ultramar y se
apagaron los reflectores que iluminaron durante seis meses el tricolor imperial. Y el gigantesco parque fue evacuado de público. Y los
nativos retornaron a sus lejanos territorios con la sensación de haber
sido exhibidos en un zoológico humano. Y –lo que para Naúl resultó insufrible– los amigos de Martinica se largaron con su música
sagrada para alguna galaxia lejana. Fue entonces cuando el gélido
invierno acampó en el paisaje y la premonición de un futuro difícil
se estacionó terca en su alma.

– De nuevo… ¡Levantemos campamento! Presiento que la crisis
de la civilización está en la puerta, y pregunta por mí.

Francia –que se mantuvo al margen de la crisis económica mundial– debió reconocer en ese invierno que se rendía ante el avance incontenible de la recesión. El desempleo reapareció. Para cualquier trabajador inmigrante, el invierno con pobreza es una calamidad aún más lacerante. Con el colapso de la economía resucitó el demonio de la xenofobia. La opinión pública se galvanizó en contra de los inmigrantes, como si ellos hubiesen sido los culpables de la crisis.

Se reeditó el reino del terror que se basa en la «ley de los estereotipos», y que juzga y condena al inmigrante por su condición económica, por su raza, por su origen, por su nivel educativo y por el tipo de trabajo que desempeña.

En ese1932, le tocó a Naúl estrenar la primera ley antiinmigrante de la historia de Francia.

Se detuvo el flujo de trabajadores extranjeros, se establecieron cuotas por regiones, oficios y nacionalidades. Se carnetizó a los inmigrantes y las expulsiones se volvieron más frecuentes.

Entonces, empezó el éxodo. Decenas de miles de trabajadores inmigrantes arrojaron a la basura sus ilusiones y empacaron su miseria para emprender el incierto viaje de retorno. Primero fue la repatriación voluntaria, seguida por la del hambre y, al final, todo el odio antiinmigrante que la opinión pública sedimentó en su alma, lo administró con inhumana eficiencia la policía.

La suerte de Naúl se definió en ese invierno. Sin «chamba» y sin academia propia dónde filosofar, Naúl se volvió asiduo participante en reuniones clandestinas, donde refugiados de las Naciones más extrañas animaban a docena y media de gobiernos en el exilio, y especulaban sobre la mejor técnica del golpe de estado. Inmerso en ese limbo del desempleo vendió su alma a todas las expresiones del inconformismo, distribuyó propaganda política, panfletos levantiscos y octavillas con poemas subversivos que buscaban reivindicar la existencia de naciones ya olvidadas, que aspiraban a que algún burócrata de la nueva administración del mundo (los victoriosos firmantes del Tratado de Versalles) les escucharan sus historias. Ese fue el único camino que les quedó para reclamar el trozo de geografía patria, arrebatada por otro burócrata –igualmente arrogante– que en nombre del interés vital de algún imperio, se atribuyó el derecho a redibujar con un lápiz rojo las fronteras nacionales, a su antojo, y a contrapelo de los derechos de esos pueblos.

También participó en reuniones creativas, en unos antros oscuros iluminados por la inteligencia de poetas y escritores de alcantarilla. Acompañó –parando la oreja– a intelectuales expatriados que contaban sus historias en susurros para no ser detectados por agentes de sus gobiernos –que los perseguían por conspiradores– o por la policía local que los tenía fichados como indocumentados. Razones tenía la autoridad competente. En los cafés de París han nacido conspiraciones, a la par con revoluciones. Alrededor de una taza de café, en medio de la bruma del tabaco, atraídos por la tibieza de un coñac, deslumbrados por la novedad de la heroína, o víctimas del desempleo… allí se han planeado magnicidios, revueltas, asonadas, modas, excentricidades y locuras. Prueba fehaciente de esa afirmación es que en ese ambiente de cloaca intelectual se dieron cita, escritores, filósofos y poetas para experimentar –como aprendices de brujo– con el nihilismo existencial y donde los impresionistas, los dadaístas, los surrealistas y los cubistas se confabularon para partir en fragmentos –una y otra vez– la historia universal del arte, con sus *manifiestos* delirantes.

En esa época Naúl se pellizcó varias veces para evidenciar que no soñaba. Es que el tal *dadaísmo* que enloquecía a los artistas en París, ya lo había inventado él mismo en la Academia de Bellas Artes de Montevideo –4 mil kilómetros al sudoeste de París– cuando se levantó –solitario– en rebeldía, contra el conformismo en el arte, contra los cánones burgueses del buen gusto y contra las proporciones matemáticas de la belleza. Su rebelión contra el establecimiento y contra los guardianes del arte heredado, fueron causa de su expulsión de la Academia de Bellas Artes y del complot oficial que culminó con su destierro a Francia. Si la historia fuera medianamente justa, a ese movimiento anti–arte se le reconocería una patria: Uruguay, un profeta: Naúl y este movimiento surrealista no sería reconocido como el «*dadaísmo*» sino como el «*Naúlismo*».

Tanto va el cántaro al agua hasta que, por fin… Naúl se ganó una investigación policial. No hubo certeza de cómo transitó su nombre, del anonimato, a un archivo abierto por la policía. El primer indicio lo proporcionó su casera del edificio en el Boulevard Raspail cuando le notificó que agentes de la «*Sûreté*», vestidos de civil, rondaron por el vecindario preguntando por él. Quizás algún chivato, presionado por un eficiente detective, enredó –y gratis– a un puñado de conspiradores de afición, románticos e ingenuos.

– La historia ha demostrado que la tortura tiene el poder de despertarle la elocuencia a un mudo. Esa es la única explicación para resultar envuelto en semejante enredo –reconoció el uruguayo.

Antes de una semana, la mujer le notificó que no quería verse envuelta en problemas con la autoridad. Debía desocupar el ático del séptimo piso, porque, según ella, la policía estaba advirtiendo en el vecindario la prohibición de alquilar cuartos a extranjeros sin documentos.

En esos días de gris melancolía, Naúl escribió la primera carta a María –«*su novia de siempre*» en Montevideo– para avisarle su inminente salida de Francia. No quiso hacer el resumen de su vida desde la noche que lo treparon a la fuerza al bordo del «Magellan», pero sí lamentó el clima de intolerancia que arreciaba contra los extranjeros. Con su proverbial estilo de ir directo al tema con una línea curva, agregó: «Para darle pistas aún más precisas, no conozco dónde quedan norte, sur, este ni oeste, ni la frontera por la que saldré. De lo que sí estoy seguro es que tampoco tengo idea para dónde voy». Prometió escribirle «tan pronto conozca ese cruce de esquina donde se vive en libertad». Naúl empacó sus pocas pertenencias, arrió la bandera provisional de su republiqueta en el exilio, clausuró sin demasiada ceremonia las puertas de ese «*palacio*», sede oficial de su gobierno, y, antes de entregar la llave, dobló en cuatro la cartulina que –clavada sobre la puerta– indicaba a propios y a extraños lo que significaba para él, su espacio vital: «Patria es el lugar donde se vive bien». La rabia que se anidó en su corazón, la sintetizó en esa primera carta a María, con esta *Nota Bene*: «El Estado es la autoridad, es la fuerza, es la ostentación de esa fuerza. Su naturaleza no es persuadir, sino obligar». Para ahorrar tinta, se guardó la mención que esta última oración se la robó a Bakunin.

– La noche que salí de París hizo tanto frío como el que sintió Napoleón durante su retirada de Moscú. Mi sueño de «liberté, égalité, fraternité» desfiló en retirada, al compás que nos impuso el general invierno.

A la reiterada pregunta de ¿por qué te vas?, Naúl improvisó una respuesta peregrina:

– Mi alma necesita mudar de piel.

Nunca se supo qué se juraron Naúl y Penélope la noche de la despedida. Lo cierto es que al momento de reventar el alba, Naúl le entregó todas las matrices originales de sus grabados «antes que las tablas talladas resulten ardiendo en la chimenea de «madame» la casera». En seguida empacó sus clavos de acero y dobló la página de París. Para rendirle tributo al olvido, clausuró la ventana de su memoria de elefante.

Lo que jamás se imaginó fue que Penélope, la lánguida modelo de sus grabados sobre la depresión y la melancolía, le regalara de despedida su enorme sonrisa —como si nada aconteciera— recurso que ella improvisó para mimetizar sus lágrimas y el secreto de estar embarazada.

Dos noches más tarde arribó un auto negro, sin placas, con miembros de alguna *Brigade de la Sûreté* y se llevó detenida a «mademoiselle» Penélope para interrogarla sobre su compañero.

20

El exiliado errante...

Tal como le ocurriera casi cinco años atrás en Montevideo, esta vez París le regaló a Naúl otro pasaje –sin retorno– hacia el destierro.

Naúl decidió no enfrentar con razones a un sistema sordo, ciego, indiferente y mudo. Optó por dejarse llevar por el primer viento de cola. Reconoció ser un expatriado que nunca tomó la decisión de serlo, y que impelido por la fuerza de una brújula enloquecida –que bautizó «destino»– se vio obligado a inventar cada noche un puerto que justificara despertar al día siguiente. Descubrió que no valía la pena esperar el final del viaje para disfrutar el destino, sino, al contrario, necesitaba gozar del viaje sin cargar esa angustia de llegar a una hora exacta, a un lugar preciso, donde nadie te espera.

Nada lo afanaba. No tenía un horario que atender, ni una cita que cumplir, ni un jefe que adular, ni una mujer a quien seguir. Incluso su aparato digestivo se acostumbró a gozar de una simple comida –si la había–. Se graduó y con honores en el arte de sobrevivir y sus células tomaron conciencia que la clave era familiarizarse con lo desconocido y adaptarse a lo imprevisto… o morir en el intento.

Todo su patrimonio lo colocó sobre sus espaldas. Una maleta es lastre demasiado pesado para alguien que va directo hacia ninguna parte.

La vuelta al mundo que tuvo la oportunidad de dar en veintiséis meses de trabajo en la «Exposition Coloniale Internationale», lo dotó de suficientes contactos para domesticar la incertidumbre.

Contando monedas desandó sus pasos y buscó la conocida ruta a Marsella, donde se embarcó en un barco pesquero que faenaba en la otra orilla, sobre las costas de Argelia.

Las anotaciones –todas sin fecha– que fue intercalando en sus cuadernos de bocetos, apenas permiten deducir una vaga idea de su periplo por esas colonias francesas, regadas en caótico desorden por todos los rincones del globo, en abierta contradicción con el riguroso orden del otro imperio, que él vivió –en escala reducida– sobre las cien hectáreas de la «Exposition Coloniale».

La tarde que pisó el puerto argelino de Orán, sintió que las puntas de sus mostachos se movieron como antenas sensibles a captar cualquier oportunidad que le permitiera sobrevivir en ese descocado universo. No cargaba nada superfluo, fuera de su cara de dignidad que lo hacía lucir como un evangelista, más la bandera de Uruguay, dos mudas de ropa, sus clavos de acero, sus pinceles de pelo de marta y esa mínima dotación de oleos y pigmentos básicos que atesoraba con veneración ¡ah! y, claro, aquel traje de paño –hediondo a naftalina– que le comprara al judío especulador de arte, en París, por si acaso, algún día, en algún lugar, le ayudara a mimetizarse entre la jungla urbana, asumiendo el papel de pequeño burgués.

Se topó en el puerto con unos españoles de Alicante y al otro día ya disfrutaba de oficio y beneficio. Vestido con *chilaba* y un aire de santón, se improvisó como vendedor callejero de turrones de yema tostada y almendra. Que si vendió poco o mucho, no se sabe, lo cierto es que al mes siguiente ya estaba al mando de una pala de madera, sudando como beduino en el desierto, mientras agitaba una suerte de magma dulce, el tiempo justo para que el azúcar, las claras de huevo y las almendras alcanzaran «el punto de melero» que las convertía en guirlaches. Así, por la vía de la necesidad, se graduó de «maestro turronero».

A los tres meses sintió que la dosis de calor era insoportable y entonces se buscó un oficio totalmente opuesto, donde reinaran las temperaturas árticas.

Una madrugada, seducido por la promesa de un trabajo como «nevero», se embarcó hacia Marruecos. La rutina le pareció fácil.

Durante la primavera debía recoger la nieve que se acumula bajo las rocas, para depositarla en pozos profundos. La masa de nieve se comprime a golpes hasta formar hielo compacto. Para que esos bloques de hielo se mantengan congelados hasta el verano, se cubren con capas uniformes de paja. Una vez se inicia la temporada de calor, los bloques de hielo se bajan al pueblo, a lomo de burro y sólo en la noche, para evitar que se derritan. Al día siguiente se preparan los suculentos helados. Por la ausencia de anotaciones, tal parece que Naúl jamás preparó un helado, porque en la travesía hacia Marruecos conoció a bordo del barco a una elegante dama que ya arañaba los setenta, y que cayó rendida ante la eficaz fórmula de supervivencia que le susurró el sudamericano: «Soy un artista uruguayo, voy de camino hacia el norte, sur, este u oeste, arriba o abajo, igual da, siempre voy de paso… y necesito su ayuda... por un solo día».

La anciana, viuda de un funcionario del servicio colonial francés, que durante treinta años se desplazó a lo largo y ancho del extenso imperio detrás de su esposo –cual si se tratara de la cola de un cometa– quedó impresionada con la sapiencia de Naúl, que cotorreaba sin parar sobre la geografía, cultura e historia de las posesiones francesas en ultramar.

Naúl no sintió la necesidad de confesarle que el universo colonial francés que conocía se reducía a 100 hectáreas en el bosque de Vincennes y que su sabiduría se le debía al desempeño de los más rebuscados oficios, durante la «Exposition Coloniale Internationale» del año anterior, en París.

Lo cierto es que del modesto oficio de «nevero» pasó en el siguiente pestañeo a ser una suerte de «*chambellan et chevalier de compagnie*», invitado por la dama a su residencia en Casablanca, frente al mar, donde ella solía aburrirse como una ostra, durante once meses cada año, dirigiendo a una servidumbre de cuatro, al servicio de los catorce gatos que le dejó su marido.

Que Naúl se acomodara en esa casa un día, un mes o un siglo, no importaba. Es que el tipo, en pocas horas –sin conocer el lugar ni el idioma– ya se comportaba como una suerte de pariente lejano que llegaba del extranjero. «¿Cómo lo haces? » –le preguntaron.

– El truco de este número de magia es darle la oportunidad irrepetible, a cualquier egoísta, para que una vez en su vida se sienta generoso.

Por esa vía, madame Martin redescubrió su faceta humanitaria. Entonces se entusiasmó por ayudar a volver realidad la indomable curiosidad del uruguayo, que demostraba a toda hora su pasión por explorar el mundo.

Naúl se obsesionó con la biblioteca de monsieur Martin. Consultaba mapas y repasaba libros de geografía, y en varias ocasiones fue hasta el puerto a indagar por un *pasaje en tercera* hacia la Martinica Francesa o hacia Cuba. Pero jamás pudo balancear sus sueños con su magra economía.

Naúl le insistía a madame Martini que le hablara de «*su*» Martinica, pero la señora conocía medio mundo, desde el Magreb, hasta la Cochinchina, desde Timbuktu, hasta Madagascar.

– Pero nunca he pisado las posesiones al otro lado del Atlántico. Tengo amigas que han vivido en la Guayana, Haití y Canadá, pero no recuerdo a ninguna que haya vivido en Martinica.

– ¿Y en Cuba?

Madame le clavó la misma mirada de un entomólogo ante un bicho raro.

– Por muchos siglos esa isla ha sido refugio de *gallegos*. Por los modales de esa gente se deduce, que la cultura francesa jamás pisó esa tierra.

Naúl acompañó a la anciana, desde marzo hasta octubre. Cuando percibió que el cielo azul profundo, la casa reluciente, la comodidad extrema, más esa brisa fresca venida del Atlántico le causaba melancolía, empacó sus pocas cosas y se lanzó –de nuevo– hacia un mundo que estaba por descubrir.

La responsable de la súbita partida fue la misma madame Martin, por haberlo intoxicado con sus relatos alucinantes sobre pueblos exóticos. Una madrugada, Naúl se vistió con el atuendo típico saharaui: *derrás, yabadu, fuquia* e *izar*, se echó a las espaldas su liviano equipaje y se embarcó en el tren a Marrakech. Todos lo echaron de menos, en especial Amina, una jovencita de ascendencia berebere, al servicio de la casa, con quien mantuvo una relación larga y apasionada. Ella venía del desierto, de familia amazigh, o descendiente de «hombres libres». Naúl le enseñó –a escondidas– los ocho pasos básicos del tango, y ella, a cambio, le enseño sus muslos juveniles, sus senos templados y una lección diaria sobre las lenguas y costumbres del desierto.

La semilla de ese amor clandestino dio fruto siete meses después de su partida. La bautizaron *Naúla*.

Naúl jamás supo que madame Lorena Martin, su encantadora protectora, falleció de ese mal que llaman vejez, un año y medio después de su partida, y que ante la ausencia de hijos, ella intentó ubicarlo para proponerle que cuidara los catorce gatos de *monsieur* Martin y, a cambio, en justa compensación, ella lo incluiría en su testamento.

En Marrakech, Naúl se dio mañas para incorporarse como dentista y enfermero a una caravana de tuaregs que partió en camello hacia el legendario Timbuktu. Se maravilló con la visión de las montañas nevadas del Alto Atlas, con las llanuras pedregosas del Anti Atlas. Cruzó los oasis del valle del río Draa y se introdujo por Zagora –la puerta del desierto– a un paisaje exótico, de dunas infinitas pintadas por la mano de Dios con un naranja delirante. Durante 61 días soportó, estoico, el «harmattan», ese viento impenitente, que sopla en el Sahara, hasta cuando descubrió maravillado –en el justo ombligo del mundo– a Kabara, el Puerto de Timbuktu, que dormita indiferente su siesta perpetua a orillas del río Níger.

Allí, la huella del uruguayo errante se borró. La leyenda se fundió con la realidad. Todas las historias que posteriormente se tejieron soportaban, como denominador común el «*dicen que...*»

Dicen que trabajó como tripulante en un barco mercante que abordó en el Mar Rojo... *dicen que...* fue apresados por piratas en el estrecho de Malaya, ... *dicen que...* trabajó como instructor de dibujo para una familia marahadi en Calcuta... *dicen que...* fue profesor de español en Beirut, fue curandero en Guinea y Senegal, y triunfó como instructor de tango en Siria, Egipto, Madagascar y Ceilán. ... *dicen que...* pintó murales religiosos en el templo budista de

Longhua, en Shanghai, donde aprendió «el camino de las ocho etapas» de la vida. ... *dicen que...* se graduó de curandero en Mauritania y trabajó como auxiliar de contabilidad en Cochinchina y Laos.

Lo cierto es que esa errabundez sin fatiga lo educó en el difícil oficio de supervivir. Le enseñó a desechar los superfluo y a valorar lo pequeño y lo básico. Y lo puso a soñar con la fantasía de un Mar Caribe que conoció de oído, gracias al testimonio de un *tresero* cubano exiliado en París y al hechizo de unas melodías africanas que atravesaron el mar, encadenadas a unos hombres llevados contra su voluntad a la isla de la Martinica, donde fueron vendidos como esclavos para servir con mansedumbre y dulzura, a los barones del azúcar.

21

Un artista uruguayo y
un cura alemán...

Naúl arribó a Puerto Galeón con la curiosidad a flor de piel, dispuesto a beberse ese «nuevo mundo» que descubrió navegando a la deriva en el Mar de los Caribes.

Se maravilló del aroma de las frutas tropicales y del sabor de los dulces de *mongo–mongo*; de las sonrisas francas de la gente, y de ese cielo pintado de un azul diferente; del poder furioso de la naturaleza, capaz de vestir al mar, en el arco del horizonte, con lirios y encajes blancos, y de las parrandas de varios días, que cada noche exhibían el antifaz de un carnaval diferente.

– Aquí me tocó reinventar mi capacidad de asombro –explicó Naúl.

De paso, se volvió amnésico. Olvidó la fecha exacta de su arribo al puerto, y como la única prueba documental disponible quedó mimetizada entre un mazacote de sellos oficiales, se declaró «hijo reputativo de Puerto Galeón», y su figura de evangelista se integró al paisaje urbano como si siempre hubiese jugado de local.

– ¿Dónde putas consigue Naúl esas medias color zanahoria? –se preguntaba el capitán Carrizosa.

– ¿Cómo diablos se atreve este loco a adornar su sombrero Panamá con un encaje que sin duda fue rasgado de los calzones de una bailarina? –sonreía el turco Badel.

– ¿Cómo coños se enrosca al pescuezo esos pañuelos de colorines estrambóticos? –se preguntaba el «sordo Beethoven».

– ¿Dónde mierdas consigue esos zapatos blancos, que refuerza con carramplones de fierro?

Lo cierto es que lo que en principio fastidió a los miembros de la tertulia, pronto resultó corriente. Lo que todos valoraban era su facilidad innata para animar la tertulia en un puerto, que por su naturaleza, era de lo más animado.

Una tarde, en plena tertulia, le plantearon a Naúl la suma de esas preguntas. El artista se incorporó con lentitud. Extrajo de su mochila tejida por los indígenas *arhuacos* un pañuelo de algodón pintorreteado con colores tan chillones que parecían mezclados al voleo por alguna modista paranoica, y se lo amarró al pescuezo.

– Compañeros: La uniformidad es la muerte; la diversidad es la vida. –Luego de un suspiro, agregó– palabra de Bakunin.

Por la época en que Naúl ya consideraba superado el dolor por el jalón de orejas del padre «*trinitro*», y hasta había olvidado la expulsión de la iglesia con aquello de «*¡Raus hier!*», recibió un mensaje esperanzador:

«El Reverendo Padre Wolfgang Müller, quiere verlo en la casa cural para tratar sobre la factura del trabajo». (Firma) Señorita Inocencia Parada. Secretaria de la Parroquia.

– Niña Geno, esta carta es promesa de justicia divina. Hoy me huelo que mi Dios no nos abandona a sus pobres ateos.

– Naúl, usted debe volver a la casa cural y poner la cara. De lo contrario el padre Müller lo puede hasta excomulgar.

– ¿Excomulgar? ¿A mí? ¡Jamás! –Luego de una larga pausa, agregó– A propósito doña Geno ¿qué es eso de *excomulgar*?

Si bien Naúl se confesaba agnóstico, era respetuoso y tolerante con las ideas religiosas de los demás. No importaba que todas las noches descansara su cabeza, usando como almohada el estropeado tomo del «El estado y la anarquía» de Bakunin que, según su propia confesión, se robó de una biblioteca pública, en un pueblo paupérrimo, «de cuyo nombre me da escalofrío acordarme». Él no era un ateo militante, ni un fundamentalista anticlerical, pero le causaba náuseas cualquier fundamentalismo religioso. Consideraba a la «anarquía» como expresión positiva, basada en la libertad individual, en el principio de la solidaridad entre los seres humanos y en la no violencia.

– Señorita Inocencia, el reverendísimo padre Müller me pidió que viniera para hablar sobre mi factura.

– Sí señor, ésta es la factura que su reverencia le pasa por los costos en que debió incurrir la parroquia por la resanada de la pared y, luego, por el blanqueo del mural de «su Creación». De paso, aquí están las sábanas blancas y la bandera que dejó olvidadas.

– Puedo hablar con su reverencia?

– No creo que él quiera verlo… pero espere.

El cura no esperó, sino que se materializó de sorpresa. Cuando su sotana negra cubrió de sombras todo el paisaje circundante, Naúl experimentó la sensación de un eclipse total de sol.

– ¿Viene a protestar, el artista?

– No, su excelencia. Vengo a decirle que yo le pago esta factura y que, de ñapa, deseo hacer las paces con su reverencia. Soy un hombre de paz, no violento, que no molesto a nadie. Mi vida se ha inspirado en un precepto que aprendí hace muchos años.

– ¿Precepto?

– Sí, padre, escuche: «Mientras exista una clase inferior, perteneceré a ella. Mientras haya un elemento criminal, estaré hecho de él. Mientras permanezca un alma en prisión, no seré libre».

Semejante declaración de humildad desarmó al cura.

– ¿Son palabras de San Agustín?

– Frío, su reverencia.

– ¡Ah! –exclamó el cura, más alegre– ¿Palabras de San Pablo?

– Tibio, su excelencia.

– ¿No me diga que son palabras de San Francisco de Asís?

– Casi, casi, su eminencia. Los académicos no han podido dilucidar si se trata de palabras del filósofo ruso Mijaíl Bakunin, o del artista uruguayo Naúl Ojeda.

La larga pausa y el progresivo enrojecimiento del cura evidenciaron que el padre Müller digirió la paradoja en cámara lenta.

– En el peor de los casos, su reverencia, la autoría de la frase la compartimos, de manera fraterna, el *uruguayo* y el *ruso*.

De lo más profundo de las insondables cavidades donde los seres humanos alojan sus intestinos y sus pasiones se emitió una formal declaración de guerra.

– ¡Raus hier! –Bramó el cura, al tiempo que le señalaba la calle– ¡Raus hier!

Testigos juran que el cura trazó una raya en el suelo y escupió sobre ella para marcar la frontera que divide el cielo del infierno.

– Ese monstruo comunista y ateo no volverá a cruzar, ni vivo ni muerto, los terrenos de nuestra iglesia. Es más, se va a arrepentir de haber pisado este Puerto.

– Amén –le respondió de manera mecánica doña Inocencia, sin levantar su mirada de unas partidas de bautismo que ella protocolizaba, imitando la firma autógrafa del cura.

Naúl aceptó, su destino sin chistar.

– Este cura, bárbaro y teutón, me decretó condena eterna, aquí en la tierra como en cielo, por los siglos de los siglos... Y conste que no digo «*amén*» porque con lo salado que estoy…

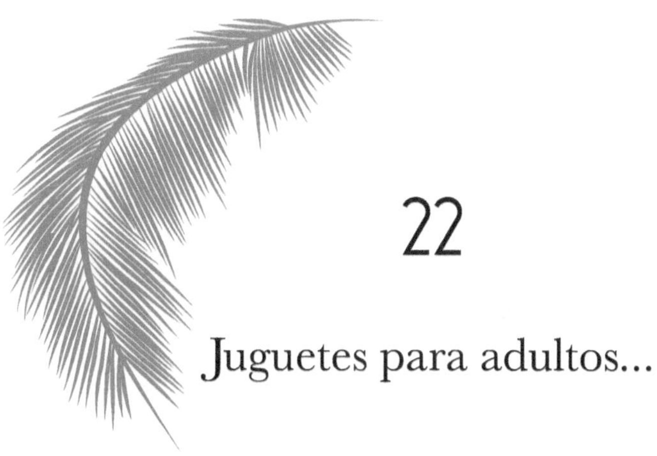

22

Juguetes para adultos...

Si alguien se aventurara a reconstruir el paso de Naúl por Puerto Galeón, no tiene más que identificar las pequeñas esculturas cinéticas, que fueron brotando por los rincones más insólitos del vecindario y leer –cual si se tratara de una partitura original– la sinfonía creativa del pintor.

¡Qué habilidad la de Naúl para domesticar el viento!

Aquí giraba –a su aire– un diminuto molino de viento multicolor, cuyas aspas, fabricadas con pedacitos de espejo, irradiaban reflejos en todas las direcciones.

Cortaba siluetas de pequeños hombrecitos de traje negro, que sostenían paraguas encarnados, y los colgaba de los aleros de las casas, para que la fuerza milagrosa de la brisa los moviera sincrónicos como una división de coordinados burócratas.

Era técnico en veletas. Sus gallos, caballos y delfines se fueron asomando por encima de los tejados de cientos de casas para cumplir la misión de señalar la dirección del viento. En contraprestación, sus gallos, caballos y delfines se ganaron el privilegio de contemplar, desde lo alto, el mar azul que se extendía a lo lejos.

Para que esos móviles elementales, pintados con colores caribes, adquirieran el don del movimiento perenne, dedicaba gran parte del tiempo a buscar entre la basura alambres, muelles, bandas de caucho, resortes metálicos y diminutas poleas con las que creaba curiosos artilugios. Hurgaba con deleite entre complejos mecanismos de relojería para cambiar de posición ejes, piñones, ruedas, volantes y engranajes. Unía mecanismos de bronce con hilos de plata. Inventaba aspas y molinetes, con el propósito de infundirles alma y movimiento a sus máquinas elementales.

Esas pequeñas esculturas cinéticas, colocadas sobre balcones y azoteas cobraban vida con la brisa. Así se animaban sus caballos multicolores que galopaban –briosos y libres– hacia ninguna parte, azotando con sus cascos el vacío.

– Don Ojeda, quiero que le construya a mi Valentina una máquina que nunca se detenga.

– Buenaventura, el amor es la única máquina que jamás se detiene.

Ese pedido de la negra Buenaventura fue una orden para Naúl. Pese a confesarse sordo para la música, se impuso la tarea de fabricar un inmenso móvil (con frascos de cristal, tubitos de bronce, caracoles, semillas y cuerdas) que colgó de una viga de la casa, para que el artilugio flotara sonoro, frente a la ventana de Valentina. De acuerdo a la dirección del viento y a su intensidad, el aparato reinventaba –a toda hora– las más alegres sinfonías.

23

La nueva bandera que simboliza la tertulia...

Como quiera que Naúl persistía en desplegar la bandera celeste del Uruguay, unas veces para reafirmar su origen nacional, otras como estandarte provisional y perpetuo de su *república de la Utopia* y las más como el símbolo de los iconoclastas de la tertulia, algunos miembros del colectivo se empezaron a cabrear.

Sucedió una de esas tardes de verano cuando no se mueve una hoja en la plaza, y la canícula se estaciona terca —como mula resabiada— sobre un cielo azul oscuro, para cocinar a fuego lento a los pocos parroquianos que se aventuran a salir a la calle. Era uno de esos días en que Puerto Galeón se entrega, sin condiciones a la tentación de una siesta colectiva —de 2 a 6— y, para espantar remordimientos, la consagra como *la octava obra de misericordia*.

Tan pronto se ocultó el sol, se empezaron a desgranar por entre la cortina que da acceso a la tertulia, uno tras otros los miembros del colectivo. Aunque lucían recién bañados, técnicamente estaban recién sudados. Llegaron guiados, no por la voluntad ni el compromiso, sino por el simple instinto. Traían sus mentes en blanco, y si no demostraban deseos de saludar, mucho menos de debatir.

«¡Putas, que calor!» —era la única letanía que repetían todos, a manera de saludo, y enseguida se entregaban, rendidos, a merced de la brisa que brotaba de los dos ventiladores.

El capitán Carrizosa arribó de buen ánimo con ganas de parlamentar, pero bochorno e indiferencia eran un mismo concepto. Le entabló conversación al «Beethoven» Pérez, pero éste, como siempre, se hizo el sordo; luego intentó parlamentar con el amigo Libanati, con resultados similares. Expresó creciente interés por conocer en qué radica la calidad de los cigarros Montecristo #2, pero el gordo Celaya no abrió la boca. Ni Naúl le respondió a su preguntadera sobre el arte urbano. Ni el amable señor Salgar, que siempre hablaba sin parar de su negocio, quiso compartir esa tarde las estadísticas sobre los muertos que «con tanta eficiencia y cortesía» atendía la Funeraria «El Juicio Final». Ni siquiera los hermanos Yurgaqui reaccionaron cuando intentó, en vano, entablar alguna polémica sobre temas bíblicos. Los ánimos parecían arrinconados por el bochorno, razón para que nadie le devolviera la pelota. El confundido capitán ya tenía dudas sobre si había caído en el reino de la apatía o si el calor lo había vuelto invisible. Como la energía requerida para destrabarles la lengua a los 21 charlatanes no se generaba en clima tan adverso, el perplejo capitán decidió hablarse a sí mismo, y en voz alta.

– No soporto más que esa bandera del Uruguay sea el símbolo de la tertulia. Ella es ajena. No me despierta sentimientos ni mucho menos pasiones. Cualquier grupo organizado que comparte los mismos ideales patriotas y que comulga con los mismos principios, posee sus propios símbolos heráldicos.

¡Qué silencio sepulcral!

– Necesitamos un escudo, un gallardete, cualquier blasón o estandarte que posea la fuerza magnética de cohesionar al grupo. Sus colores le deben imprimir unidad de carácter a nuestra tertulia. Sus grafismos deben representar símbolos que nos inspiren. Ver flamear nuestra bandera en la cúspide de un asta o trepada allá arriba, en lo alto de la verga de un bergantín, deben colmarnos del *orgullo de pertenecer*.

El largo bostezo colectivo evidenció el menguado entusiasmo del grupo.

– Es preciso dotar a nuestra organización con el noble timbre de los caballeros de antaño, los de corazón generoso y mano firme, aquellos nobles de yelmo coronado con plumas encrespadas, los que portaban escudos blasonados con alamares y cintas. Nosotros, que somos fieles depositarios de las tradiciones de esos héroes que nos dieron la libertad, entre el brillar de los aceros, el humo de la pólvora y la sangre de nuestros mártires, demandamos una insignia propia. ¡A la carga!

El capitán Carrizosa ensayó un brusco silencio confiado que alguien reaccionaría a tan apasionada diatriba... pero solo escuchó como respuesta el «*claque claque*» de los trémulos ventiladores y un eructo del gordo Celaya.

– Como acabo de evidenciar que no existe objeción alguna, entonces propongo a esta asamblea que adoptemos de inmediato, como estandarte de nuestra comunidad de intelectuales, la altiva bandera azul de nuestro glorioso *partido conservador*.

– ¡Viva el gran partido conservador –gritó el mayor de los Yurgaqui.

– Viva Cristo Rey –le respondió su hermano.

– ¡Viva la Constitución del 86!

¡Putas! Ni que el grupo estuviera conectado al mismo cable eléctrico que provocó –en ese instante– el más violento *corto circuito*. Todos saltaron a una para espantar el fantasma de la politiquería. Si bien en la tertulia se debatía con inusitada frecuencia sobre ideologías, el grupo mantenía un pacto tácito de esquivar cualquier alusión al tejemaneje político local. La politiquería se consideraba bacteria de peligrosa morbilidad que debía ser fumigada –sin titubeo– tan pronto asomara la cabeza.

– Ni por broma, mi estimado veterano capitán –se levantó airado el ginecólogo doctor Juancho Mora–. Es inaceptable su propuesta. La politiquería debe mantenerse por fuera de este recinto, en perpetua cuarentena, porque ese tema posee la capacidad corrosiva de disolver hasta un cálculo renal.

En segundos desapareció el fantasma del bochorno, y su secuela: la indiferencia Para defender la unidad de la tertulia, todos se despabilaron y, enseguida, la heráldica se convirtió en el tema medular de la tertulia de esa tarde.

Sin pausa, se entregaron a repasar la historia universal de las banderas, y se enredaron en animadas disquisiciones heráldicas.

El capitán Carrizosa pugnaba por rescatar el símbolo de las legiones romanas: el águila imperial.

– Esa ave majestuosa blasonó los «signa militaria» de las falanges, manípulos y centurias que conquistaron y defendieron el inconmensurable imperio romano.

El sordo Pérez contradijo

– El águila es un pajarraco imperialista. Propongo adoptar la figura del dragón. Una bandera con la figura de San Jorge, protector de los cruzados, y quien liberó a su ciudad de la amenaza del dragón, dotará a nuestra bandera con un timbre de nobleza.

– Voto por el grifo –gritó el propietario de la funeraria– un poderoso símbolo griego, mitad águila, mitad león.

– Yo por el unicornio

– ¡Ningún símbolo con cuernos! Más noble es el caballo – propuso Celaya.

– Qué mierdas de unicornios, grifos, hipopótamos y dragones. ¡Abajo la mitología! –gritó Naúl, mientras se incorporaba lento.

Se apretó el nudo de su rechinante pañoleta, se acarició el enorme bigote y concluyó:

–El único animal vivo de esta región con quien sus pobladores mantienen una relación de amor y fidelidad es el burro. Sobre los lomos de estos pacientes pollinos se ha movido, durante los últimos 400 años, el comercio por todo este litoral. A punta de burro hemos abierto caminos y llevado civilización a los pueblos más lejanos. La sal que exportamos se mueve a lomo de burro. Y hasta los bultos de café, cacao y tabaco, calidad de exportación, que salen todos los días por este puerto, en alguna etapa de su producción se acomodaron sobre el costillar de este socio resignado y tolerante. Hasta las burras contribuyen a desasnar a nuestros curiosos adolescentes bestialistas, en los complejos temas del sexo.

– Qué calibre de explicación –dijo el capitán Carrizosa–. Propongo que usted se encargue del diseño de nuestro símbolo, pero, por favor, sin compartir esa responsabilidad con el burro.

– Ni lo piense, mi querido *capi*. Primero, usted se alza arrogante en el intento de humillar a mi pabellón celeste y luego pretende que yo me ponga a inventarle una solución.

No valieron los ruegos y hasta las amenazas. El artista uruguayo se negó a emplear una sola neurona en la empresa de diseñar la bandera de la Tertulia.

– Que la diseñe Carrizosa. Él fue quien inició la polémica y que convenza al pajarito, a la lagartija, al burro, al sapo, a la cucaracha o a la mariposa para que nos represente. Me da igual.

La polémica se lubricó con ron blanco durante buena parte de esa noche, hasta cuando al filo de la madrugada, Carrizosa le estiró su mano a Naúl.

– Hazlo, *che*. Prometo no espantarte las musas rioplatenses cuando las vea descender sobre tu testa y no interrumpiré la penosa labor de parto creativo, con críticas virulentas.

– Qué negocio tan chimbo. Realizo una tarea de creación intelectual, gratis, para enseguida ser el blanco de críticas de mala leche. Eso equivale a zambullirme empeloto entre un estanque repleto de pirañas… por amor a la natación.

– Hazlo por amor al arte.

Naúl aceptó. Para evitar las dentelladas de la crítica, solicitó plena libertad creativa, más un mes y medio para inspirarse. Además exigió –y por escrito– que el día de la presentación de su símbolo, que respaldaría con argumentos, nadie lo interrumpiría.

Un par de meses más tarde, a juzgar por la puntualidad con la que los miembros del grupo arribaron para escuchar a Naúl, todos se tomaron, muy en serio, la necesidad de contar con un símbolo heráldico que le proporcionara identidad a la tertulia.

Todos lucían recién bañados, peinados con brillantina y oliendo a *pachulí*. Naúl parecía un guacamayo por cuenta de la caótica combinación de colores de su atuendo.

Sobre un atril colocó un tablero con veinte hojas de papel periódico de medio pliego. La primera hoja rezaba: «Estudio sobre el símbolo de la tertulia».

– Compañeros, la energía que derrochamos en este recinto, no nace de las unanimidades sino de nuestras contradicciones. De las certezas que ponemos en duda. Operamos cual si fuéramos los polos opuestos en la electricidad, que al entrar en contacto producen chispas, luz, energía. A eso se le llama: ¡Fuerza dinámica!

Ahí pasó la hoja donde había dibujado la batería eléctrica de Volta, con los dos polos opuestos:(+) y (–).

– Ahora los invito a recordar al «tres veces grande», Hermes Trimegisto, personaje mítico que gobernó a Egipto antes de la llegada de los faraones, y que inspiró con sus «Siete Leyes Universales», las filosofías de Grecia y Egipto, amén que pronosticó la llegada del cristianismo.

La hoja rezaba «*Siete Leyes*».

Los miembros de la tertulia lucían en estado de fascinación. Qué concentración sobre cada palabra de Naúl. Por la familiaridad con la que éste se refirió a la vida, obra y milagros del tal Hermes, cualquiera juraría que ambos fueron compañeros de pupitre -no en Egipto- sino en alguna escuela pública en Uruguay.

– Ahora, atención a la cuarta Ley del Universo –alzó su voz Naúl– «Todo en el Universo es doble, todo tiene dos polos; todo, funciona con su par de opuestos: los semejantes y los antagónicos son lo mismo; los opuestos son idénticos en naturaleza, pero diferentes en grado; los extremos se tocan; todas las verdades son medias verdades, todas las paradojas pueden reconciliarse».

Aquí hizo una corta pausa, para examinar el efecto de sus argumentos. O la tertulia dormitaba con los ojos abiertos, o estaban extasiados con la *carreta* retórica del uruguayo.

Decidido a no interrumpir el pasmo, Naúl se echó cuesta abajo con su discurso, apoyándose en hojas y más hojas con frases y dibujos que soportaban sus afirmaciones.

Para demostrar su tesis de «*los pares opuestos y complementarios*», habló del amor y el odio, de la luz y la oscuridad, de la verdad y la mentira. Y para enfatizar en su tesis de la polaridad subrayó que el amor es *positivo*, el odio es *negativo*; la luz es *positiva*, y la oscuridad *negativa*; la verdad es *positiva*, la mentira *negativa*.

Como si lo hubieran ensayado, todos fueron aportando ejemplos a la tesis: Se escuchó lo de «cóncavo y convexo», el gordo Celaya gritó: «amargo y dulce». El obstetra, aportó lo de «masculino y femenino», y así, uno tras otro, «frío y calor», «arriba y abajo», «norte y sur», «superior e inferior», «acción y reacción».

Naúl remató su hoja 28 con el dibujo de una *cruz*

— Este símbolo ha generado la mayor energía espiritual en la historia de la humanidad. La cruz no es más que la interacción de dos pares opuestos y complementarios: un eje vertical opuesto a un eje horizontal.

El silencio resultó tan sobrecogedor que desapareció hasta el ruido del «*claque, claque*» de los dos ventiladores como si un ángel hubiese descendido a lubricar el óxido de sus engranajes.

Naúl aprovechó ese instante de encanto para develar su propuesta. Descubrió la última hoja donde aparecieron dos inmensas manchas irregulares.

— Para el diseño final me apropié del estilo «*biomórfico*» del pintor franco alemán Jean Arp, quien agita como tesis: «*lo orgánico es el principio formativo de la realidad*».

El silencio sepulcral consecuente, bien pudo denotar confusión o admiración, sorpresa o asombro, delirio o caos. Lo que ninguno quiso mostrar fue la supina ignorancia sobre el significado del mamarracho. Como el silencio se volvió incómodo, el capitán Carrizosa, carraspeó para aclarar su garganta y con voz impostada se metió en los terrenos del toro.

— Naúl, lo felicito por su sesuda exposición. Fiel a mi palabra empeñada no quiero entrar en polémicas ni en contradicciones, pero con perdón de todos, ¿qué mierdas representan ese par de manchas?

— Ilustre mariscal, o sargento, en este caso da lo mismo. Hay misterios del arte que deciden permanecer invisibles para la sensibilidad de un miembro de la fuerza pública. Lo que usted muy bien define como «manchas de mierda» representan en realidad los dos hemisferios cerebrales: el de la *razón* y el de la *emoción*.

— ¡Oh! –exclamaron todos en coro.

Resuelto el abstracto enigma, todos coincidieron en que «desde ese punto de vista, se trata de todo un diseño creativo, producto de la genialidad del artista».

– ¡Aprobado! Este será el símbolo de nuestra tertulia.

Sin más debates, y con cinco mociones de aplauso, encargaron a Naúl la confección de la bandera, pendones y estandartes, con el símbolo recién adoptado.

La tertulia algún día se arrepentirá por haber tragado entero y por no insistir con terquedad en explicaciones adicionales.

24

Ofensa musical, honor mancillado y duelo...

Por cuenta de unas *décimas*, Puerto Galeón se enredó en un insólito duelo por honor, el primero y último que se tenga noticia.

No se trató de unas décimas de segundo. ¡No! Sino de unas *décimas* mal acomodadas, unos versos cojos, de coplas vulgares cuya métrica y artificios de rima se percibían de muy dudosa prosapia.

La copla era elemental, simplona, medio ingenua, con un sonsonete pegajoso al que se le podía pegar cualquier letra. Pero le acomodaron, justo, la más radioactiva.

De la letra nadie reclamó su autoría, ni el compositor del *sonsonete* tuvo la virilidad de poner la cara.

Lo evidente es que la copla se puso de moda y la empezaron a tararear en sinnúmero de versiones, primero en las cantinas y en los bailaderos, pero antes de una semana, cual si se tratara de un virus, la estrofa había contagiado a medio puerto.

La cancioncita tenia un golpe básico, como de son montuno, con evidente tinte melamínico, que la gente resultó silbando casi que inconscientemente.

— Ay niña Sara

¿quién te puso ese hombre encima?

— Mama es don Emiliano

al viejo no se le para

y como buen italiano

lo que le gusta es el...

– Ah No... mi niña,

¿que quién te puso ese hombre encima?

La gente le fue adicionando al sonsonete otros versos elementales y ofensivos irrespetando por igual a todo lo que oliera a autoridad competente, la civil, la política, la religiosa y hasta la naval. Desfilaron por el elemental pentagrama los miembros más destacados de la comunidad porteña. Al pegajoso estribillo del coro, con su terminación en «*ano*» («¡Ah! No») le colgaron coplas infames donde le sacaron los trapos a orear al alcalde, al presidente del concejo, a dos damas ilustres con reputación de lesbianas, a un famoso veterinario homosexual y, como colofón de la osadía, cruzaron lo que hasta ese momento parecía erguirse como infranqueable frontera espiritual y le dedicaron algunas coplas al Padrecito Müller y a su devota asistente, la señorita Inocencia.

Fueron tantas las coplas que surgieron que ocurrió lo mismo que con el himno patrio: la gente olvida las estrofas de relleno y solo recuerda el coro de entrada. Por esa vía, la copla original dedicada al señor Emiliano Chiaraviglio alcanzó nefasta popularidad, y el infame estribillo transitó de boca en boca hasta la tarde cuando la víctima lo escuchó en vivo.

El organista entró en *shock*. La súbita palidez del italiano se transformó en arrebol y, en seguida, la sangre le congestionó el rostro y toda su humanidad se infló cual si se tratara de un batracio. Como preámbulo a su primera maldición, el maestro organista se trapeó con brusquedad el sudor que le brotaba de la frente y la calva y, en seguida, vomitó sin pudor un rosario de maldiciones, en alguna lengua muerta, que todos sospecharon era el latín.

Nadie dudaba sobre la rectitud sexual de don Emiliano Chiaraviglio, excelso organista, ni se le conocía antecedente sobre inclinaciones contra natura, ni la especie tenia sustento en chismes, dimes o diretes sobre su hombría. Lo que aquí se configuró fue una broma de pésimo gusto a la que le colgaron una grave ofensa contra el honor de un reconocido caballero, cuyo único pecado era sentirse muy cómodo en su *estatus* de solterón empedernido.

Y obvio, una vez le pisotean el honor a un caballero, la ira santa se le sale de madre. En este episodio, el mercurio de la rabia se le trepó al italiano hasta alcanzar el nivel de reverberación. Al señor Chiaraviglio le fluyó –por todos los poros– un odio mafioso. Su juramento de triturar con sus inmensas manos al autor de la ofensa, sonó con la estridencia de la trompeta que al final de los tiempos anunciará el *Apocalipsis*.

Al día siguiente, a la hora en que el café de los turcos hervía de parroquianos, el organista se paró sobre un asiento para hablar claro, recio y sin titubeos. Amenazó con desenmascarar a los panfletarios autores de la copla y finalizó, con su voz en vibrato, jurando que lavaría con sangre su honor mancillado. Cual si se tratara de un hipopótamo que improvisa un número de circo, saltó desde lo alto de la silla para sellar su juramento con un golpe recio contra la mesa, que hizo bailar en el aire copas y botellas.

¡Mierda! Eso del «*honor*» sonaba a palabra mayor, mientras que lo de «*lavar con sangre*» era expresión de matarifes, o, en la acepción más decente, jerga de apostadores de gallos.

La amenaza de vindicta se regó como pólvora y el juramento del italiano despertó las reacciones más diversas.

Las treinta damas de los clubes cívicos se reunieron en cónclave para organizar un homenaje de desagravio al músico italiano y, de paso, desviaron los dineros que habían recogido para la «Fundación de la Madre Soltera», hacia la tesorería de «El Caribe Times», a fin de pagar el aviso de condena a los irrespetuosos autores del insulto. Allí expresaron la solidaridad y la simpatía que la sociedad de Puerto Galeón le profesaba al erudito maestro de música y recordaron que, *las abajo firmantes somos miembros del coro que entona los himnos a la Virgen en las fiestas de mayo.*

El miércoles en la tertulia no hubo espacio para otro tema. La especulación se centró en el abanico de reacciones –todas impredecibles– de un italiano ofendido y las consecuencias inimaginables que de allí se podrían derivar.

– Esos tipos mediterráneos que aparentan un carácter manso ¡Ay Mi madre! Cuando se emputecen, disparan primero y preguntan después –advirtió con aire de experto en cañones y parábolas, el señor capitán retirado de artillería Carrizosa Navarro.

¿Quién pudo ser el desgraciado autor de la afrenta?

Naúl se acarició los largos bigotes con esa actitud de pompa y circunstancia propias de un detective inglés al servicio de su majestad, y soltó una de esas preguntas que no invitan a una respuesta, sino a la reflexión.

– ¿Quién será el autor de una picardía de ese «tenor», que atenta contra el ego de tan sensible *tenor*?

Nadie sonrió. Pero si esa noche se hubiese adelantado en Puerto Galeón una encuesta, preguntándole a cien paisanos sobre los cinco supuestos sospechosos de semejante broma, ciento veintiuno incluirían en su lista a Naúl.

La verdad verdadera, es que Naúl no fue el autor del estribillo, ni jamás metió mano en la elaboración de semejante composición tan explosiva.

Es más, los amigos de la tertulia eran concientes que Naúl era un negado para la trova, tan sordo para la música como una rodilla. La configuración de su pescuezo le imposibilitaba cantar y en la única oportunidad que intentó corear *La Marsellesa* durante su aventura europea, logró desafinar al regimiento de la legión extranjera que ese 14 de julio cantó el himno nacional francés durante el aniversario de la Liberación de la Bastilla. Como si fuera poco, sus amigos juraban que el uruguayo era una tapia en los temas relacionados con la métrica poética, incapaz de rimar «especulo» con «este culo».

Pero para esa condición humana que denominan prejuicio, la verdad nunca será cura.

A propósito de cura, ese mismo prejuicio perverso se anidó obsesivo en las mentes del cura «*trinitro*» y de don Emiliano, su organista. El fin de semana rompieron la tradición de cantar –a cielo abierto y a grito pelado– las arias de Verdi, Puccini, Donizetti y Leoncavallo, y las reemplazaron por el sordo cuchicheo en el rincón más oscuro de la casa cural, iluminados los rostros por el palpitar débil de una veladora votiva. Una vez sus atormentados espíritus quedaron cargados de tigre y deseo de vindicta, los dedos acusadores del cura y el organista se crisparon, como aquejados del *rigor mortis*, para señalar al uruguayo como el autor de la trova.

Entre aspiraciones asmáticas, maldijeron la hora en que éste desvergonzado uruguayo desembarcó en Puerto Galeón.

Lo escrito, escrito está. Esa noche la suerte de Naúl quedó sellada.

25

El clima de confrontación
sube como espuma...

En las siguientes horas, el escándalo de la trova ascendió hasta los titulares de «El Caribe Times», y en su editorial, ese ladrillazo de mil palabras que a diario pontifica sobre temas doctrinarios de la política nacional, para, según su director «orientar a la despistada opinión pública», se lo dedicaron por entero al asunto de la copla. El autor del texto era, además del dueño único del diario, propietario de una prosa exuberante de estilo barroco. Por esa vía elevó la broma a delito de lesa humanidad, llamó sicario moral a su autor y ofreció dedicar a sus dos cronistas judiciales para que adelantaran una investigación exhaustiva —*«hasta sus últimas consecuencias»*— para desenmascarar a los autores de la ofensa, (así en plural): «El honor de los ciudadanos es un patrimonio sagrado que se debe defender con valor y, en sociedades con alto grado de civilización ¡ay! de quienes osen mancillar el honor de un caballero digno, porque esa ofensa se lava con sangre».

La incendiaria columna se la dictó don Fidedigno Hurtado a su secretario, mientras paseaba a trancos por la oficina, frente al ventilador. Se halaba las calzonarias de la ira mientras alternaba unos sorbos de *Armagnac* en copa de cristal barrigona y uno tras otro aspiraba unos hediondos cigarrillos negros argelinos, del tipo *rompe–pechos*.

Que la columna editorial elevó a los altares de la popularidad a la deslenguada trova, no quedo duda, y que el efecto resultó contrario a lo que pretendió el señor propietario del diario, tampoco...

porque el ingenuo estribillo pasó a formar parte fundamental del diálogo social en Puerto Galeón, pero no para su condena, sino para su diversión. El acto sacramental de la satanización editorial provocó en horas, la explosión de nuevas coplas. Ni que don Fidedigno hubiera ofertado un premio gordo a la composición más retorcida.

Cual si se tratara de un espontáneo concurso de crítica social, miles de compositores anónimos lanzaron coplas y décimas –sin vergüenza– para medirle el aceite a los poderosos. El incisivo editorial de don Fidedigno Hurtado también encendió la pasión de los apostadores de gallos que, bajo los almendros de la plaza, cruzaban especulaciones sobre cómo sería el choque de gladiadores que lavarían con sangre el tal honor mancillado, de qué calibre las armas de fuego y el largo de los puñales acordados, amén de conjeturas sobre el campo del honor y las condiciones del encuentro.

Una sucursal del circo romano se montó en Puerto Galeón.

El Padre Müller no pidió permiso para entrar en el debate moral. Él se arrogó ese derecho desde cuando detectó durante las confesiones que su santo nombre ya circulaba –no de boca en boca– sino de copla en copla. Por eso su homilía del domingo al mediodía, la dedicó a demostrar sin pelos en la lengua que era él quien manejaba el interruptor con el que se maniobran, allá arriba en el cielo, los rayos y las centellas. Con esa estructura de catedral gótica enfundada en su sotana negra, el cura parecía una caldera de vapor sobrealimentada por la ira santa. El cura bufaba de la rabia, mientras su dedo índice cargado de pasión señalaba a la muchedumbre. Aunque en su sermón no acusó a nadie por su nombre, claro que se excedió al sugerir que esa *canción* se compuso a varias manos, más exactamente entre felones conspiradores que se agazapan todas las tardes en los vericuetos de una bodega maloliente, so pretexto de animar una tertulia literaria.

¡Ayayay! ¡Virgen del Agarradero! Esas palabras pringaban. Las miradas de los parroquianos buscaron inquisidoras por la nave de la iglesia buscando con morbosa curiosidad a los señalados. Pero nadie se dio por aludido, simplemente porque la criatura tampoco fue concebida en el seno de la tertulia.

La 18 horas más lentas en la historia de Puerto Galeón transcurrieron entre el sermón del domingo y la tertulia del lunes. Claro que muchos arribaron hasta dos horas más temprano, y por primera vez todos contestaron a lista con esa mansedumbre de los condenados a varias cadenas perpetuas. Incluso aquellos que por su trabajo en los muelles o en el campo se excusaban con frecuencia, llegaron puntuales. En la mayoría de las caras se adivinaba esa máscara de tragedia griega, pero también se traslucía –entre la gris preocupación– una lucecita de picardía. Estaban alarmados por la irresponsabilidad del cura y por la manera como Don Fidedigno Hurtado atizaba el incendio con sus editoriales, aunque al mismo tiempo no ocultaban el encanto de ser señalados como promotores de la hazaña.

Pero claro, gracias a don Fidedigno y al cura «*trinitro*», la trova de marras alcanzó la categoría de música clásica.

A contrapelo de las reflexiones que en voz alta se cruzaron durante la tertulia de ese lunes, pidiendo serenidad con el manido cuento que *el que nada debe, nada teme*, y pese a las innumerables propuestas de hablar de otro tema, la copla continuó, terca, entrometiéndose en la discusión.

Esa tarde se debatió por primera ocasión las coordenadas morales de un duelo, como el recurso lícito para dirimir la controversia, aunque no pudieron ponerse de acuerdo sobre si el hecho de limpiar con hemoglobina los honores mancillados era tan cristiano como lo planteaba «El Caribe Times» y como lo sugería, desde las alturas del púlpito, el padre Müller.

Los miembros de la tertulia debieron ceder en demasía para concluir: «lo más prudente es ignorar el sablazo del cura y dejar que la especie se diluya mansa sin animar escaramuzas».

– El tiempo borra todo –concluyó el capitán Carrizosa Navarro– desde el costurón de una cesárea al nacer, hasta la cicatriz de una puñalada al morir.

– Cualquier respuesta arrogante o retadora podría pringar a muchos inocentes –sentenció prudente Libanati.

Al final del animado debate coincidieron, sin base científica, pero guiados por el «dicen que», en la proclividad de los italianos a montar la tramoya de un duelo, por cualquier causa menor.

– Así el italiano carezca de razón, su causa está animada por la Santa Madre Iglesia, el gobierno nacional, el ministerio de relaciones exteriores, la legación de Italia y el Club italo–alemán. Además, es Don Fidedigno Hurtado y «El Caribe Times», quienes deciden en este puerto quién putas tiene la razón –acotó el «Beethoven» Pérez.

Naúl, quien no había despegado su boca, metió baza.

– No hay que tener culillo de los italianos. Claro que ellos viven en duelos a muerte pero eso sólo ocurre en la «Traviata», en la «Cavallería Rusticana» y en otras óperas de menor pedigrí.

Como nadie comentó el apunte, el «*claque–claque*» de los dos ventiladores se hizo más evidente. Entonces el uruguayo agregó:

– En casi todas las óperas se repite el mismo cuento. Barítonos y tenores, sopranos y contraltos se enzarzan en una batalla de berridos, siempre en duelos sobre sexo. Esos duelos culminan en degollina general, con participación entusiasta de los coros, al tiempo que chorros de hemoglobina (que simulan sangre fresca) salpican al respetable público de las primeras filas, ilusión que la plebe del gallinero aplaude con frenesí.

Semejante comentario tan sangriento hizo estremecer a más de uno. En el fondo de sus conciencias todos veían a Naúl como el candidato más caracterizado para protagonizar un duelo, copia al carbón de la trágica ópera que el mismo acababa de describir, con una pequeña diferencia: la hemoglobina a derramar podría ser la suya.

– Bajémosle la temperatura a tanta alarma. En este puerto dicharachero nadie guarda en su memoria la ocurrencia de un duelo por honor, a no ser los fiesteros duelos entre trovadores y acordeoneros en alto grado de ingestión etílica, o los que se cruzan por señas los apostadores de gallos –serenó a la tertulia el Notario Carlos Buitrago.

¡Qué equivocado estaba!

Una semana más tarde, «El Caribe Times» publicó el desgraciado aviso.

El costo del inserto fue pagado –por debajo de la mesa– en maniobra conjunta acordada entre «las fuerzas vivas» de Puerto Galeón, las damas de los clubes cívicos, el directorio conservador, el comité de defensa de la decencia y la Santa Madre Iglesia, que en un acto de desprendimiento –aprobado por el Padre Müller– aportó las limosnas recogidas en las alcancías de los tres altares auxiliares. Y claro, contaron con la generosísima contribución de don Fidedigno Hurtado propietario de «El Caribe Times», quien concedió un descuento del 15% por tratarse de lo que él denominó «tarea de higiene social».

A todo lo ancho y lo largo de la tercera página, el aviso lucía fúnebre. A juzgar por el marco y la tipografía, éste fue concebido por el Conde Drácula –entre el revolotear de vampiros– porque su tétrico diseño chocaba con el espíritu gozón de este puerto parrandero y trasnochador.

«Advertencia: Este aviso ha sido pagado por ciudadanos ejemplares, representantes de las fuerzas vivas de la ciudad, dispuestos ellos a separar en nuestra sociedad, el oro de la escoria».

El cuerpo del texto, compuesto en letra gótica, parecía la promoción de alguna casa de pompas fúnebres, con oferta de descuentos para el día de difuntos:

«Don Emiliano Chiaraviglio, noble caballero italiano, vecino de esta ciudad, le demanda al señor don Naúl Ojeda, noble caballero uruguayo, también vecino de este Puerto, que asuma su responsabilidad por la poesía panfletaria que le ha causado incontenible dolor a nuestra sociedad y le exige que acepte su responsabilidad y pida disculpas públicas, sinceras y suficientes por sus reprobables actos, o, en su defecto, acepte dirimir en un duelo entre caballeros, el honor que él ha mancillado».

El aviso terminaba con la fecha de la publicación y la lapidaria frase:

«Las ofensas al honor sólo se lavan con sangre».

El insólito camino que tomaron los acontecimientos colocó a la tertulia en ayuno, abstinencia y asamblea permanente. Lucían abrumados por la responsabilidad que le achacaban al colectivo y muy alarmados ante el sorpresivo señalamiento del artista uruguayo como autor del desatino. Todos dudaban sobre la responsabilidad del artista uruguayo, pero, conociendo sus dotes de iconoclasta, al mismo tiempo dudaban de su inocencia.

– Obvio que conocemos sus reacciones histriónicas. Claro que es irreverente. Pero macho, es uno de los nuestros. Y no hay un solo testigo, ni una prueba, ni siquiera una denuncia judicial en su contra –hizo el análisis de la situación el capitán Carrizosa.

– Sin embargo ya fue condenado en los titulares de «El Caribe Times», de manera sumaria, sin derecho a defensa. Esto es el colmo de la injusticia –opinó el notario.

– Desde la cumbre del púlpito se lo señala sin asomo de caridad y se le somete a una virtual ejecución, matrera e injustificada, sin haber sido oído y vencido en un juicio imparcial y sin que medien evidencias y pruebas que lo incriminen –remachó el gordo Celaya.

– La xenofobia se esta cebando en un tipo que, aunque exótico, es un costeño ejemplar –se escuchó otro comentario.

¿Qué diablos hacer? ¿Qué camino coger? ¿Qué estrategia imaginar?

Nadie se atrevió a improvisar una respuesta.

26

Un duelo madurado
en papel periódico...

Naúl quedó helado con la mención de su nombre en el aviso, pero pudo más su proverbial actitud iconoclasta e irresponsable.

Esa mañana compró cinco ejemplares de «El Caribe Times», para cinco destinos diferentes.

Explicó que en el supuesto caso que ocurriera alguna tragedia acá, pues allá –en su alma Mater– la Escuela de Bellas Artes de Montevideo, tenían derecho a saber que el más rebelde e indisciplinado de sus discípulos había ofrendado de manera heroica su vida, «por amor al arte».

Entre un segundo sobre colocó otro ejemplar del diario, acompañado de una nota escrita a las carreras. La destinataria era María, su *«novia de toda la vida»* que, según sus cuentas, lo esperaba en Montevideo. Cual si necesitara un santo y seña atiborró el papel con los mismos íconos de cuervos, huevos gigantes, barcos patasarriba y la imagen de esa mujer con el inmenso ojo. El mensaje era breve: «No puedo hacer nada, fuera de armarme de paciencia y de huevos, porque el destino manda, contra viento y María. Espero que aún en tus peores ataques de amnesia, no me castigues con tu olvido, Naúl».

Naúl tenía claro el destino del tercer sobre, pero no su dirección. Así que se vio obligado a consultar el mensaje que José María le dejó doce años atrás, la madrugada de su despedida de París. No lo hizo antes, porque siempre honró su compromiso de abrirlo sólo si mediaba una trance que pusiera en juego su vida.

Desdobló la hoja de papel. El *cuentero* dibujó a mano alzada un mapa de la península ibérica, y destacó un punto sobre la costa norte. El texto manuscrito aclara:

«Aquí nací: en una casi–isla al socaire del monte Buciero, en la costa cantábrica de España, empenachada de fuertes y baluartes. Plaza fuerte, puerto y monasterio, en donde invernan las aves que migran –pasajeras del viento– en su camino hacia el África profunda: ¡Santoña!»

«Nota Bene: Si es asunto de vida o muerte, envíame una nota. Te prometo que tocaré ese puerto –antes de los próximos cincuenta años– con el único propósito de recoger tu mensaje. Adios».

Naúl tomó papel y lápiz y despachó lo que le dictaron sus hígados. En una nota escrita a las carreras le recordó al *cuentero* el pacto de sangre que se juraron una noche de farra en París, cuando estamparon –en letra de estilo sobre una servilleta de organdí– la Constitución de su republiqueta en el exilio. Para hacer ostentación de su memoria, le recordó la decisión provisional que tomaron de acoger la bandera uruguaya como su estandarte y la adopción de una vieja guaracha cubana como su himno nacional. En la posdata le notificó «te adjunto las coordenadas –aproximadas– del cementerio de este puerto, bañado por las tres gracias: el Mar de los Caribes, el sol del trópico y el ron de caña, camposanto donde pasaré mi última temporada de descanso, antes del Juicio Final». Para no quedar corto en señas, agregó: «por si te picara la curiosidad, se trata de una tumba de mierda, sin vista al mar, ausente de lápida y mojón, recurso para proteger mis huesos del acoso de los piratas, los envidiosos, los curas párrocos y los cobradores de impuestos».

Selló el sobre con una hedionda cinta encolada y colocó como remite el 610 de la Calle del Alférez Mayor, «a cargo de Doña Genoveva de Zuleta».

El último ejemplar se lo entregó a doña Genoveva con el ruego que si le tocaba huir, lo mandara a enmarcar para adornar la pared de la pieza donde doce años atrás le pidió posada por apenas 24 breves horas, con el ruego que: «no me espere levantada, pero eso sí le sabré agradecer que ordene a quien corresponda, me dejen sobre la mesa de noche el agua de tamarindo de costumbre. Para su tranquilidad le prometo que antes que transcurra otro medio siglo, el alma en pena de este artista uruguayo retornará a ocupar el mismo cuarto».

Doña Genoveva colocó sus ojitos en blanco, posando sus pupilas sobre el óxido de una humedad que carcomía un florón de yeso arriba en el cielorraso, mientras hacia cuentas que para esa época ya estaría por los ciento ochenta y tantos años, recién cumplidos, y sonrío condescendiente.

– Esto es muy grave, señor Ojeda –suspiró la dama– ¡Buenaventura! Sírvale a Naúl una agüita de poleo, menta y valeriana, que eso le neutraliza la ansiedad y le ayuda para la digestión.

El último ejemplar de «El Caribe Times», se lo encajó bajo la axila y partió directo al correo a colocar los sobres. Luego de cumplir este compromiso con la posteridad, se dirigió a la bodega a cumplir la cita de honor con sus compañeros de tertulia.

El uruguayo se ha podido ahorrar lo de la compra del diario, pues todos aparecieron blandiendo copias de la misma publicación.

Hasta pasada la medianoche llovieron propuestas, en todo el espectro de posibilidades. Se barajaron cien opciones, desde organizar una colecta entre los miembros de la tertulia para pagar un anuncio en «El Caribe Times» donde los intelectuales de Puerto Galeón declararían estar comprometidos en la defensa del artista uruguayo... hasta animar a Naúl para que pusiera el pecho y aceptara con virilidad el duelo, con todas sus consecuencias. En ese festival de propuestas se insinuó, incluso, castigar la arrogancia del Cura Müller y del dueño del Diario, organizando un movimiento de resistencia civil, en el que se instigaría a los lectores a no comprar la publicación, y se promovería entre la población un domingo sin fieles en la misa del mediodía.

Durante el curso del desordenado debate, Naúl permaneció en silencio. Se le notaba agobiado por el ambiente de alarma, pero la energía nacida de su proverbial desprendimiento por la vida lo dotaba de un airecillo optimista.

Las ideas iban y venían, se adoptaban y se descartaban, se mataban y se revivían, se mezclaban y se satanizaban. En medio del *rifi–rafe* Naúl alzó la mano y pidió la palabra. La tertulia se silenció respetuosa.

– Compañeros: parlando en mi mejor italiano, me huelo que «*la cosa Nostra*» se nos puso peluda.

Improvisó una pausa, que aprovechó para inspirar profundo y arreglarse el bigote.

– Yo me piso mañana de este puerto, por cuatro razones: La primera, porque no soy el autor de la divertida trova. La segunda, porque es inmoral que el único que gana en este demoniaco enredo sea el señor Fidedigno Hurtado, propietario de nuestras mentes y conciencias y, como si fuera poco, también del diario «El Caribe Times». Tercero, porque aquí nadie me ha podido definir qué mierdas es ese tal «*honor*», ni por qué me están otorgando –precisamente a mí– el honor de morir por esa maricada. Y finalmente, porque en cementerios regados por toda la campiña francesa conocí a miles de pendejos –como nosotros– anónimos, llevados hasta allí por dirigentes indignos que los hicieron rendir sus vidas por cuenta de la defensa de un tal «honor nacional». Pero una vez yertos, alineados en sus anónimas tumbas, sosteniendo a perpetuidad con el pecho tres brazas de tierra, quedaron olvidados sus nombres por los siglos de los siglos.

Nadie osó interrumpir al pintor, ni perturbar el silencio agobiante que quedó flotando en el ambiente. Naúl ensayó una sonrisa de desencanto, se calzó su desteñida gorra de marinero griego y agregó a manera de colofón:

– Amén.

Por elemental simpatía, todos corearon

– *¡Amén!*

A renglón seguido, Naúl descolgó la inmensa bandera que él mismo había diseñado y que adornaba la pared de la bodega.

– Llegó el momento de arriar el «símbolo de la razón y la emoción» ¡Me rindo! El imperio del caos, el prejuicio y el terror gobierna hoy a Puerto Galeón.

Le estampó un beso al símbolo de los «*pares opuestos*», dobló la tela con devoción –en cámara lenta– se la encajó bajo la axila, dio elegante media vuelta, y se esfumó detrás de la cortina.

Un suspiro más adelante, la algarabía de las reacciones aturdía el ambiente. Todos comentaban y especulaban a gritos sobre la declaración del uruguayo, cuando de súbito, reapareció Naúl.

– Perdón por la interrupción, pero me urge mi ejemplar de «El Caribe Times». Voy a cagar y creo que tengo derecho a limpiarme el culo con este ejemplar que yo pagué. ¡Hasta la vista!

El duelo era inminente. Como consecuencia del aviso en la prensa, los apostadores se enloquecieron. En un principio era evidente que la gente apostaba 2:1 a favor del italiano, habida cuenta de su decisión de asumir la iniciativa en el duelo y por la leyenda urbana que circuló insinuando que el organista pertenecía *a una célula secreta de la mafia italiana*.

En el caso de Naúl, la gente dudaba que cumpliera la cita en el campo del honor.

El creciente volumen de apuestas se comportaba como una especie de termómetro que iba reflejando el estado de calentura de los apostadores. A la luz de las tendencias, el italiano casi doblaba al uruguayo.

La tarde cuando *monsieur* Cahier, el propietario de la sastrería francesa, dictó cátedra en el café de los turcos sobre las medidas antropométricas –promedio de los hombres– de acuerdo a la raza y a la nación de la que son originarios, y contrastó la enorme estructura ósea del italiano frente a la desmirriada pinta del uruguayo, se variaron las tendencias

– Deduzco que: primero, en Latinoamérica se padece de serios problemas de desnutrición, y segundo, el italiano exhibe una superficie más voluminosa, en otras palabras, en caso que se diera un duelo, su anatomía queda más expuesta a una herida mortal.

Ahí mismo se nivelaron las apuestas.

Bajo los almendros de la plaza se cocina a fuego lento la opinión pública. Las más disparatadas especulaciones se someten a examen, y de acuerdo a la capacidad retórica del respectivo analista, cualquier chisme podría ascender a la categoría de *verdad científica o revelada*. Si esa supuesta verdad resiste los tres hervores de suposición, intuición y alucinación, pues pasa a ser «leyenda urbana», y ¡ay! del escéptico que ose ponerla en duda. Por eso el planeta Marte está interconectado por canales, Catalina II de Rusia murió al ser penetrada por un caballo y nuestro Himno Nacional es el más bello del mundo después de *La Marsellesa*.

Los desocupados reconocen la aparición de un «experto» cuando se suspenden de manera espontánea las partidas de *dominó*, y los curiosos forman respetuoso corrillo alrededor de la «autoridad». Entre más amplio sea el espacio reverencial que se le dispense, mayor es la «autoridad» que se le reconoce. La tarde que el gordo Libanati corría a atender su negocio de importación y lo llamaron a gritos para que viniera a dilucidar si habría duelo o no, hasta las hojas de los almendros, respetuosas, dejaron de moverse para no distraer a la gente sobre su disertación.

– Mis caros amigos, en cualquier país del mundo, un duelo por honor es algo serio, «*mi riferisco in particolare al mio, all'Italia*», pero aquí, en Puerto Galeón, esto se convirtió en objeto de chacota y pretexto para transar apuestas e inventar chistes cínicos.

La gente puso cara de pompa y circunstancia, y algunos posaron de boquiabiertos.

– Lo primero que deben aprender a distinguir es la diferencia entre un *duelo* y una *riña*. Los duelos sólo se realizan entre caballeros que comparten el mismo nivel y categoría social. Si *un perico de los palotes* comete una ofensa contra un caballero, éste no lo retará a duelo, simplemente le ordenará a sus criados que le den una paliza inolvidable.

Por elemental prudencia, previendo que en ese ambiente promiscuo le podrían faltar al respeto, el gordo Libanati improvisó su mejor cara de noble caballero de ascendencia italiana.

– Otra situación bien distinta es cuando dos parroquianos en un bailadero se retan a cascarse, por el amor de una desobediente. Eso jamás es un duelo. Apenas califica de vulgar trifulca, que si llegara a terminar en muerto, desciende a la categoría de asesinato.

Esa misma tarde, el gordo Libanati relató durante la tertulia su experiencia en la plaza, y enfatizó sobre el vivo interés de la gente en conocer el tema de los duelos entre caballeros que comparten el mismo nivel social. Estaba en esas, cuando fue interrumpido por Naúl.

– O sea que técnicamente el organista me reta a duelo, sin el menor motivo y, de encime, me toca subir de clase social para poder enfrentarlo. ¡Boludos! ¡Tienen huevo!

– Para que pueda realizarse un duelo, el *linaje* cuenta, mi estimado artista.

– Pues voy a solicitar se aplace el duelo por unos diez meses mientras me doy una vuelta por Durazno, Uruguay, a fin de averiguar qué tanto *linaje* tenía mi madre que me abandonó, y mi padre que, para rematar, nos abandonó, a mi madre y a mí.

27

Placebo para la angustia...

Dona Genoveva sacó de un baúl toda su reserva de santos, matas de sábila bendita y rosarios traídos de Tierra Santa. Ensayó sortilegios, sahumerios y toda clase de «*contras*» benditas.

Sin que Naúl se percatara le colocó entre los bolsillos hojitas diminutas de trébol para pedir la protección a la Santísima Trinidad, cogollos de azahares para espantar a los malos espíritus, aceites esenciales para que le resbalaran los agravios y hojitas de eucalipto para inmunizarlo del *mal de ojo*.

Incluso violó el espacio íntimo del uruguayo y le colocó entre la ropa recién planchada que descansaba en su armario, filtros para detener maleficios y amuletos para la buena suerte. Para reforzar esta coraza espiritual, lo aconsejó:

– Mire señor Ojeda, yo aquí rezo por usted, mañana, tarde y noche, pero usted colabóreme y consiga oficio. Esa manía de quedarse sin hacer nada, con esa pensadera, que se la adivino, no es buena consejera. Invéntese otra locura con su arte que eso le va a espantar los malos pensamientos.

Naúl regresó a su taller al fondo de la casona, al otro lado del jardín, para consagrarse de nuevo a sus tablas y a la fabricación a mano del papel de algodón para imprimir sus grabados. De ese *atelier*, donde antes moró la esclavitud, ahora salían cuadros sencillos y simples de formato pequeño, que, a juzgar por su simpleza, parecían guiados por la mano de un niño. En realidad se trataba de composiciones inesperadas, retadoras, contrarias al equilibrio, a la proporción, al encuadre, a las normas reconocidas por las academias clásicas, incluso, contrarias al buen gusto de los críticos.

– Señor Ojeda, ¿cuándo va a pintar a mi niña? –lo retó la negra Buenaventura.

En esos días Valentina –acompañada siempre por Buenaventura– posó para Naúl que bocetaba una serie de grabados sobre la melancolía. Él no tallaba las tablas como un ebanista, sino que fijaba sobre ellas el aura de la bella adolescente, más los fantasmas de su propia aflicción que se le escapaban del alma.

– Naúl, con mis compañeras de la escuela estamos rezando una *novena* para que mi Diosito lo proteja –le confesó Valentina, ocultándole que lo hacían en la clandestinidad, porque pronunciar su nombre estaba proscrito en la escuela.

Naúl no se sintió satisfecho con su producción artística habitual. Así que se impuso –en soledad– un proyecto artístico estrafalario, de la misma naturaleza de sus propias angustias para distraerse mientras transcurrían estas horas de grandes indecisiones.

En la Funeraria «El Juicio Final», de Don Aquileo Salgar, se dio mañas para negociar el viejo ataúd –desteñido por la acción del sol– que había decorado el salón principal del fúnebre negocio durante más de veinte años. Se lo dieron a precio irrisorio habida cuenta que el comején ya se había despachado buena parte del fondo de madera.

– Por fortuna lo hallé. Qué empresa titánica tratar de negociar en el mercado un cajón de *segunda* –se quejó Naúl– todos los esqueletos consultados se negaron a desprenderse del ataúd que les asignaron.

Con la infinita paciencia de un anudador de alfombras mágicas, Naúl decoró «*su*» cajón mortuorio por los seis costados. Con una mezcla en apariencia aleatoria, de miles de puntos de colores y trazos inconexos, logró el justo caos creativo. Resultó imposible contar las diminutas florecillas blancas pintadas con el puntillismo de un orfebre, entre las que se anidaban miles de frutillas silvestres en todas la gama de rojos, azules y violetas. Y claro, allí aparecieron sus barcos navegando en posiciones imposibles sobre gasas de un cielo de mentiras. Una vez encajó todas sus figuritas en su justo puesto, derrochó paciencia, pulso y veintitantas madrugadas para pintar –según las malas lenguas– una flotilla anfibia compuesta por miles de espermatozoides que parecían chapalear –curiosos– por todos los rincones del cajón. Esa plaga de espermatozoides se coló por dentro y por fuera, en las esquinas más absurdas. Incluso se asomaban indisciplinados desde el otro lado del vidrio, como si algún ser superior les hubiese asignado el papel de representar, sobre el fúnebre cajón: *vida* y *muerte*, comedia y tragedia, luz y oscuridad, oriente y poniente, diestra y siniestra, Alpha y Omega, «principio y fin de todas las cosas».

28

Código de Duelo y
methodus pugnandi...

Mientras Naúl se refugiaba frenético en su trabajo de taller, los miembros de la tertulia suspendieron las creativas y recreativas manualidades colectivas. Las agujas y los hilos de colores, las entretelas y los bastidores, tijeras y enhebradores, canutillos y cintas multicolores se arrinconaron en una oscura esquina en la bodega del turco Badel, pendientes de la conclusión de este prolongado festival del absurdo.

Durante estos días de incertidumbre, todos se centraron en los pormenores del duelo. Hablaron y debatieron. De tanto derroche de palabrería y de la cosecha de especulaciones quedó algo claro: no se podía prolongar asunto tan fundamental con más indecisiones y nuevos aplazamiento.

– En ningún código de honor se contempla que un duelo por honor tenga que caminar a la velocidad de un caribeño desempleado –observó el Notario Buitrago.

– Cierto. En otras latitudes más cultas, la afrenta de hoy se lava, a más tardar, la siguiente madrugada –completó Libanati.

En eso coincidió la mayoría: recalentar una deuda de honor pervertía la esencia y el propósito de un duelo.

– El pecado original hay que atribuírselo al tenor italiano. El pelotudo no observó el procedimiento: no medió una botada de guante, ni una bofetada previa, ni una tarjeta de estilo reclamando por la ofensa, ni se nombraron padrinos para representar a ofensor y ofendido. Esto es, sin lugar a duda, un duelo pero al mejor estilo caribe. Publicar un costoso aviso en «El Caribe Times» para anunciar el reto, no tiene antecedente en la historia universal de los duelos. Hasta ahora el único beneficiado –como de costumbre– es el propietario del diario.

– Empecemos por el principio –intentó poner orden el Notario Buitrago–. Sin la designación de padrinos es imposible pactar el «*methodus pugnandi*».

– ¿Y esa palabreja qué contiene? ¿Se trata de un nuevo método para controlar la preñez?

– Mi querido ginecólogo Juancho Mora, el «*methodus pugnandi*» implica que el duelo debe pactarse en todos sus detalles, y las dos partes manifestarse conformes y enteradas.

Ante la urgencia de desasnar a los amigos y con el pío propósito de destrabar el duelo, se convino en organizar un curso acelerado, sobre el tal «*methodus pugnandi*». Los miembros de la tertulia asumieron, de manera voluntaria, la obligación de asistir al curso, dictado por el abogado Carlos Buitrago, Notario único de Puerto Galeón, quien para apurar el aprendizaje, prometió utilizar el moderno método de *inmersión total*.

Tres días más tarde los 21 miembros de la tertulia resultaron certificados. El gordo Celaya organizó la ceremonia académica para entregar los diplomas, que él mismo mandó a imprimir.

«Certificación:

Se hace constar que (fulano de tal)

Asistió al seminario sobre el "Methodus Pugnandi", realizado en la ciudad de Puerto Galeón, y para dar fe de su experticia –ya que cumplió con las exigencias académicas requeridas– firmo este certificado, de mi puño y letra».

Allí aparece el emperifollado autógrafo del doctor Carlos Buitrago, acompañado del título de *Notario*, y el sello con la figura de «*los dos pares opuestos y complementarios*», símbolo de la tertulia.

Los alumnos recién certificados reconocieron que el curso los dejó, más que confusos, idiotizados, pero que, para compensar, ahora contaban con nuevos motivos para debatir.

– El duelo es un acto ilegal que se paga con cárcel ¿eso incluye a quiénes sabiendo del duelo no intentan detenerlo? –preguntó Libanati.

– Así uno esté cagado de susto no puede dejarse ver la flojera, porque eso se considera «mala educación» y ¿cómo se sanciona al maleducado? –disparó su duda el capitán Carrizosa.

– En la preparación del duelo todo es secreto: no puedes divulgar la hora, ni el lugar, ni las armas, ni invitar a tus amigos a que te hagan barra, pero ¿cómo se maneja el tema de las apuestas?

– Hay que llegar con puntualidad británica, no caribeña, pero ¿quién debe llegar primero, el retador o el retado?

– Llegar tarde no sólo es signo de cobardía, sino, también, de descortesía. ¿Y llegar demasiado temprano es signo de qué?

Mientras el notario Carlos Buitrago sudaba intentando resolver inquietudes y arbitrar controversias, Naúl, permaneció mudo como si lo hubieran invitado a su propio funeral.

– Cada duelista carga con un médico, pero no se aclara la especialidad. ¿Puede ser un ginecólogo? –preguntó el doctor Juancho Mora.

– Creo que sí –respondió el notario–. La clave para que el galeno no resulte enredado en el delito, es que llegue al sitio del duelo por su propia cuenta, y aparente estar allí por pura casualidad.

– Y si la autoridad pregunta si el obstetra fue testigo ¿qué diablos respondo?

– Doctor Juancho, serénese. Para no incurrir en complicidad, al escuchar la voz de «¿Listos?» usted cierra los ojos o mira para otro lado. Cuando escucha la voz de: «¡Fuego!» .. seguido de dos estruendos, «¡PUM!»–«¡PUM!», da media vuelta y abre el ojo, para comprobar si su pupilo boquea.

– ¡Basta! –Alzó la voz don Aquileo, propietario de la Funeraria «El Juicio Final»–. No empeoremos esta vaina. Todos especulamos con cinismo sobre tema tan delicado, como si esta mierda fuera una pelea de gallos, sin pensar que lo que está en juego son dos vidas preciosas. Además, quienes intervenimos en la preparación de este duelo estamos corriendo el riesgo de perder nuestra libertad personal, en calidad de cómplices e instigadores.

– ¿Ahora sí podré hablar? –preguntó Naúl con una modestia rebosante de ironía– ¿Cómo puedo aceptar un duelo si yo no he ofendido a nadie? ¿Y si a mi no me da la perra gana aceptar el duelo?

– Para ser más preciso, mi estimado artista uruguayo, el duelo no se desarrolla por voluntad de dos partes El duelo obedece a la voluntad de una sola parte: el ofendido y desafiante. Que el desafiado acepte o no el reto, eso pasa ya a los terrenos de la dignidad personal, de su valor o de su cobardía.

– ¿Cobardía? ¿Yo?

– Así de simple. El honor mancillado es una mancha indeleble a no ser que se lave con sangre fresca. Si no se lava a tiempo, ingresa en los terrenos de la cobardía.

– Laven cualquier mancha de honor con jabón de coco y zumo de limón. Si la mancha es de sangre, la fórmula bendita es solución de bórax y amoníaco en agua tibia. Olvidémonos de tanto honor, tantos padrinos, tanta mierda y tanta carajada.

– Naúl, el caso no es tan simple. A estas alturas ya no interesa si ofendiste o no al italiano. El problema ahora es si aceptas o no su reto. Técnicamente el honor mancillado era el del italiano, pero después del aviso, técnicamente el honor que está en juego es el tuyo.

– Pero ¿por qué a mí?

– Ya no eres tú solo. A partir de hoy, el honor que está en juego, además del tuyo, es el honor de los que ahora nos apodan en Puerto Galeón «los maricones de la tertulia».

– ¿Y entonces yo debo responder con mi vida por el honor de mis amigos, «los maricones»?

– Es el organista el que te reta. No es la tertulia la que te impone esa carga. El destino es el que te coloca sobre el campo del honor, no tus amigos, y, a semejantes alturas debes aceptar tu destino o aceptar la ignominia de pasar a los anales de este puerto como *cobarde*.

– Y si al finalizar del combate, ambos duelistas sobrevivimos ¿qué sigue?

– Pues creo que se deben dar la mano y concluir la garrotera. Ahora, si ambos quedan muertos… (aquí todos hicieron un silencio sepulcral)… no estoy seguro, pero creo que también.

Naúl se refugió en su taller, tratando de distraer su mente con la tarea minuciosa de decorar el cajón funerario. Pero las reflexiones lo acechaban de día y lo emboscaban durante la noche. Sopesó que éste era otro capítulo de su enredada vida. Vio en el telón de su memoria –cual si se tratara de una película muda– el transcurrir de otros episodios parecidos que debió enfrentar con total desprendimiento. Reconoció que su destino ya estaba escrito desde el día en que nació cuando –sin su consentimiento– lo cambiaron de padres. No podía ser mera casualidad esa actitud rebelde contra sus maestros y contra los cánones de la academia, ni sus numerosos destierros, ni su errabundez por medio mundo, como tampoco este duelo que se ganó, *gratis*, sin tener arte ni parte.

Cuando al cajón funerario ya no le cupo un espermatozoide adicional, decidió someterse con valor al destino. Así que abandonó pinceles, oleos, aceites, trapos y trementina, y se enfrentó al espacio deprimente de un papel en blanco:

«Ante la imposibilidad de pagar un anuncio del mismo tamaño y en página tercera, del diario «El Caribe Times», (no por razones económicas, sino más bien por convicciones éticas y estéticas) comunico a mis amigos de a pie, que reto a duelo al señor Emiliano Chiaraviglio. Dejo en claro que este gesto no implica aceptación de mi responsabilidad como autor de la ofensa que el tipo me endilga, sino que este reto nace de mi convicción de que su arrogancia, sus mentiras y su actitud pusilánime, se constituyen en ofensas graves, por las que él debe responderme.

Estoy consciente que esta penosa decisión pone en riesgo mi vida, sin que yo esté buscando beneficio alguno a cambio. Todo hombre tiene sus razones para vivir y su precio para morir. En este caso, yo también represento a mis amigos entrañables de la tertulia y si su honor está en entredicho, mi deber es jugarme por ellos, hasta mi vida.

Esta frase –que dudo sea de Bakunin– fue la que me inspiró para tomar esta inexorable decisión: «*Desgraciado el gallinero donde la gallina canta y el gallo cacarea*».

(firma) Naúl Ojeda

Hijo «Reputativo» de Puerto Galeón.

La nota ostentaba arriba, como acápite, el símbolo de la tertulia, con «los dos hemisferios: el de la razón y la emoción».

Naúl ordenó imprimir 75 volantes de un dieciseisavo y se fue a entregar la primera copia en la pensión donde vivía el italiano. Como el organista no se encontraba, la dejó en manos de la dueña de la pensión. En seguida partió hacia el café donde distribuyó copias a sus conocidos. Se reservó dos copias, una para doña Genoveva y la otra que se la entregó de manera discreta a Buenaventura.

– Consérvala por si Valentina pregunta algún día por la suerte de su «*tío*» Naúl.

– Naúl acabas de romper todos los protocolos sobre duelos –le advirtió el notario Buitrago– el manual es claro: esa carta no la puedes entregar en persona. Es tu padrino, el que se encarga de esas pendejadas. A propósito ¿ya nombraste padrino?

– Pues estaba pensando en un leguleyo ilustrado, como usted.

– Mi querido artista ese encargo no lo puedo aceptar. A la luz de la Ley, si llegara a suceder un homicidio, que en estos casos existe un 97.9% de posibilidades que así sea, yo, como funcionario público, quedaría incurso en el delito de complicidad en homicidio culposo, así el fallecido sea –como todos en la tertulia hacemos fuerza– el tenor italiano.

Naúl tragó saliva

– ¡Qué maldita burocracia! Todo lo enredan, incluso, si uno intenta suicidarse por honor, con todos los honores.

– El propósito del duelo, mi querido artista, no es matar a nadie, lo que se busca es que la parte ofendida obtenga la satisfacción suficiente que restituya el honor que el insulto ha menoscabado. Por esa suprema razón el caballero asume el riesgo, incluso, de perder su vida.

– ¿Y si ambas partes, como aquí, en este caso, se sienten ofendidas?

– Creo que esta mierda ahora sí va para largo –concluyó el notario, mientras se rascaba la cabeza.

29

El drama de un esquivo padrino...

La tertulia fue convocada de manera urgente para escuchar a Naúl.

— En vista que a mí me acaba de atropellar la ley de probabilidades y, como obvio resultado, me toca poner el pecho en representación de ustedes, debo devolverle a la tertulia nuestra sagrada insignia que ostenta el símbolo de «los dos hemisferios: el de la emoción y el de la razón». Si algo me llegara a pasar, les sugiero que me entierren envuelto en este glorioso estandarte.

Sin pedir permiso, se subió a la escalera y desplegó la bandera en su lugar habitual.

— Ahora enfrentemos la realidad. Estoy tentado a publicar un aviso clasificado en «El Caribe Times», en la sección de «*se busca padrino*». A uno le toca poner el pecho por los amigos y, a la hora de la verdad, todos los huevones ponen cara de «yo no fui». Dejémonos de cursilerías y artificios. ¿Quién putas va a ser mi padrino?

A juzgar por la reacción, ninguno quiso alinearse en el «grupo de huevones», pues antes que soltara otro mandoble retórico los veinte levantaron la mano al unísono, como recurso para no dejarse notar la cobardía.

— Gracias por ese tibio respaldo, y debo hacer mención a la temperatura de este plebiscito porque estoy echando de menos algún berrido de «¡ánimo compadre!»... pero frescos, ahora sí puedo morir tranquilo. Para cargar a este fiambre uruguayo se van a necesitar todas las putas manos que veo levantadas, sin mayor entusiasmo. Y la razón es simple: el cajón de segunda que compré, se le venció la garantía y está peligrosamente desfondado.

El feliz propietario de la Funeraria «El Juicio Final» esbozó una sonrisa socarrona, cuando el uruguayo concluyó.

– ¿Cierto don Aquileo?

El encanto seductor del debate se extendió por horas tratando de encontrar al mejor padrino que contribuyera a que Naúl saliera, si no victorioso, por lo menos vivo del duelo.

– Es muy importante que salgas vivo, pero nuestros simples deseos no garantizan que salgas indemne.

– ¿Qué probabilidades existen que no me pase nada?

– Un actuario podría calcular tus posibilidades de ganar o de perder. Pero no existen muchas estadísticas disponibles, porque desde hace más de cien años están prohibidos los duelos en toda la República. Sin embargo, me aventuro a vaticinar en este comité que tienes un 50% de posibilidades de ganar y un 50% de perder.

– Falso. Tengo el 100% de las posibilidades de ganar y el 100% de perder.

– No entiendo esa paradoja.

– De un sablazo puedo perder el 100% de esta oreja. Y también puedo ganarme el 100% de las tres onzas de plomo que me encajen, por la imposibilidad quirúrgica de removerme un proyectil de entre los recovecos de alguna anónima tripa, vecina al ciego.

Conmocionados ante tan dramático testimonio, los aficionados al cálculo actuarial decidieron cancelar nuevos pronósticos.

Justo a la medianoche, don Aquileo resultó electo –por unanimidad– como «padrino de Naúl», con todas las responsabilidades, riesgos y compromisos que se derivan de tan dudoso honor.

– Compañeros, qué elección tan acertada. –Alzó su vozarrón el *capi* Carrizosa, mientras hacía cálculos en una libreta– Si llegara a suceder lo peor, yo aquí me estoy adelantando a lo que serían los costos de la inhumación. Ello incluye: mortaja para el fiambre, alquiler de la carroza fúnebre, compra de fosa, honorarios eclesiásticos por la misa de cuerpo presente y la bendición al borde del hoyo, más una lápida de tres arrobas, la placa de bronce y cinco coronas mínimo... pues toda esa logística nos podría resultar más barata, ahora que don Aquileo fue designado, en comisión del servicio, como su *padrino*. No olvidemos que cuando llegue la hora suprema nos tocará a los miembros de la tertulia pagar, *a prorrata*, los costos de esta absurda tragedia.

– *Capi*, échele más tijera al presupuesto. Aprovechemos que Naúl es ateo.

– Naúl, ahora que ya cuentas con padrino, ¿estás más tranquilo? –preguntó el «Beethoven» Pérez colocándole su manaza sobre el hombro.

– Me tranquilizaré siempre y cuando el Capitán me ayude a espantar esta pesadilla que me agobia. Dígame con sinceridad, en el peor de los casos *¿eso del duelo, duele mucho?*

Carrizosa miró al artista uruguayo de arriba hacia abajo, y luego lo examinó a lo ancho, como si antes de responder fuera preciso descomponerlo en coordenadas.

– Naúl, por mi experiencia como veterano de guerra te puedo asegurar. Si después de escuchar las explosiones sientes que estás cagado, estás vivo. Si no sientes nada… estás definitivamente muerto.

Agotada la orden del día, y para no contradecir la naturaleza parrandera de Puerto Galeón, los 21 cómplices se largaron en patota a un bailadero para celebrar el «merecido nombramiento» de don Aquileo.

30

Tragedia en la esquina
del italiano...

En la esquina del italiano las cosas marchaban de mal en peor. El organista se sentía como un náufrago abandonado a su suerte. Durante todos esos días de miserable insomnio maldijo la hora en que se dejó convencer por los malos consejos de sus hígados. La angustia que lo atenazaba ya no era si debía o no defender su honor, eso ya lo había decidido. El real problema era que alguien caritativo y con sentido de la decencia se ofreciera a fungir como su *padrino*.

A la hora de la verdad, sus amigos y conocidos le escurrieron sin vergüenza el bulto. Abrumado por las coincidencias, juró que todos se pusieron de acuerdo, pues repetían las mismas objeciones como letanías: «*ser padrino es una responsabilidad que entraña efectos judiciales y penales*». Cuando por quinta ocasión escuchó: «te deseo la mejor de las suertes» y «mi familia te acompaña moralmente», contempló la opción del suicidio, como única salida honorable al laberinto de la soledad.

La tarde que visitó al padre Müller, éste no lo quiso recibir, so pretexto que la Santa Madre Iglesia corría el riesgo de verse comprometida en una acción condenada por las autoridades civiles, eclesiásticas y militares. Compadecida ante la patética escena, la señorita Inocencia le sugirió en voz baja que se apareciera de incógnito a la media noche del viernes, para hablarle –de tú a tú– antes que su reverencia se retirara a descansar.

– Oiga Emiliano –le habló el cura entre la oscuridad del patio de atrás de la casa cural– las inteligencias más sabias de la Iglesia se gastaron 18 años reunidos en el Concilio de Trento para establecer, entre muchos otros temas doctrinarios, la prohibición de los duelos y las corridas de toros. Como los fieles se hicieron los de la oreja mocha, el mismísimo Papa Pío V debió reconfirmar dicha prohibición en su bula de 1567 «*De salutis gregis dominici*».

– ¡Compréndeme Wolfgang, no necesito razones. Necesito un *padrino*!

– Yo no puedo ser su padrino. Eso es convertirme en cómplice y criminal. Mi Iglesia me lo prohíbe de manera taxativa.

– ¿Y entonces qué me aconseja su reverencia?

– Tampoco soy su consejero.

– ¡Ayúdeme! ¡Por amor a Dios!

El cura blandió el pesado Cristo que usaba a manera de pisapapeles sobre su escritorio, y que de noche cargaba entre el bolsillo de su sotana como arma contundente, defensiva.

– Emiliano, usted es un cabeciduro. No le abro el cráneo con este Cristo de bronce cincelado, porque fue el regalo de mi madre el día de mi ordenación, y porque corro el riesgo que se desportille si lo estrello contra su occipital.

Así concluyó la audiencia nocturna del italiano con su amigo y confesor, más no su tragedia personal.

Luego de dos semanas de insomnio, sometido a enormes presiones sicológicas, el organista decidió pedir una audiencia a don Fidedigno Hurtado, propietario único de «El Caribe Times», quien por las demostraciones de solidaridad evidentes en tantas notas editoriales que publicó, quizás se animaría a ser su padrino.

Cuando don Fidedigno se olió el alcance de las pretensiones del italiano, y los riesgos de comprometerse a fondo en esta causa, se negó a recibirlo.

Pero como la necesidad tiene cara de perro, una tarde el italiano se coló en su despacho.

– Don Fidedigno…

– Comprendo su angustia –lo interrumpió– pero entiéndame. No puedo comprometer la neutralidad, objetividad, rectitud, moderación e imparcialidad de este diario que es decano de la prensa caribeña.

– Pero don Fidedigno…

– Desde lo más profundo de nuestros espíritu, yo, mi familia, el cuerpo de redacción de este diario, la administración, linotipistas, armada e impresión, distribución y voceadores simpatizamos con su causa, y así lo hemos expresado en nuestras opiniones editoriales, por ser su conducta honrada y bien intencionada, pero no podemos poner en riesgo la lealtad que le debemos a nuestros lectores y, en especial, a nuestros anunciadores, tomando partido a su favor o solicitando editorialmente un voluntario que tome el riesgo de ser su padrino.

– Pero don Fidedigno…

– Déjeme pensar por si de pronto recuerdo el nombre de algún amigo de esta casa editorial –con tendencias suicidas– que se anime a apadrinarlo, y si es del caso, manejaríamos este asunto en ambiente de total confidencialidad.

– Pero don Fidedigno…

– Y gracias por haber venido.

– Pero don Fidedigno…

Cuando el duelo ya era inminente, las más sensibles socias de los Clubes, señoras voluntarias que intercalan sus compromisos sociales con obras de misericordia, decidieron convocar a una *vigilia general* para disuadir a los duelistas a que se partieran la crisma por una razón tan chabacana como la de la *copla*.

Como representantes de lo que ellas autodenominaban «las fuerzas vivas» de Puerto Galeón se citaron en el Club del Comercio –con intención menos disuasiva– y más picadas por la curiosidad de compartir los últimos chismes sobre el desafío.

Para estar a tono con ese ambiente de vigilia y angustia, acompañaron el té con galletitas inglesas, *mousse* de frutas y unas deliciosas colaciones que vendían unas monjitas de la caridad para realizar sus obras de misericordia con los pobres de solemnidad. Como no todo puede ser rigor, dispusieron una mesa para degustar copitas de oporto, mistela y moscatel, más unos tentadores platillos de atún con caramelo, espárragos verdes en salsa de naranja, anchoas en aceite de oliva virgen y sardinas marinadas en ajo y cilantro.

Se encontraban inmersas en pleno comadreo cuando don Emiliano Chiaraviglio, el organista, se apareció, sin haber sido convocado. Explicó que él no era un hombre pendenciero ni descortés, sino un hombre de honor y que todo ya estaría satisfecho si hubiese encontrado a un noble y viril caballero, residente en Puerto Galeón, que le sirviera de *padrino*.

Esa misma tarde, las exaltadas damas apuntaron a gritos –en una feria de vanidades– a más de treinta candidatos, que no eran otros que sus propios consortes. Las razones eran evidentes. Eso de «noble caballero» les sonaba a título nobiliario, a hombría de bien, a hidalguía y a respetabilidad. Pero esa misma noche, cuando los postulados recibieron la noticia sobre sus candidaturas, en el testimonio de sus ilusas esposas, todos pronunciaron –en milagrosa unanimidad– un único monosílabo: *¡No!*

Al día siguiente, en acto de sincera contrición que las enaltece, las damas de los clubes reconocieron que la vigilia sólo sirvió para indigestarse de pasteles, chismes e ilusiones.

31

Testamento...

– ¿Esta mierda no se puede hacer sin anestesia? Es que a mí ya me está importando un culo que deba batirme a tiros o a puñaladas, lo que me parece penoso es que sea en cámara lenta. ¿Por qué debo escribir un testamento?

– Maestro, un testamento lo escriben los que están vivos. No conozco el primer testamento redactado por un muerto.

Naúl, obediente al formulismo del manual de duelo, escribió:

«Dispongo que mi extrema pobreza se divida en dos partes iguales. La primera la recibirá doña Genoveva viuda de Zuleta, quien me adoptó durante muchos años como a un hijo bobo, y la otra mitad, se dispondrá para reconocer las obras de caridad practicadas por todas aquellas señoritas desobedientes, animadoras de la buena vida, que con su instinto maternal cuidaron mis borracheras, única razón para haber sobrevivido en este Puerto sin que me duela ni la *muela del juicio*. Mi última voluntad es que me cremen. Dispongo que la mitad de mis cenizas se mezclen con semillas de toronjil, y se arrojen al jardín interior de la casa 610 de la Calle del Alférez Mayor, frente a mi «*atelier*». Tan pronto el toronjil crezca silvestre se deben arrancar sus hojas y mezclarlas con gotitas de miel, para preparar esos filtros mágicos capaces de activar los hechizos del amor. Empáquese la otra mitad con destino «a quien pueda interesar» en la Isla de la Martinica. Si se presentaran problemas presupuestales, aduaneros o de inmigración, autorizo a doña Genoveva a que arroje la totalidad de mis cenizas al inodoro y «hale la cadena», que es la forma poética de liberarme de la asquerosa cadena que me ha mantenido aherrojado a este mundo de insoportables idiotas. Comuníquese y cúmplase. Naúl Ojeda».

– ¿Qué papel está obligado a fungir esta tertulia como cuerpo colegiado, antes, en y después del duelo?

Los debates sobre el rol de la tertulia se extendieron por semanas sin que ninguno de sus parlanchines miembros vislumbrara una salida. Preguntas tales como «¿quiénes tendrán el privilegio de acompañar a Naúl en el campo del honor?» y «¿por qué?», más la inquietud de «¿cuál será el papel del resto, mientras tanto?» y «¿por qué?», se volvieron interrogantes insolubles.

Las reuniones de la tertulia se sucedían con tanta frecuencia y se extendieron durante tantas semanas, que los negocios de exportación de café del «sordo» Pérez se vieron afectados, amén que Manolito Celaya se veía a gatas para importar sus tabacos Montecristo #2, pues abandonó el negocio de comisionista de finca raíz. El gordo Libanati, representante de la «Emulsión de Scott», ya no despachaba esas pócimas asquerosas pero nutritivas, con la frecuencia que le demandaban los mercados del interior. El único negocio que permanecía estable era el de la Funeraria «El Juicio Final» habida cuenta que los habitantes de Puerto Galeón exhalaban el último suspiro cumpliendo a cabalidad con las tendencias que fijaban las estadísticas oficiales sobre las tasas de mortalidad en la región Caribe, sin que don Aquileo tuviera que realizar el menor esfuerzo promocional.

Para demostrar la unidad del grupo con la causa, se convino que cada miembro tomara a su cargo una bandera con el símbolo de la tertulia. La consigna era vinculante: «Mientras una sola bandera de la tertulia flamee, en cualquier lugar del mundo, nuestro espíritu seguirá vivo».

En apariencia la tarea era fácil. El ginecólogo, doctor Juancho Mora donó «no sé cuántas varas de tela de algodón blanco», y la madre de los hermanos Yurgaqui se encargó de cortar y ribetear las banderas. Pero a la hora de reproducir sobre los lienzos el símbolo de la tertulia –«*los dos hemisferios cerebrales: el de la razón y la emoción*»– no se logró que los veintitantos símbolos quedaran ni parecidos. ¡Qué caos! Nadie pudo copiar ese tal estilo «biomórfico» que Naúl definiera durante la presentación de su proyecto de bandera. A la hora de la verdad, eso que «lo orgánico es el principio formativo de la realidad» resultó simple teoría. En la práctica, la tarea de reproducir el tal símbolo «biomórfico» el de «*los pares opuestos y complementarios*» resultó misión imposible.

Para no mortificar a Naúl en momentos de tan alta tensión emocional, comisionaron al gordo Celaya y al ginecólogo Mora, para que charlaran con él y, *por el ladito*, le sonsacaran la matriz de madera e información técnica clave para reproducir «los dos hemisferios cerebrales».

La tarea resultó fácil. Naúl adivinó la intención y fue directo al grano.

– Tráiganme los lienzos que yo aquí los imprimo.

En 24 horas, el símbolo ya estaba seco y las 25 banderas lucían uniformes, enarboladas en sus astas. Naúl le advirtió al Gordo Celaya.

– Manolín, me voy a reservar dos: Una para regalársela a doña Genoveva y otra para izarla en la cumbrera del tejado de mi casa, aquí en el 610, de la Calle del Alférez Mayor.

– Ni más faltaba, Naúl –respondió el gordo Celaya en medio de dos bocanadas de Montecristo #2– A propósito, tú muy bien sabes que con esto del duelo las probabilidades de que suceda un accidente son del 50 y 50. Sin que te vayas a molestar, pregunto, ¿podrías facilitarnos la matriz del símbolo para mantenerla resguardada en la sede de la tertulia?

– No, mi apreciado gordo. Yo soy el celoso propietario único de esa matriz y la cargaré conmigo, incluso, hasta después de muerto.

32

El duelo más aplazado
de la historia...

Para tomar unas tales decisiones estratégicas que el capitán Carrizosa juró eran vitales, comisionaron al gordo Libanati y al «sordo» Pérez a que pulsaran el ambiente «pre–duelo» entre los vecinos de Puerto Galeón.

El informe que los agentes de inteligencia llevaron esa misma tarde al seno de la tertulia se basó en los chismes y especulaciones que se cruzaban entre los apostadores.

Factores que marcan las tendencias de las apuestas:

«En caso que el lance sea a sable, el italiano posee un brazo más largo, pero el uruguayo luce más ágil».

«Desde el punto de vista de la experiencia con armas, el italiano gana. Dicen que a comienzos de los *veintes* fue soldado voluntario a órdenes del poeta D'Annunzio en el asalto a la ciudad de Fiume. El uruguayo, no ha sido defensa ni siquiera de un modesto equipo de fútbol, en Durazno, el pueblo que lo soportó nacer».

«Si el duelo es a trompadas, el italiano aplasta al uruguayo».

«Pero en un lance con pistolas el tenor expone mayor superficie, por lo que luce más vulnerable a que le encajen una bala. El artista uruguayo, en cambio, es escaso de carnes, y si se coloca de perfil lo único notorio es la nariz y el peliparado mostacho».

Una vez el capitán Carrizosa analizó el informe de inteligencia, golpeó con entusiasmo la espalda del melancólico uruguayo.

– Naúl, lo felicito, el italiano es un blanco perfecto.

– Me ofende su comentario racista. Yo soy tan blanco como él, o tal vez más. Quizás él se encuentra menos percudido, porque jamás sale al sol, pero eso no garantiza que sea, como usted afirma, un «blanco» perfecto. ¿Quiere que le muestre mis nalgas?

En la historia universal de los lances por honor no existe otro que se haya recalentado durante tanto tiempo, sin resolverse. Eso sembró dudas sobre la intensidad de la ira y el intenso dolor, tanto del barítono italiano como del artista uruguayo.

– Me huelo que ninguno de ustedes aprobó el seminario sobre el «Methodus Pugnandi» –apuntó su dedo acusador el Notario Buitrago– Un duelo se pacta en un pestañeo. No alcanzan a mediar entre la ofensa, el reto y el duelo más de una madrugada. En horas deben escoger padrino y comprometerlo, señalar, sin confusiones, el sitio, seleccionar armas, y convencer a dos médicos cirujanos, que asistan a las partes. Eso es todo. ¡Fácil!

Tanta dilación permitió, además que el cura Müller rellenara sus homilías dominicales con la misma feroz cantaleta, contra los librepensadores de Puerto Galeón.

El dilema moral del cura era proteger al italiano, pero sin demostrar tirria contra el uruguayo. Así que el mejor expediente fue cargar contra «*esos miserables consejeros y padrinos, que son los mayores azuzadores de la confrontación*».

– Que no les quede duda. Este mensaje va directo a quienes animan y cohonestan prácticas opuestas a los principios éticos y morales que defiende la Iglesia.

Se caló las gafas de leer y recitó en vibrato la parte pertinente de la Encíclica: «*Todos los que entraren en el desafío, y los que se llaman sus padrinos, incurrirán en las penas de excomunión y la pérdida de todos sus bienes, además de la infamia perpetua, y deberán ser castigados según los sagrados cánones, como homicidas; y si muriesen en el desafío, carecerán de manera perpetua de sepultura eclesiástica*».

La tertulia fue convocada a reunión urgente.

– Compañeros, Puerto Galeón está paralizado, pendiente de la resolución de este nudo ciego.

– ¡Carajo! No podemos estar escapándonos del trabajo a toda hora, para atender nuevas «reuniones urgentes». La gente pensará que en este puerto no hay más oficio que empujar a dos cristianos a que se sacudan la mugre. Si hasta las peleas de gallos se suspendieron en espera de la resolución de este entuerto.

El capitán Carrizosa armado de su regla de cálculo, su libreta de logaritmos *«vulgares y neperianos»* y previa consulta a los cómputos que había vertido sobre su libreta de campo, exclamó con preocupación.

– Desde el día que se publicó el aviso del italiano, la productividad en la industria ha descendido un 17.5%. El sector de pesca ha dejado de producir un 23.4%. La carga y descarga de vapores en Puerto Galeón está paralizada. El impacto sobre la calidad de vida en nuestros hogares pronto se sentirá, habida cuenta que hasta las sirvientas solo viven chismeando alrededor del duelo. Por fortuna no se nota oscilación dentro de la burocracia oficial, ya que su improductividad continúa estable en los niveles de costumbre.

Cuando la letanía de quejas se volvió insoportable, el gordo Celaya propuso una solución salomónica.

– La única salida para este vergonzoso episodio es que le consigamos un *padrino* al italiano.

Los miembros de la tertulia, en milagroso estado de sobriedad amanecieron debatiendo propuestas y analizando opciones, hasta cuando lograron consenso: prestarían por una única ocasión a uno de sus miembros, como «padrino de la contraparte».

Durante el desayuno de esa madrugada, con pescado frito, patacón pisado, arepa de huevo, ñame, suero y cerveza, resultó electo por unanimidad, como *padrino* del italiano, el capitán Carrizosa.

El tipo no entró en funciones de inmediato, pues antes debió calcular cuánto debía pagar cada quien por el desayuno. Terminadas las sumas y la división por el *factor 21*, se realizó el protocolo mediante el cual, el capitán retirado del arma de artillería, hizo sonar sus tobillos al asumir la posición de «firmes» y –frente a la bandera blanca recién estrenada donde se exhibían «los dos hemisferios del cerebro»– manifestó: «juro cumplir la misión encomendada, aún a riesgo de mi propia vida».

El capitán tomó la misión muy a pecho. A las 24 horas era el experto más grande sobre «duelos por honor» en toda la región Caribe y las Antillas Menores, y, para mantener total neutralidad, anunció que de manera temporal rompía tratos con sus compañeros de tertulia hasta tanto cumpliera su misión a cabalidad.

En un pestañeo se entrevistó con el italiano, lo instruyó de sus deberes y derechos y le exigió, que por escrito, manifestara su complacencia con la designación de su providencial *padrino*. Al final, le hizo redactar su testamento.

La única corrección que le hizo al testamento fue la observación que era de pésimo gusto que designara a «*il mio stimato caro amico e sponsor* Carrizosa» como el heredero de «su tercera parte de libre disposición».

Pero ahí no terminaron los problemas. Los dos padrinos deberían ponerse de acuerdo sobre las reglas que regirían el duelo.

Luego de una semana de polémicas, aceptaron regirse por las 26 reglas del «*Code Duello*», código de duelo irlandés, que da lugar a más interpretaciones que las profecías de Nostradamus.

33

Poco duelo
mucha etiqueta...

Cada vez que don Aquileo y el capitán Carrizosa se reunían a interpretar el código de duelo el asunto se complicaba. ¿A qué maldita hora le fueron a delegar a este par de quisquillosos la resolución de sus diferencias?

Es que un código de duelo, funciona en cualquier parte del mundo, menos en un puerto en el Caribe, donde todo es informal y extravagante. Donde el conteo final en un lance por honor puede ser interrumpido por la alharaca de una bandada de guacamayas parlanchinas, o por un burro terco que decide no moverse del campo del honor.

— Don Aquileo, como representante que soy del señor Chiaraviglio, que en este caso fue quien recibió la ofensa grave e irreparable a su honor, tenemos derecho a elegir las armas que se usarán en este duelo.

— Capitán, con todo mi respeto, lo contradigo. El ofendido es el señor Ojeda, por haber sido acusado de una ofensa que él jamás cometió.

— ¡Putas! Para poder destrabar este galimatías y dilucidar quién es el ofensor y quién el ofendido, va a ser necesario pactar otro duelo –protestó el gordo Celaya entre dos erupciones de humo y cenizas de su «Montecristo».

Transcurridas siete horas de debate, los padrinos por fin lograron un acuerdo. El combate sería a sable. De paso, el capitán Carrizosa se comprometió a conseguir las armas.

Tres días más tarde, Carrizosa manifestó no haber encontrado un par de sables o espadas de duelo a la altura del compromiso. Claro que ubicó miles de armas blancas –desde estoques de tauromaquia y machetes, hasta vulgares puñaletas– herencia de todas las guerras civiles que desangraron la República, pero no pudo juntar un par de sables, limpios y perfectamente balanceados, que les proporcionaran igualdad de oportunidades a los duelistas.

– Entiéndame don Aquileo, no puedo recomendar unos sables oxidados que en cambio de causar la muerte por un tajo impecable o por una estocada profunda resulten provocando la agonía lenta de cualquiera de los duelistas, o de ambos, por un simple rasguño con una hoja contaminada con la traicionera infección del tétano. Además, le advierto caballero, la confrontación con sables sólo se pacta cuando los duelistas son militares, cosa que dudo en el caso de su apoderado, el señor Ojeda.

– Increíble. Un par de sables de duelo son más costosos y difíciles de conseguir que un par de pistolas –comentó Libanati.

Entonces el capi Carrizosa, optó por recomendar el empleo de pistolas de duelo, o alguna arma de fuego substituta, que luzca decente durante el desafío.

Con regla de cálculo en mano, el laberíntico capitán de artillería realizó minuciosas estimaciones trigonométricas sobre el calibre mínimo necesario para que un proyectil atravesara –de lado a lado– un fiambre humano.

– Es que un proyectil que se quede enredado en alguna tripa puede ser mortal. Es preferible que entre y salga, *de una*.

Por su manía de calcular todo, dibujó un cuadro donde aparecen los tamaños de las perforaciones provocadas por diferentes proyectiles al entrar y la chamba que dejan al salir, de acuerdo a la parte del cuerpo que se impacta, la distancia desde donde se dispara y la dosis de pólvora usada para impulsar el plomo.

– ¡Ojo! –advirtió– Entraña un gran riesgo disminuirle la pólvora a la bala, porque si bien los padrinos lo podríamos pactar para que el proyectil no penetre con tanto impulso, mermando así su virulencia o su efecto mortal, también se corre el riesgo que el plomo se quede atorado entre un órgano vital.

– ¿A qué horas les dio por escoger a un capitán de artillería para estas minucias? Si hay funeral será cuando uno de los duelistas muera de viejo –se escuchó la queja de Don Aquileo Salgar, propietario de la Funeraria «El Juicio Final» y padrino de Naúl, quien se declaró a punto de renunciar, de manera irrevocable, vencido por tantos cálculos y palabrería.

– No tengo interés en enredar el asunto de las pistolas –explicó el capitán– son los códigos de duelo los que demandan que sean cuatro las pistolas que debemos conseguir, para que los padrinos se pongan de acuerdo sobre las dos que se usarán en el duelo. Además, para enredar aún más esta mierda, hasta hoy no hemos localizamos ni una.

– ¿Ni una?

– Claro que pistolas y revólveres sobran en Puerto Galeón, pero ninguna satisface los parámetros que exigen los estrictos códigos de duelo: cañón sin estrías y capacidad de una sola bala, sin importar que sean de fisto o de percusión, de carga delantera o trasera.

– ¿Algún plan «B»?

– La única salida es «el camino patriota». Olvidémonos de códigos franceses, italianos e irlandeses. Hagámosle honor a nuestras tradiciones vernáculas.

Como todos trataron de disimular –sin lograrlo– sus caras de idiotas, el capitán Carrizosa, dibujo una sonrisita de superioridad, inspiró profundo y habló en tono profesoral.

– Pues que sea con cuchillo o machete, y con la ruana o el poncho enrollado en el brazo izquierdo a manera de escudo, para detener los lances. En ese caso, el duelo lo pactamos «a primera sangre».

Naúl pasó saliva en forma tan ruidosa que todos voltearon a mirarlo.

– ¿Dijo «*a primera sangre*»? ¡Ay mi querido estratega militar!

Eso de pontificar sobre toros, gallos y duelos por honor es muy cómodo cuando usted no es el toro, ni el gallo, ni yo.

Cuatro semanas más tarde, el capi Carrizosa –por conducto del amigo de un amigo de un veterano artillero que conocía a un coleccionista británico– consiguió en Panamá, en renta, contra garantía bancaria, por ocho días corridos, las benditas pistolas de duelo.

– ¿Ahora sí estamos listos? –preguntó Celaya.

– ¡Listos! –contestaron en coro ambos padrinos.

– ¿Y los padrinos ya están confesados? –preguntó el notario Buitrago.

– ¿Confesados?

– Es que la cosa se les puede poner aún más peluda –respondió el notario– porque la responsabilidad del padrino incluye reemplazar al ofensor o al ofendido en caso que alguno de ellos no se presente.

– ¿Y si ninguno de los dos asiste?

34

¡En el campo del honor!
¡A la hora de la verdad!

Si llevar a los duelistas hasta el campo de honor fue tarea compleja, si comprometer a los dos padrinos resultó crítico, si conseguir las armas fue tarea enredada, si evadir la presencia de las autoridades siempre fue un riesgo, nada se compara a la odisea vivida para mantener a raya, no tanto a los curiosos y a los apostadores, sino lo que resultó aún peor, a los chicos de la prensa.

De esa tarea se encargó Teresa.

Aceptar un código de duelo genera múltiples compromiso de honor. El más claro, mantener los detalles del lance en secreto para que no se convierta en deprimente espectáculo de circo, sino en asunto reservado, íntimo y personal entre los duelistas, que sólo puede ser presenciado por testigos y padrinos. La peor pesadilla que se imaginaron los miembros de la tertulia fue contemplar a diez mil beatas haciendo barra por el italiano y a un número similar de putas y deslenguados en la esquina del uruguayo. Para alejar a las moscas de la miel, montaron una estratagema que engañaría a curiosos, periodistas y apostadores.

Cuando el ambiente del duelo ya era inminente, el grupo de la tertulia echó a correr el rumor que le harían una despedida simbólica a Naúl en el festivo local «Donde Teresa». Allí reservaron un salón privado, para reunirse a puerta cerrada.

El propósito de esa noche no era seguir martillando sobre el tema del duelo. Estaban agotados. Ya habían cruzado su propio *Rubicón* y no había posibilidad de retorno. Reconocían estar involucrados como cómplices en un enredo que rozaba el código penal. El propósito de esa noche era recuperar su espíritu contestatario y libre, cohesionar al grupo y distensionar el ambiente. Pese a la depresión que Naúl ya no podía disimular, decidieron que la mejor terapia para serenar los espíritus era redescubrir la vena del humor del grupo. Incluso se aventuraron, los muy irrespetuosos, a repasar chistes y cacharrillos que ya circulaban en Puerto Galeón sobre el tema del duelo. Entre tanto, Teresa reunió a las chicas al otro extremo de la casa. Allí las entrevistó, una tras otras, de manera independiente y reservada. A cada muchacha le relató una versión diferente sobre los «detalles» del duelo: hora, lugar, testigos, padrinos y armas. En seguida les advirtió que se mantuvieran en silencio. Si algún cliente les preguntaba debían mantener el pico cerrado.

Teresa, quien conocía como nadie la sicología de las mujeres de la casa, afirmó:

– No hay mejor recurso para diseminar un chisme que ordenarle a una mujer que no divulgue un secreto. Para mantenerse en paz con sus conciencias jamás cuentan la historia completa, pero como el chisme les bulle y les pica, lo van soltando a trocitos, sembrando así más dudas que certezas.

A las 11 de la noche, apenas los miembros de la tertulia empezaron a evacuar el establecimiento, el mismo local «Donde Teresa» se empezó a llenar de gente. Los parroquianos lucían alegres, manirrotos y parlanchines en procura de alguna pista.

El resultado fue obvio. Antes de pintar la madrugada, cientos de curiosos y apostadores partieron hacia ocho destinos diferentes, seguro cada quien, de ser el privilegiado testigo de un duelo histórico.

Los dieciséis miembros de la tertulia –que se organizaron en equipos de pares– también madrugaron. Cada pareja tomó camino hacia uno de los ocho destinos que conocían las muchachas.

El resto, Naúl, el capitán Carrizosa, don Aquileo, el obstetra Juancho Mora y el gordo Celaya partieron mucho antes, discretos, en dirección contraria, hacia la Playa de «Coco Loco».

– La desinformación es el recursos más barato con el que contamos para hacer la guerra –comentó el capitán Carrizosa.

Los duelistas partieron a las cuatro de la madrugada. Se desplazaron en los autos de Celaya y Carrizosa por una polvorienta carretera hacia la solitaria playa de «Coco Loco». Los dos kilómetros finales los cubrieron a pie, en patético silencio. En medio de esa densa oscuridad que precede el amanecer, serpentearon por entre los matorrales hasta cuando escucharon nítido el rumor de las olas y adivinaron la ubicación de la discreta playa. De inmediato, los dos padrinos se apropiaron de sus responsabilidades y procedieron a marcar, con estacas, el campo del honor.

Si Naúl lucía una transparencia cerosa, la palidez del italiano y su cabeza cana le proporcionaban un aspecto de gorila albino.

El uruguayo apareció vestido con una bata de baño, con la pinta que evoca un boxeador en el momento de subir al ring.

En el momento en que los padrinos iniciaron con los protocolos del duelo, Celaya se percató que no estaban presentes los dos cirujanos que el código especifica.

– ¿Y ahora qué? ¿Alguien trajo un botiquín de primeros auxilios? ¿Unas gasas? ¿Azul de metileno? ¿Una aspirina? ¿Esparadrapos? ¿Nos devolvemos o qué?

Se encontraban en plena improvisación, tratando de remendar el libreto, cuando el doctor Juancho Mora apareció con su estampa de *rey mago*, trepado en una burra que alquiló en un caserío cercano. El ginecólogo viajó por su cuenta para evitar que alguien lo asociara de manera maliciosa con los dos grupos de duelistas. Sobre la testa lucía un enorme sombrero de paja y portaba el maletín negro repleto de vendas, menjurjes antisépticos, instrumental quirúrgico más un arsenal de medicamentos para enfrentar lo peor.

– Lo siento. Es mejor tarde que nunca –se metió el reloj de leontina entre los ojos para calcular la tardanza.

– Iniciemos la ceremonia –se escuchó la voz del capitán Carrizosa.

Los dos padrinos cumplieron con su deber de intentar una reconciliación de último momento, y lograr una satisfacción por el honor ultrajado. Pero como ambos contendientes se consideraron ultrajados, ninguno se movió de su terca posición.

El duelo estuvo a punto de cancelarse en varias ocasiones. Primero, no tenían claro si eran 21 o 25 los pasos que debían recorrer. Luego, el *capi* Carrizosa discutió que por la orientación del campo, el sol podría encandilar al italiano, al momento de voltearse y disparar. Entonces se cambió la orientación este–oeste, pero un sospechoso brillo sobre el marco dorado de las antiparras del italiano obligó a que el doctor Juancho Mora le practicara los primeros auxilios a los anteojos con un esparadrapo que neutralizó los brillos traicioneros.

En el preciso instante en que ambos contendientes se colocaron espalda contra espalda, el uruguayo se despojó de la bata.

– ¡Madre mía!

El tipo apareció semidesnudo, envuelto en la bandera uruguaya. Vestía abarcas, calzoncillos de algodón y una pañoleta roja amarrada a la testa, para evitar que la brisa le hurgara los ojos con sus propios cabellos. En el pecho se había dibujado una diana de tiro al blanco, y, justo, sobre el mismísimo centro, se pintó un corazón con lápiz labial.

– Esa facha es una falta de respeto –gritó el capitán Carrizosa.

– ¡Un momento! –saltó Celaya– consultemos en el «*Code Duello*». Seguro que la vestimenta debe estar reglamentada.

El debate se agrió entre los padrinos. El tema del vestuario no apareció y tampoco las consecuencias derivadas, por si fuera necesario suspender el duelo.

– ¿Puedo hablar en mi defensa?

– Lo lamento, caballero Ojeda –respondió en el colmo de la arrogancia el capitán Carrizosa –una vez parados sobre este sagrado campo del honor los duelistas no pueden expresarse con su voz sino con el estallido de las armas. La única posibilidad de diálogo es que yo hable con el padrino del caballero Ojeda, para encontrar una urgente solución a este callejón sin salida.

El capitán retirado y el empresario de pompas fúnebres se retiraron a dialogar.

– ¿De dónde sacó este loco la idea de presentarse empeloto?

– De su experiencia internacional. Si alguien conoce la tragedia de la Gran Guerra Europea es Naúl.

– No me diga que este huevón es veterano como yo.

– No. Pero el tipo sabe. Él conoció los casos de miles de soldados impactados por una bala que podrían haberse salvado si hubiesen combatido empelotos.

– ¿Escuché bien? ¿Usted dijo «*empelotos*»?

– Eso dije. En la Gran Guerra murieron miles de jóvenes soldados porque las balas que los impactaron, también impulsaron al interior de sus heridas fragmentos de los asquerosos uniformes. Esas partículas de ropa sucia contaminan la carne expuesta de la herida y de inmediato se reproduce la temible infección conocida como gangrena. La gangrena es el pasaje expreso hacia la muerte.

– ¡¿Gangrena?!

– ¡Positivo! Mi puntilloso capitán, o, lo que es lo mismo: ¡Putrefacción y necrosis de los órganos impactados! Si lo sabré yo, estimado padrino de la contraparte. En mi Funeraria «El Juicio Final» he observado la putrefacción de la carne en miles de fiambres que he tenido que maquillar para su funeral.

– ¡Acepto este sorpresivo giro, muy señor mío! En mi calidad de padrino del caballero Emiliano Shiavarino y a fin de balancear los riesgos, solicito su venia para que mi apoderado se despoje también de sus vestiduras.

Los padrinos discutieron si el acuerdo lo dejaban por escrito, o confiaban en su palabra de caballeros. A renglón seguido, se retiraron a sus esquinas.

Mientras el capitán de artillería le explicaba al italiano que él le recomendaba ese despojo de su traje formal, con el único propósito de minimizar los riesgos de una muerte dolorosa y febril por acción de la irreversible gangrena, el enorme organista italiano se fue despojando de la camisa y los pantalones y, al final, se anudó en la frente un pañuelo blanco.

Por fortuna no hubo testigos, porque la patética visión del par de duelistas, uniformados con calzoncillos desjetados, era digna de una competencia de sumo japonés. Esta escena hubiera vendido millones de ejemplares de «El Caribe Times» –en todo el mundo– porque el espectáculo era digno de una comparsa de piratas náufragos en ese descocado desfile del carnaval, que se realiza el jueves anterior a la Cuaresma.

Don Aquileo se mantuvo al lado de Naúl y le palmoteó la espalda para animarlo.

– Naúl, ¿tienes miedo?

– No. ¡Terror es lo que siento!

– ¿De morir?

– No, huevón, de vivir.

– Explícame esa paradoja.

– ¿Observas la palidez del italiano y la mía? Lo que más me aterra de los vivos es esta puta cara de muertos que cargamos.

Por la decisión irrevocable de una moneda echada al vuelo, le correspondió al capitán ejercer como *maestro de campo*.

– ¿Están listos? ¿Espalda contra espalda? Voy a contar en voz alta, los 25 pasos acordados. Cuando completen los 25 pasos ustedes se voltean y esperan a que yo grite ¡Fuego! En ese instante pueden levantar el brazo y disparar. No antes. Les recuerdo que estamos entre caballeros de honor y sería innoble maniobrar sus armas antes de mi orden.

– *Uno, dos, tres, cuatro…* –los corazones de protagonistas y testigos resonaban, a la misma cadencia del conteo.

– *…siete, ocho, nueve, diez…*

Como si el protocolo del duelo exigiera un gesto de solidaridad colectiva, a esas alturas del conteo, todos los testigos apretaban al unísono las nalgas.

– *…veinte, veintiuno…*

A los 25 pasos cantados los duelistas dieron mediavuelta y cual si se tratara del paso ensayado en un ballet, obedecieron al berrido:

– *¡¡¡Fuego!!!*

Tronó una explosión y segundos después, antes que se diluyera el eco, sonó la segunda, seguida de un aterrador alarido: *¡Ayyy!*

El aullido coincidió con el destello sobre el horizonte de un primer rayo del sol, que expulsó a los tonos grises de la madrugada y pintó con brochazos de oro y grana la prístina playa de «Coco Loco».

35

Los diez segundos finales...

El eco de las dos explosiones aún ululaba entre los tímpanos de los testigos, cuando todos se apresuraron a tratar de comprender lo que aconteció en los diez segundos finales.

Concluido el agónico conteo, y colocados ofensor y ofendido, frente a frente, retumbó en la playa la temida voz de mando:

¡¡¡Fuego!!!

El italiano –pálido como un papel– temblaba. Subió su brazo de un salto, cerró los ojos y disparó. El proyectil pasó zumbando por encima de su blanco y se perdió en el mar. El enorme bigote de Naúl acusaba un inconsciente movimiento como si estuviera tiritando. Apretó un ojo. Aspiró profundo. El cañón de su pistola hizo un sereno recorrido –en arco– desde la punta de los pies del italiano hasta donde se juntan sus cejas. La agonía duró cinco eternos segundos. Pero Naúl no detuvo su mano, sino que continuó dibujando el amplio arco hasta que sobrepasó la cabeza del italiano y el cañón terminó en posición casi vertical, apuntado hacia el cenit... entonces retumbó la segunda explosión.

En el siguiente suspiro se escuchó el alarido de dolor: *¡Ayyyyyy!*

Todos quedaron petrificados con el alarido, y despistados con los resultados del lance... antes de lanzarse en masa a auxiliar al único herido del encuentro.

Según los complejos cálculos del capitán Carrizosa, en los que tabuló peso y volumen del plomo, más la trayectoria aerodinámica de la bala, la resistencia atmosférica y los efectos, tanto de las fuerza gravitacional, como de la dirección del viento... Naúl impactó la corona de una palma y la Ley hizo justicia. (Para más señas, la *Ley de Gravedad*). Un coco se desprendió de las alturas, rozó el parietal derecho del doctor Mora y lo impactó en el hombro. ¡Ayayay! Nuestro ginecólogo se consagró –de golpe– como el único veterano herido en combate, en un duelo por honor.

Entretanto en Puerto Galeón, la expectativa paralizó a la ciudad... parecía un día feriado. O como si hubiera estallado un paro cívico. Nadie acudió a trabajar, ni a estudiar. Bajo la sombra de los almendros de la plaza, la muchedumbre especulaba sobre un duelo imaginario del que nadie fue testigo.

Esa misma tarde, en medio de inocultable emoción, la tertulia se reunió en pleno.

– Naúl, ¿cómo te sientes una vez superado este incidente? –le preguntaron en coro los veinte miembros de la tertulia.

Naúl se levantó extenuado. Apoyó sus manos sobre la mesa. Un silencio mazacotudo se estacionó en la bodega.

– Compañeros: Agustín Grisier, quien fuera maestro de esgrima del escritor Alejandro Dumas, y cuyo nombre se menciona en las novelas «El Conde de Montecristo», «Los Hermanos Corsarios» y «El Maestro de Esgrima», sintetizó así, la payasada que acabo de padecer:

«En los duelos por honor, causan más muertes los padrinos que las armas».

36

Los disparos resuenan
al otro lado del Océano...

«Señora Doña Genoveva:

Desde el otro lado del mundo reciba mi respetuoso saludo. Sirva esta esquela para comunicarle que animado por una deuda de lealtad que debo a la memoria de mi compañero de aventuras y peregrinaciones Naúl Ojeda, estaré levando anclas con destino a Puerto Galeón.

Un juramento de solidaridad —que firmamos ante el notario de nuestras mutuas convicciones— galvanizó nuestros destinos en esta vida, y, si la hubiera, también en la otra … (si posee evidencias de *vida en el más allá*, le agradeceré me lo confirme por telegrama).

Le ruego que una vez allí, me acompañe hasta su tumba para que Usted sirva de testigo que le cancelaré con versos las dos semanas de renta que le quedé debiendo por el alquiler y mantenimiento de nuestro palacio de gobierno —en un séptimo piso en el Boulevard Raspail— desde aquella madrugada, cuando por absoluta compatibilidad de caracteres, decidimos separar nuestros caminos.

Me prosterno a sus pies.

(Firma) *José María Valle*.

Cronista juramentado de tempestades y naufragios».

37

La máxima autoridad
en *sexo oral...*

Naúl llegó tarde a la tertulia. Se deslizó con su cara de chucho regañado al *puesto del burro*. Colocó sus magras asentaderas en el taburete medio cojo, sin respaldo que, por manes de la tradición, se destinaba al último en arribar, y esperó con actitud felina la oportunidad de interrumpir la discusión, que sobre los alcances del primer Manifiesto Surrealista de Bretón, mantenía las agujas de todas las inteligencias apuntando hacia otro *norte*.

Como no pescó un solo lapso de silencio donde pudiera introducir tan siquiera un carraspeo, y todos parecían coincidir en ignorarlo, dibujó sobre su rostro ese ceño fruncido que sólo exhibía cuando era necesario jurar en vano para una causa noble o dar un saludo de pésame a una viuda alegre. Entonces, se levantó en cámara lenta.

– ¡Compañeros! ¡Atención! –aclaró su garganta con un atronador carraspeo– ¡Compañeros! –insistió.

Su llamada no logró acallar a la animada tertulia, y por un instante se sintió invisible. Entonces, alzó su mano diestra durante otro eterno minuto, con resultado similar. Decidido a hacerse notar, se trepó al butaco con esa solemnidad acartonada de quien se dispone a pronunciar una elegía, al borde del hoyo profundo, durante el sepelio de un político.

Tan pronto logró que el silencio contagiara a sus cofrades, y que al final todos le regalaran una mirada inexpresiva, Naúl se inclinó ceremonioso. Extrajo de una bolsa un sombrero de color fucsia, adornado de tules y encajes, repleto de abalorios, canutillos y perlas falsas, con dos averiadas plumas de avestruz a un costado, y coronado, arriba, en la cumbrera, con un desportillado canario en porcelana. Con estudiada parsimonia, se lo encajó en la testa. En seguida sacó del bolsillo de atrás del pantalón un sobre arrugado, sembrado con timbres de ultramar, y de éste, una esquela sepia. Sin siquiera mirar el papel, inspiró profundo y en tono de vibrato declaró:

– Compañeros. Es mi deber comunicarles que *la máxima autoridad en sexo oral* en el hemisferio occidental, quien me honra con su amistad, desembarcará en este puerto, en dos semanas.

– *¿Sexo Oral?* –gritaron en ensordecedora chacota.

– ¡Naúl! ¿Dijiste *sexo oral*?

Sin hacer caso a los berridos, ni reaccionar a las carcajadas, Naúl continuó más que serio, pétreo. Improvisó una venia, ensayó una media vuelta cuidadosa para no irse a desnucar, descendió de su improvisado púlpito y con paso marcial –cual si se tratara del heraldo a cargo de la trompeta que acaba de anunciar una justa en un torneo de caballería– traspasó el dintel de la puerta. El estrambótico sombrero, que sostenía con ambas manos, se esfumó por el horizonte de la cortina, perseguido por el eco acosador de las carcajadas y el júbilo bullanguero que el extravagante aviso provocó.

Apropiado de las obligaciones que cualquier *ángel anunciador* asume en estos casos, Naúl inició un raudo peregrinaje por todos los mentideros del pueblo.

Recorrió los cinco cafés que se alinean en la orilla derecha de la plaza. Revoloteó raudo por entre las mesas para saludar a los más conocidos, y les sopló a las carreras la buena nueva. Sin tiempo para discursos largos, ni tertulia, agitando el sobre tachonado de timbres de correo –cual si se tratara de las «nuevas sagradas escrituras» que daban fe de su autoridad– interrumpió un instante a los libaneses, importadores de telas, botones y confecciones que discutían de negocios. En seguida abordó a los turcos importadores de rancho, vinos y licores de ultramar, y luego, a los más distinguidos contrabandistas de la costa Caribe. Susurró su anuncio en tono confidencial entre un grupo de usureros, propietarios de casas de empeño y banqueros, todos igualmente respetables; compartió el suceso en la mesa donde departían los comerciantes duros del centro y los de la plaza; y hasta se sentó por un instante con los ingenieros y técnicos *gringos* que trabajaban en las obras de dragado del río, quienes a pesar de no entender el cuento, se desternillaron de la risa con su peripatética explicación, a punta de mímica, de la llegada al puerto del «*más grande experto en sexo oral, en la lengua castellana*».

El chisme saltó de portón en portón. Se recompuso en mil versiones diferentes. Cuando la gente olvidó quién originó el chisme, la más retorcida de las especulaciones se aceptó como verdad revelada.

A la hora del almuerzo, once estudiantes de último año del Colegio Alemán, se colaron en el laboratorio de química del tercer piso, con el subversivo propósito de fabricar un tal «pedo químico», recurso que se ingeniaron para arruinar el examen final sobre declinaciones de latín, que debían presentar dos horas más tarde. Acosados por ese miedete cosquillero que se le estaciona a uno en el bajo vientre cuando se envuelve en tarea de conspiradores, quedaron helados cuando Hollmann entró al laboratorio, gritando.

– *¡Sexo oral! ¡Sexo oral!*

Al sentirse pillados saltaron por los aires, junto con matraces, tubos de ensayo y pipetas en su fallido intento de esconderse debajo de las mesas.

Sin parar de jadear, Hollmann soltó en un susurro asmático la especie que daba cuenta del inminente arribo a Puerto Galeón de un experto internacional en *sexo oral*. Los muchachos estallaron en risas nerviosas y preguntas de doble sentido.

Estos jóvenes alquimistas aficionados resultaron tan impactados con tamaña revelación, que en segundos el chisme logró transmutarles la materia. A partir de ese instante, les importó un higo la relación atómica entre la química y el latín, y, sin mayores protocolos se transformaron en sociedad secreta de conspiradores.

– ¿Seguro, pero seguro, que es un experto en «*sexo oral*»? –preguntaron escépticos.

¿Se–xo–o–ral?

Las enfermeras del hospital enfatizaron, no cada una de las cuatro sílabas, sino, una–a–una, las ocho letras, y esa tarde se persignaron tantas veces, como ocasiones apareció en sus recalentados cerebros la visión del monstruo que, según los rumores llegaba al puerto con su fama de experto internacional en semejante aberración. Por experiencia deducían que con tan rústico ejemplo, el fenómeno se pondría de moda, y la pandemia de venéreas subiría en Puerto Galeón –no en importancia– sino en virulencia. Como si fuera poco, la maldición se notaría a simple vista. Se habló con alarma de la necesidad de un *«plan B»* ante la posibilidad que se duplicara la demanda de permanganato en las boticas habida cuenta que ya no se utilizaría sólo para hacer lavativas, sino ahora –también– para hacer gárgaras, y hasta hablaron de recomendar a los hombres, que el único recurso preventivo contra la virulencia del *mal de amor*, consistía en aplicar sobre los labios, el hediondo preparado de bismuto en suspensión oleosa, que recomendaban a comienzos del siglo los galenos viejos.

– ¿Experto en qué?

Con ojos desorbitados las veteranas mujeres que cuchicheaban entre el bullicio del mercado a cielo abierto de los martes, se pelotearon entre ellas el chisme. La especie saltó de un grupo a otro, hasta que las innumerables versiones sobre el arribo al puerto del tal experto en *«sexo oral»* logró escandalizar a las hembras y encender las señales de alarma. Las marchantas de mayor experiencia saltaron a escena para contener daños mayores y les explicaron a las más jóvenes los alcances del concepto. Así pusieron freno a torcidas especulaciones, que podrían derivar –«Dios no lo quiera»– en una tragedia calabresa, dado el temperamento fogoso de los celosos machotes del mercado, que resultarían moliendo a trompadas a sus mujeres, ante la mínima sospecha que ellas estaban inmiscuidas en semejantes pensamientos corrosivos.

Naúl dio vuelta a la esquina para caer con su anuncio en el salón de té y heladería donde se cita la crema y nata de las mujeres de la sociedad, y en medio de risitas cómplices, y el sonido metálico de sus pulseras, soltó el chisme.

Convencido que el evento requería una buena dosis de democracia, se confundió luego entre el centenar de parroquianos que, sin cita previa, se reúnen todas las tardes bajo la sombra de los almendros de la plaza, para aliviar el bochorno y, de paso, enterarse de chismes, hablar de boxeo y de béisbol, conseguir trabajo, beber limonada y café, degustar el mejor *bollo e'yuca* y el más exquisito bocachico frito de la región, paladear un raspado de hielo con los colores de carnaval de la anilina, hablar mal del gobierno, negociar votos, comprar lotería y, si el tiempo lo permitía, observar hipnotizados, las interminables partidas de *dominó*.

Ahí están pintados. ¡Qué pandilla de escépticos! Allí nadie le creyó, porque todos reconocían el espíritu bromista del artista uruguayo.

Religiosamente, el tercer martes de cada mes, las treinta piadosas matronas, animadoras de la «Fundación de la Madre Soltera», se reúnen en el Club del Comercio, para reiterar el sagrado rito de despellejar a medio mundo, al tiempo que compensan ese vicio colectivo, con sus obras de misericordia. Alternaban, puntadas con chismes, obras manuales con enredos y bordados con comadreo.

Esa tarde ya completaban dos horas de cháchara, sin levantar sus ojos de los preciosos encajes que bordaban en grupo, con unos finos bolillos en madera de palisandro importados de Brujas. Producir esas preciosas manualidades era pretexto maravilloso para actualizarse –una vez al mes– sobre todo lo divino y lo humano que ocurría dentro de los límites de Puerto Galeón, y, de rebote, sostener sus obras pías con los aportes que sus pecadores maridos les entregaban, con puntualidad inglesa, en el afán de balancear sus infidelidades, con obras de misericordia. De chismes, bordados y calumnias se sostenía la «Fundación de la Madre Soltera». Esa tarde, sin advertencia previa, ni pista, doña Emperatriz de Pérez –honorable presidenta de la Fundación– y consorte del mayor exportador de café, mejor conocido como «el sordo» o «Beethoven» Pérez, suspendió su labor... miró a su alrededor para cerciorarse que en el salón del Club del Comercio no escuchaba nadie... y, a renglón seguido, soltó el chisme, en asmático susurro.

Las veintinueve damas voluntarias abrieron sus ojazos al unísono, y sin poder disimular la expresión de alarma, emitieron un chillido en «*No sostenido*»:

– ¡Nooooo! ¡¿*Experto en sexo oral*?!

La presidenta del colectivo no se dio pausa, respiro, ni pestañeo para relatar su versión revisada del chisme. Por fortuna no describió con pelos y señales su interpretación personal de los alcances del tal *sexo oral*, porque apenas con el enunciado, las vicarias se declararon en *shock*, y la labor manual del colectivo se suspendió de repente.

Temerosas que algún mesero o una sirvienta las sorprendiera sin digerir el chisme completo, las doce resultaron víctimas de un ataque incontenible de carcajadas nerviosas, que por reprimirlas, resultaron afectándoles –a las más irreverentes– algún órgano interno.

Media hora más tarde, la administración del club debió evacuar por la puerta de adelante a doña Gloria Cataño aquejada de un severo ataque de asma y, por la de atrás, a doña Tonny Restrepo víctima de una arritmia traicionera.

La que no resistió la historia fue la graciosa doña Paloma viuda Sourdís. Su cabeza se llenó de tantas imagenes lascivas, que los fantasmas de la imaginación hicieron corto circuito y fundieron los plomos de su tolerancia. Mientras sus compañeras de obras pías ya no podían controlar el torrente de carcajadas que se les salió de madre, ella cayó en depresión tan intensa, que lo único que se le ocurrió fue desertar del grupo. Sin perder sus buenas maneras, se alisó su impecable vestido de flores diminutas sobre fondo azul cielo, y sin demostrar gesto de perturbación alguno, improvisó la consabida venia de «estoy urgida de visitar el baño», recurso para deslizarse presurosa por la puerta del servicio, hacia campo abierto, clamando por oxígeno. Al alma pura de doña Paloma se le perdió el control remoto. Manoteaba como poseída, una tras otra docena y media de persignaciones, ejecutadas –eso sí– como lo ordena el Catecismo: «de la frente hasta el pecho y del hombro izquierdo hasta el derecho». Fue el único recurso que encontró a mano para espantar a los demonios de la concupiscencia que se le amotinaron entre sus entendederas, ante la espantosa noticia del arribo al puerto de ese demonio experto en *sexo oral*.

Cuando cruzó el jardín del club y arribó a la Calle del Centenario, sintió que las imagenes obscenas la iban a acorralar, y entonces camino rápido, luego trotó para aumentar la distancia y, al final, se despojó de sus delicados zapatos de tacón forrados en seda y corrió despavorida hacia la parroquia, gritando a voz en cuello salmos y letanías.

– Padre Wolfang, necesito un exorcismo –gritó desde la puerta– Padre un exorcismo– continuó clamando por la nave desierta.

Como no encontró respuesta, tomó un taxi, bajó la ventanilla y durante el trayecto gritó desaforada «¡exorcismo!» hasta cuando el chofer la ayudó a descender frente a su residencia campestre.

– ¡Señor Cura! ¡Un exorcismo! ¡Por el amor de Dios! ¡Un exorcismo!

38

Incómoda visita...

En menos de un suspiro, Emiro se persignó con el papel que le escribió doña Paloma viuda de Sourdís –su patrona–. Se calzó las abarcas, se caló el sombrero y partió como un rayo. Cortó camino por cuanto recoveco conocía, saltó tapias, cruzó propiedad privada, vadeó la quebrada, y en la carretera se prendió de la carrocería de un camión cargado de remesas que ronroneaba hacia el centro. Cuando por fin arribó a la casa cural jadeaba como si su corazón estuviera sobre revolucionado. Antes de entrar, se descubrió, trapeó el sudor de la cara con la falda de su camisa percudida, escupió sobre la palma de su mano en el intentó domesticar sus cabellos aindiados que brillaban por el sudor. Para concluir el ritual, se limpió la mano contra los costados del pantalón de dril, se olió ambas axilas, se persignó, y tocó tímido a la puerta.

– ¿Quién es? –tronó el cura.

Padre, soy yo, Emiro, el nieto menor de Don Jacinto, el carguero de la plaza. Mi patrona la señora Paloma viuda Sourdís, le envía una nota.

– Empuje la puerta y siga.

– Ave María Purísima– saludó el muchacho.

Pero el cura, no respondió. Sin regalarle ni tan siquiera una mirada, alargó la enorme mano que todos temían, y le arrebató la nota. Se acomodó las gafas de leer, y entonces, como si hubiera visto al mismo diablo, abrió los ojos de par en par.

«Su reverencia: Se nos coló el Anticristo» –rezaba el primer renglón de la nota.

Al rubicundo cura se le encendieron aún más las mejillas. En seguida arrugó el papel en cámara lenta y con tanta rabia como si el propósito fuera estrangular todas las letras.

– ¿Qué hace ahí atontado? Corra joven. Dígale a su señora que la espero hoy mismo, aquí, en la casa cural. ¿Es que no me escuchó? ¡Vuele!

Emiro acababa de terminar su servicio militar obligatorio. Veinte meses atrás fue detenido por una patrulla militar, a la orilla de la ciénaga, cuando remendaba una atarraya. Antes que se percatara de su suerte ya le habían rapado la testa y se encontraba –realmente atontado– dentro de un uniforme dos tallas más grandes que él, como conscripto del Batallón de Infantería Barlovento. Durante dos meses su familia lo buscó con desespero. Los hombres repasaron las orillas de los caños cristalinos con la esperanza de encontrar el cadáver del Emiro, e incluso navegaron durante semanas preguntando a los pescadores si habían visto algún cuerpo inflado, flotando en la ciénaga. Cumplidos los tres meses de entrenamiento básico, un sargento les dictó a los 44 integrantes del 3° pelotón de la Compañía B, del Batallón Barlovento, la carta que –sin ninguna mutilación o edición personal– debían enviar a sus familias: «Estimada Madre: ya soy orgulloso soldado del ejército nacional. Porto las armas de la república para defender sus fronteras y dentro de quince meses regresaré a mi hogar… bla, bla, bla… como miembro activo de la reserva nacional».

Los parientes de Emiro celebraron con una parrandón de tres días la noticia de su «resurrección» y, antes de terminar el mes, cumplieron con la peregrinación al interior de la República para darle gracias a la Virgencita en su Santuario, por este milagro que se encarnó en uniforme militar.

Quién iba a sospechar que la disciplina militar que le inculcaron a este recluta en el Batallón de Infantería Barlovento, terminaría asociada con la educación prusiana que le infundieron en su hogar al Padre Müller.

¿Por qué el padre Müller insiste en usar esa sotana negra en semejantes calores infernales? Nadie se explica. Pese a su origen nórdico tenía el pelo negro azabache, con un corte militar, a lo prusiano. El sol inclemente del trópico, la ausencia de estaciones, la humedad y el salitre suspendidos en el ambiente le desarrollaron un bronceado permanente que se evidenciaba en su inmensa cara sancochada y las mejillas siempre coloradas.

El padrecito Müller había desarrollado durante su ministerio habilidades especiales para reconocer esa raya invisible donde se levanta la frontera intransigente entre justos y pecadores. Él mismo se ufanaba de ser propietario de lo que llamaba «el santo olfato del confesor». Durante los retiros espirituales que programaba dos veces al año, hacía ostentación de su capacidad de olisquear a un pecador a más de un kilómetro de distancia, incluso con el viento en contra.

Por diversas vías, el párroco quedó notificado del arribo a Puerto Galeón del espantoso experto que promocionaba el artista uruguayo. Algunas beatas le soplaron la especie por entre las rendijas de la ventanilla del confesionario, aclarando siempre que «no me consta padre», pero el tipo que anuncian mantiene excitada a toda la ciudad. Una docena de camanduleras lo visitó para comentarle el chisme en doce versiones diferentes, aunque todas ellas coincidían en la descripción del mismísimo demonio en traje de civil. Le colgaron cuernos de fauno, la cola del dragón de San Jorge, los cabellos de la hidra y los cascos del fauno. Durante el sacramento de la confesión, el padre «*trinitro*» completó el mefistofélico cuadro sonsacando información a los penitentes, quienes –acosados con la preguntadera del prelado– inventaron, con fiel exactitud, lo que quería escuchar su reverencia. Tampoco faltaron los mensajes anónimos que escurrieron bajo la puerta de la sacristía. Para completar su visión sobre la dimensión de la amenaza, comisionó a la incondicional señorita Inocencia –su secretaria– para que saliera a la calle, con la pía misión de realizar labores de espionaje, al servicio de El Señor.

– ¡Estoy rodeado de cobardes! ¡Tibios! ¡Infieles! No tienen el valor de alinearse, de frente, en las legiones de los defensores de la Fe y de la Santa Madre Iglesia.

Amén – respondió de manera mecánica doña Inocencia, sin suspender el oficio de firmar por él las partidas de bautismo.

En el sermón del siguiente domingo, el cura hizo mención de la información privilegiada que poseía, y no ahorró críticas a los varones que eran débiles de compromiso con su Iglesia, y reprochó la doble moral de las beatas.

El lunes, el padre Müller mandó a llamar a aquel muchacho que llegó hasta su despacho para informarle que su ama, la señora Paloma viuda de Sourdís, clamaba por un exorcismo.

– Joven, ¿ya percibió las señales que Dios le está enviando?

Emiro colocó sus ojos en blanco, seguro de no haber recibido señal alguna, mientras intentaba descifrar la incomprensible jeringonza que el cura le planteaba.

– Bienaventurado eres, hijo. *Dios te ha alineado en el ejército de los justos*.

Emiro no comprendió el alcance de la enrevesada revelación que el padre Müller le planteó con esa voz de ultratumba. Con esfuerzo, estableció una débil asociación entre el desconcierto que padeció durante sus primeras semanas en el cuartel –cuando no comprendía la jerga militar– y éste sermón que lo sorprendió, ahora, con extrañas revelaciones.

Pero estaba formado para aceptar sin chistar. De su experiencia en el cuartel Emiro aprendió tres axiomas: El superior siempre tiene la razón. Nadie tiene derecho a poner en duda las cosas incomprensibles. Y uno debe estar dispuesto a darlo todo –hasta la propia vida– por defender «los tales ideales que son base de las tales instituciones».

Con la mente cuadriculada –herencia de su reciente experiencia militar– Emiro no planteó distinción entre la autoridad militar y la eclesiástica y le resultó natural aceptar, sin condiciones, el papel de subalterno.

Por eso cuando el cura Müller le proyectó en función de estreno la visión del infierno, y escuchó asombrado la advertencia que allí irían a parar «quienes a sabiendas de la presencia del demonio no se alinean en los ejércitos celestiales», el impacto en su alma fue definitivo.

Una tarde, el cura Müller lo hizo jurar que guardaría el secreto de su misión:

– Hay que detener al Anticristo -le advirtió en un suspiro-. El demonio *se apoderó de la palabra*. Pero ni pasará, ni prevalecerá.

Emiro, más angustiado que convencido, se persignó varias veces a velocidades fantásticas.

– Emiro, hijo de Dios, eres instrumento de la ira santa.

39

El cuentero llega
con la brisa...

No hubo convocatoria, ni invitación, pero más de dos mil almas, consumidas por la curiosidad, arribaron al parque ubicado frente al edificio de la administración del puerto.

Cuando el *cuentero* desembarcó en el Muelle de Gaviotas, él sabía que la aureola de iniciado, que lo hacía brillar, incluso, cuando se exponía –como a esta hora– a la canícula inclemente del Caribe, no le permitía pasar inadvertido. Cargaba al hombro una tula repleta de experiencias y colgado a la bandolera, un maletín de cuero crudo, donde atesoraba su cuaderno de bitácora, documentos migratorios y los dos tomos de «Los Nueve Libros de la Historia» de Herodoto, en la traducción del griego al castellano del padre Pou. Despedía aroma a *macho*: una mezcla de salitre, tabaco y agua de colonia. Su pelo largo, negro, desordenado, salpicado por muchos hilos en plata, estaba embutido entre un sombrero *panamá*, blanco, de ala ancha, quizás en su vano intento por domesticar la indisciplinada crin que se le agitaba con la brisa. Su barba ceniza, de cinco días, con parches blancos, le proporciona ese aire maduro que adquieren por igual, los peregrinos penitentes y los vagabundos impenitentes. Las gafas para el sol no permiten adivinar el color de sus ojos, y, obvio, impiden ver al interior de su alma, pero el espejo de los cristales verdes permite adivinar hacia qué lugar posa sus ojos. Un pasaporte tatuado de sellos hasta en las cubiertas delata su nacionalidad universal y el hecho de conservar ese documento entre una bolsa de lona impermeable, percudida por el sudor, que pende del cuello y se anida entre el pecho velludo, son señal unívoca que defiende con el alma, su derecho a continuar el viaje hacia cualquier puerto lejano, así no sople en esa dirección ni la exhalación de un asmático. Luce un tostado marinero, parejo y ya se le notan las arrugas que les afloran a los grumetes a los quince y a los filósofos a los sesenta.

Naúl se había convertido en una silueta negra recortada sobre el telón de fondo de la resolana que brillaba allá afuera, sobre la plazoleta de la Aduana. En el instante en que divisó al *cuentero*, agitó la bandera uruguaya y su vozarrón rebotó contra las paredes del amplio pasillo que conduce a los pasajeros a la calle.

– ¡Bienvenido maestro! ¡Don de la palabra! ¡Filósofo del caos!

El *cuentero* hizo una media parada para calibrar su asombro. ¿Era la voz del uruguayo? o ¿escuchaba un alarido de ultratumba? Entonces apretó el paso hacia el brillo de la plaza como si obedeciera a una orden.

El apretado abrazo del reencuentro, se prolongó por una eternidad de más de dos minutos, hasta que ambos lucieron como un nudo ciego, imposible de desatar.

– Macho, vine a buscar tu tumba –susurró

– Se robaron el hueco.

– ¿Lo mataste?

– Casi... por un pelo.

– De tu carta saltaron pronósticos alarmantes y promesas de cataclismos. Vine con la imperiosa misión de exhumarte de esa tumba de mierda y levantarte un busto para colocarlo en una vitrina en el Barrio Rojo de Ámsterdam.

– Te preparé la recepción digna de un emperador que cruza los siete mares, para pasar revista a sus posesiones de ultramar.

Naúl se despojó de su gorra de marinero griego, percudida por el sudor y desteñida por el sol.

– Te devuelvo intacta la corona.

– Falta que me hizo.

En la calle se arremolinaron miles de curiosos como si hubiera arribado la Libertad Lamarque en globo, o como si la platinada Mae West o el Errol Flyn hubiesen anunciado su arribo en el vapor de la tres. Miles de curiosos se arremolinaron en el parque frente a la aduana y sin –ponerse de acuerdo aplaudieron cuando divisaron al que presumieron era el famoso «*experto internacional en sexo oral*».

Apegado al protocolo, Naúl introdujo a su escolta.

– Este es don Aquileo Salgar, mi padrino de duelos y lances, si lo anterior sonara poco, mi consejero, camarada, coadjutor, confidente, esbirro, compinche y cofrade. Es el más exitoso empresario de pompas fúnebres a dos mares de distancia, y feliz propietario –mientras viva– de la mejor funeraria de este pujante puerto.

En seguida, como si lo hubieran ensayado desde París, José María –escoltado por Naúl– desfiló por la calle de honor que formaban «estos honorables miembros de la tertulia, representantes plenipotenciarios de nuestro gobierno en el exilio». Cada uno portaba el pendón blanco de la tertulia, donde tremolaba con la brisa, el símbolo «biomórfico» de «los dos hemisferios cerebrales: el de la razón y la emoción»

Terminaron el besamanos en medio de bromas, escanciaron el primer brindis de ron blanco en la misma totuma curada que rotó de mano en mano, mientras sobre el impenitente firmamento azul oscuro que adorna el Mar de los Caribes, estallaron los fuegos artificiales a cargo del activo veterano, capitán de artillería.

– Carrizosa Navarro Fernando, capitán en uso de buen retiro, del arma de artillería –se presentó ante el *cuentero*, haciendo sonar los tacones de sus sandalias, con la severidad que ordena su ajado «Manual de Protocolo y Ceremonial Militar, Edición revisada de 1920».

– ¡Al abordaje! –gritó Naúl.

Entonces Don Aquileo se colocó al pescante de la emperifollada carroza fúnebre para fungir de auriga. José María y Naúl se treparon a diestra y siniestra, al tiempo que los filósofos de la tertulia corrieron a acomodarse en el resto de vehículos, para formar la caravana.

Don Aquileo sacudió las riendas y vociferó un largo «*¡Muéééé-vanse!*», entonces la carroza fúnebre le dio la espalda a la Casa de la Aduana, y se dirigió en ceremonioso bamboleo con dirección a la ciudad vieja. Los pompones de plumas –amarillo, azul y rojo– que adornan las testas de los dos caballos azabaches, se mecen al compás que imponen las castañuelas de sus cascos al castigar los adoquines. Los arreos que visten son de lujo: correas negras charoladas, hebillas de bronce y campanillas de plata, atalaje de gala reservado –en exclusiva– para los funerales de gobernadores, arzobispos y banqueros.

La caravana original (compuesta por cuatro automóviles, una camioneta de platón y los tres taxis que contrataron) partió lenta detrás de la carroza. En lo más alto del carruaje fúnebre le amarraron un palo y de éste enarbolaron la bandera blanca de los conspiradores, que empezó a ondear graciosa al ritmo que le impuso la brisa. En la retaguardia de la carroza, sobre una chapa metálica, se leía: «Funeraria El Juicio Final. Su último suspiro es nuestra primera prioridad».

Ya sobre la marcha, las baterías de polvoreros que se instalaron en el platón de la camioneta continuaron disparando fuegos de artificio, rayos y centellas, voladores y cohetes, a las órdenes de «¡Fuego!» «¡Fuego!» «¡Fuego!» que el capitán Carrizosa vociferaba desde un taxi.

Naúl y José María estaban impregnados de dicha y de esa mezcla de azucenas, incienso y boñiga de caballo, que despedía el armatoste. Tan pronto divisaron la torre de la catedral, y se enfilaron hacia la plaza principal, los dos conspiradores cantaron a voz en cuello aquella guaracha, que bajo otro cielo, adoptaron como himno nacional de su reino de la utopía: «*¡Somos la raza pura!*».

«Traigo en mi sangre ancestros puros:

Vascos, gallegos y catalanes. Carabalíes, minas

y lucumís.
Chinos, mandingas y yucatecos. Francia, Inglaterra y el
Siboney

Durante el trayecto la gente saludaba delirante, y gracias al estruendo mefistofélico que el capitán Carrizosa y su equipo de polvoreros lograron imprimirle a la caravana, más de cien vehículos –la mayoría del servicio público– se unieron espontáneos al improvisado carnaval.

El arribo a la casa número 610, de la Calle del Alférez Mayor resultó, si no apoteósico, por lo menos caótico. José María no se explicaba cómo pudo el artista uruguayo armar semejante barahúnda, ni sospechaba que el «*leitmotiv*» que despertó el entusiasmo delirante de los vecinos fue su fabricada fama de «*experto internacional en sexo oral*».

El objetivo de Naúl fue hacer de este encuentro de conspiradores, un episodio inolvidable.

En lo más alto de la casona ondeaba –altivo y soberbio– el pabellón de la tertulia.

– ¿De dónde carajos te inventaste ese símbolo que veo en todas partes? –le susurró el *cuentero*.

– Es el símbolo de la interacción de dos pares opuestos y complementarios. Representan, en estilo «biomórfico», los dos hemisferios cerebrales: el de la razón y el de la emoción.

– Reprime ese orgasmo verbal, macho. Corres el riesgo que se te funda un testículo.

– Va entonces la explicación metafísica. Lo que allí ves es el reflejo de mi alma ingenua. Una madrugada de febril inspiración, unté el rodillo con tinta de imprimir grabados y me embadurné el culo. Antes que se secara, estampé esa pieza única. Como ves, yo soy el único y celoso propietario de la matriz. Todas las reproducciones que he realizado de ese grabado corresponden a la huella rebelde de mi indómito trasero.

La totuma con ron blanco interrumpió la explicación.

– ¡Por amor al arte! ¡Salud! –gritó Naúl.

–*¡Por tus dos pares opuestos y... puestos!* ¡Salud! –respondió José María.

Doña Genoveva, vestida de primera dama, lucía achacada por la edad y quizás recargada de maquillaje, pero conservaba esa distinción y donaire de quienes nacen con cucharita de plata y atildan su nobleza con cabellos del mismo metal.

– Qué locos estos muchachos –sonrió– Bienvenido señor Valle, ésta es su casa.

Tan pronto José María se incorporó de esa aparatosa venia que improvisó como homenaje a la dueña de casa, se encontró frente a frente con unos inmensos ojos, de color caramelo. Su sombrero Panamá lo vio asomado en el reflejo de esas brillantes pupilas, y quedó deslumbrado por la sonrisa seductora de la muchacha.

La joven, quien le servía de apoyo a su abuela, le estiró la mano.

– Soy Valentina… Valentina Zuleta Valdeblánquez.

El *cuentero* no pudo disimular su azoro. Aún aturdido escuchó el susurro de Naúl en el pabellón de su oreja:

– Cretino, se me olvidó advertirte que antes de mirarla a los ojos, debes suspirar tres veces… es la única «*contra*» conocida, para que el resplandor de su sonrisa no te embrutezca de por vida.

El *cuentero* retornó a la realidad, cuando escuchó la voz de doña Genoveva.

– Buenaventura, conduzca al señor Valle hasta su habitación.

40

Un Banquete de debut
y despedida...

– Capitán Coscarelli. Llegó el Anti– Cristo.

– Su reverencia no puedo intervenir mientras no medie un delito, una denuncia o la orden de un juez.

– Quienes siembran la mentira y la confusión en Puerto Galeón son dos extranjeros inmorales e indecentes. Expúlselos, capitán. Elimínelos. Póngalos presos.

– Reverendo padre Müller déjeme averiguar antecedentes y conversar con las autoridades de control de extranjeros.

– No pierda tiempo con sus enredos burocráticos, capitán Coscarelli. Hay que actuar de inmediato. La guarda de la moral y de la fe, la perpetuidad de la tradición judeo–cristiana y las buenas costumbres también son responsabilidad suya.

– Como ordene su reverencia.

El *cuentero* ajustaba apenas siete días de visita cuando anunció que era hora de partir, pues debía continuar con su caótico itinerario hacia cualquier destino.

En vista de lo breve de la visita, el colectivo decidió ofrecerle una cena con el pretexto de formalizar su incorporación al grupo, en su calidad de *«embajador extraordinario y plenipotenciario de la Tertulia ante gobiernos extranjeros»*.

Aprovecharon la reunión para comentar sobre la exagerada campaña de expectativa que desplegó Naúl, con el cuento del «experto internacional en *sexo oral*» y el efecto negativo de tantos *runrunes* y cuchicheos, que ya afectaban el buen nombre de los miembros de la tertulia.

Para aclarar los infundios, estos intelectuales optaron por meterse la mano al bolsillo y saciar el apetito del guía que «orienta a la opinión pública en Puerto Galeón». En el diario «El Caribe Times» apareció una pequeña crónica editorial –pagada– de un octavo, donde se enfatizó «*lo breve de la estadía entre nosotros de Don José María Valle, reputado cronista internacional*» y la información sobre el banquete ofrecido en su honor, por los intelectuales de Puerto Galeón. El banquete fue bautizado «*De las Mil... una Noche de Debut y Despedida*». Con el propósito de dotar al evento de un airecillo internacional, Naúl escribió un párrafo en el que listó: «*apéritif, entrée, mets de poisson et/ou de viande accompagné de légumes, fromage, dessert, digestif*», clave que los iniciados comprendieron como promesa de chotos, mollejas y chinchulines, tripagorda y asado al estilo uruguayo, receta similar a la que soldó su amistad con José María aquella tarde de verano, en un parque de París. En dicha crónica no se menciona que por unanimidad, los miembros de la tertulia decidieron realizar el evento a puerta cerrada, en un restaurante popular, en el Barrio El Almirante, reputado, tanto por su sospechosa clientela de pícaros y contrabandistas, como por su exquisita comida criolla.

Los 21 miembros de la tertulia asistieron de blanco por ser símbolo de los «*iluminados*». Para adornar la pared del salón colgaron aquella prístina sábana que otrora trabajaron a 42 manos, sobre una inmensa tela alba, que sugiere «un gélido paisaje antártico». Al lado de la mesa, eréctil sobre su base, colocaron la soberbia bandera blanca, símbolo de la tertulia, que ostenta el símbolo de «los dos hemisferios cerebrales».

A contrapelo de su fama de maestro de la retórica y de profeta de la palabra, José María no mencionó «esta boca es mía». De brazos cruzados, puso mucha atención a las anécdotas de la tertulia y a los chismes de Puerto Galeón, y sólo en algunos casos, asintió con la cabeza. No se inmutó cuando le confiaron que el efecto buscado en el banquete era realizar un mano a mano entre el suculento asado uruguayo y lo más apetitoso de la gastronomía caribeña. Todos estuvieron pendientes de su reacción cuando las cocineras hicieron su aparición con ese sancocho energético de bocachico, que los puso a sudar como en un baño turco. Y se quedaron ensayados, pues esperaban un mínimo comentario sobre el faraónico arroz con coco y camarón que sirvieron enseguida. Cuando lo interrogaron sobre si le había agradado, penduló la cabeza en señal de aprobación pero no musitó ni un monosílabo. Para completar los platos fuertes ofrecieron lo que aquí se conoce como «la santísima trinidad»: Del mar: pargo guisado en leche de coco; del monte: guartinaja frita en aceite de coco y de la sabana: carne puyada. Para mayor decepción de los presentes, el *cuentero* comió con apetito, pero durante el transcurso del banquete apenas musitó estas cinco palabras: «Por favor, más ají macho».

La dueña del local dispuso enormes jarras con jugos tropicales: guanábana, níspero, corozo y tamarindo, más un mosaico de postres: masitas de mongo–mongo, cocadas y queso costeño. Ni hablar de las reservas de cerveza y ron blanco, que se materializaban al instante –como en una acto de ilusionismo– con un simple chasquido de los dedos.

Cuando el desafinado concierto de eructos, notificó que la materia corporal quedó satisfecha, José María se incorporó y levantó su copa.

– Cegado por tanta blancura, me siento flotando en el éter de mi propia nube, allá, en el Olimpo de los bienaventurados, o en el mejor de los casos, aquí, en este recinto que parece albergar a un sínodo de panaderos.

A renglón seguido entrecerró los ojos, se colocó la mano a la altura de su corazón y, como si fuera a oficiar un exorcismo, oró en voz alta: «juro que cumpliré con el honor de fungir como embajador extraordinario y plenipotenciario de la tertulia ante principados y cortes extranjeras; llevaré vuestro mensaje de inconformismo y rebeldía a todos los rincones del planeta; promoveré el ejercicio de la retórica como recurso para marcar la frontera intelectual que nos diferencia de nuestros primos hermanos los primates; y ofrendaré, si llegará el caso, hasta mi última gota de «agua de colonia 4711», en la defensa de éste símbolo cabalístico –aquí señaló la bandera de la tertulia– que revela, por vez primera, el mágico jeroglífico de «los pares opuestos y complementarios».

Para acabar de una vez con los agobiantes protocolos exclamó «¡Salud! y ¡Fondo blanco!» Todos a una obedecieron y se sorbieron el ron de un solo trago. A partir de ese instante, los presentes descubrieron que la voz de José María poseía la armonía musical de un encantador de serpientes.

– A este banquete de camaradas sólo puedo corresponder con un banquete de amor. Los invito esta noche a compartir, en la mesa de la imaginación, «El Banquete» de Platón.

Con la paciencia y laboriosidad de una diminuta araña, el *cuentero* inició la compleja tarea de tejer una red de fantasías usando como materia prima las palabras. Con esa elocuencia de evangelista, con su vocalización impecable y ese timbre de voz fresco y brillante, nadie se percató *cuándo*, *dónde*, ni *cómo* armó la trampa. Lo cierto es que entre esa fina red de hilos invisibles, que iba entrecruzando en cada frase, a las que les imprimió la justa tensión con cada pausa, cayó enredada esta congregación de vagabundos que, antes del crepúsculo, ya habían reconocido estar perdidamente enamorados… del amor.

– Viajeros con destino a la milenaria Atenas ¡Subir a bordo!

Y entonces todos se treparon en la alfombra mágica de su relato y sin pudor pusieron el cambio en reversa, para devolverse –en esa suerte de máquina del tiempo, (no sé cuántos siglos)– con el único propósito de asistir al banquete organizado en casa de Agatón, donde los retóricos griegos se habían citado para filosofar sobre la naturaleza, la función y el propósito del amor.

La narración vívida de José María les hizo vivir cada detalle del banquete, como si entre todos estuvieran repasando el mismo viejo álbum rebosante de postales eróticas.

Es más, cada quien se apropió de «su papel» en la película. Así, cuando el *cuentero* se refirió a Aristodemo, y develó que no sólo se coló al banquete, sino que salió a chismosear en la calle lo que allí se habló, todos voltearon a mirar a los hermanos Yurgaqui. Cuando se alzó la voz de Erixímaco, el médico griego, y habló sobre los efectos nocivos de la bebida, el ginecólogo Mora se sintió aludido. Durante la descripción del discurso de Fedro sobre el dios Eros, la atención se centró en el gordo Celaya... Cuando a Aristófanes le llegó el turno de hablar pero un sorpresivo ataque de hipo se lo impidió, todos voltearon a mirar a Naúl… Durante la brillante intervención de Agatón con su elogio del amor, todos cerraron los ojos, para mirarse hacia adentro en el intento de explorar sus propias conciencias. A la hora en que el último orador, el admirado Sócrates, expresó su temor de no poder superar el nivel de perfección del discurso de Agatón, (aunque criticó sus palabras contradictorias y huecas) todos abrieron –en simultánea– los ojos admirados: habían descubierto que José María, el cuentero, era la reencarnación de Sócrates, aunque dos tallas menos.

Y cuando Sócrates confesó que toda su sapiencia sobre el tema erótico se la debía a Diotima de Mantinea, la sacerdotisa del Templo de Apolo, aquella mujer extranjera que en su juventud le enseñó la filosofía del amor, Teresa, –la encargada de coordinar las minucias del banquete– resultó centro de todas las miradas.

Con esta narración extraordinaria, José María Valle confirmó ser un taumaturgo bendito por los dioses del Olimpo o, por lo menos, un vulgar dicharachero, culebrero, vendedor de pomadas, elíxires y filtros para retener al ser amado. Al fin y al cabo, todos los cuentos sobre el amor suenan parecidos.

Aunque se trataba de un evento privado, exclusivo para los miembros de la tertulia, Teresa y las muchachas del servicio resultaron tocadas por el *don de la palabra*. De pronto, olvidaron sus deberes y las vieron boquiabiertas. Jamás habían escuchado hablar de filosofía, ni distinguían a esos retóricos que en el hilo descriptivo se mencionan, pero estaban seguras que este grupo de veintiún iluminados –vestidos de traje blanco– no eran de origen caribe, sino griegos.

Teresa no resistió los efectos radioactivos de la narración, Sin pensar en las consecuencias, se sentó en el suelo. Lucía como poseída. Muchos secretos del erotismo que ya daba por olvidados cayeron sobre su memoria cual si se tratara de una mágica cascada de revelaciones.

Esa noche los presentes reconocieron la fuerza del amor platónico, y sin nadie proponérselo, por primera vez en mucho tiempo, los hombres no intercambiaron mofas, blasfemias y palabrotas, sino que resultaron improvisando en voz alta las más inspiradas metáforas sobre el amor.

Al final de una larga pausa, Teresa no pudo resistir tanto encanto y entonces reclamó decidida.

– Señor, todos sabemos que usted es el más grande experto en *sexo oral en lengua castellana*, pero lo que he escuchado esta noche, rebosa todas mis expectativas.

– Sexo ¿qué?

– Oral, señor Valle... bueno, eso es lo que las malas lenguas cotorrean en Puerto Galeón; «*sexo oral en lengua castellana*».

– ¿Y después de escucharme qué es lo que sientes?

– No puedo explicar, pero lo de esta noche es lo más parecido a un orgasmo espiritual irrepetible. Pero para más confusión ¿por qué usted sólo le habla a los hombres? Señor, es preciso que también las mujeres de este puerto descubran que el amor está dotado de alma.

Ese reclamo de Teresa fue la causa para que el cuentero pospusiera su partida y para que los 21 miembros de la tertulia se consagraran en organizar la única presentación pública que prometió el *cuentero*, bajo dos condiciones: la plática estaría dedicada en exclusiva, «a las mujeres de la vida» y la entrada sería gratis.

Quién lo creyera. Algún día estos aprendices de brujo se arrepentirán, por haber desencadenado en Puerto Galeón la fuerza ciclónica del amor.

41

Guerra Santa...

– Ese descreído no ha pisado esta iglesia, ni la pisará ¡jamás! así lo traigan empacado entre un cajón a la misa de cuerpo presente.

Si el vozarrón del Padre Müller, con su acento gutural germánico, hizo temblar las cuatro paredes de la oficina parroquial, el clímax de su ira lo alcanzó cuando para rematar su enojo, dejó desplomar sobre el escritorio su inmenso puño cual si se tratara de la impronta de un sello seco. La onda telúrica que produjo el golpe hizo tambalear a la atortolada Virgencita de Chiquinquirá que lo contemplaba desde lo alto de su nicho en la pared, y, de paso, hizo saltar al Cristo cincelado en bronce, que el cura usaba a manera de pisapapel.

– Si este domingo, estos sacrílegos no tienen el privilegio de ver a Dios, me van a ver a mí.

Dios continuó siendo invisible para los fieles, no así el cura Wolfgang Müller, pues el de Arriba demostró su generosidad en materia corporal con su reverencia. Incluso, para ayudarlo a no pasar desapercibido entre estos calores tropicales, el de Arriba lo empacó entre una sotana negra.

Entretanto la tertulia se declaró en sesión permanente decididos a sacar el mejor partido de la única presentación pública en Puerto Galeón del legendario *cuentero*.

El primer problema que enfrentaron fue cómo asegurar un escenario apropiado donde se pudieran reunir «las mujeres de la vida», de manera discreta, sin desentonar, sin aspavientos, sin crear conflictos éticos ni estéticos, sin empellones ni apuros. ¡Ah! Y sin cabrear a las autoridades civiles, militares y eclesiásticas.

Por descarte, se fueron eliminando una tras otra las posibles sedes.

El teatro Municipal dependía del Alcalde y requería una tremenda carga de gestiones, comités y aprobaciones políticas.

El salón de sesiones del Colegio Alemán, se descartó porque sus directivos debían aprobar el contenido académico del evento, con 90 días de anticipación.

La plaza de mercado estaba disponible, pero era a cielo abierto, con escasa iluminación y nadie se quiso aventurar por esos peligrosos vericuetos durante una noche oscura.

En los cines El Coliseo y El Escorial, exigieron faraónico depósito de garantía, y, como eran locales a cielo abierto, no devolvían el depósito en caso de cancelación por lluvia.

Las hermanitas de La Presentación estuvieron dispuestas a prestar el amplísimo patio del colegio, pero cuando pidieron consejo al Padre Müller, a éste casi le da un soponcio. Las monjas alegaron que les solicitaron el patio para una acto cultural y que como ellas viven a distancias siderales de las cosas mundanas no se percataron de qué se trataba. Por ese detalle se salvaron de la excomunión, la madre superiora, la síndico y otras tres monjas de velo negro, acusadas de intento de asociarse con el diablo.

La Plazoleta de Toros se negaron a alquilarla después de la histórica desentablada que ocurrió al final de un espectáculo de zarzuela. Esa noche, el culto público de Puerto Galeón no estuvo de acuerdo con la manera cómo concluyó «la Verbena de la Paloma». Entonces, los asistentes se alinearon espontáneos alrededor del actor que hizo el papel de «don Hilarión», acusaron a la empresa de discriminación contra los gordos y en medio del motín, desentablaron el coliseo de madera hasta dejar su estructura vergonzosamente desnuda.

Cuando se acabaron las opciones, el gordo Libanati sugirió.

¿Y si lo organizamos en el solar «Donde Teresa»?

42

«Donde Teresa: Amor,
Ron y Cerveza»...

Un aviso de lata, ladeado por las ventiscas y algo oxidado por el salitre, reza: «Donde Teresa: Amor, Ron y Cerveza».

– Aquí en el salón de baile cabrán máximo 200 personas –explicó Teresa– pero si lo hacemos a cielo abierto, en el solar de atrás, acomodamos a más de 300 mujeres. Tenemos dos riesgos: la lluvia y que la iluminación no sea suficiente.

El Gordo Celaya se ofreció como agrimensor del solar. Respaldó su sabiduría en su experiencia como agente de propiedad raíz. Durante la minuciosa tarea, derrochó tanta energía, humo y cenizas, que parecía una locomotora a todo vapor. Sudaba a chorros midiendo a pasos el ancho y el largo del patio, mientras chupaba su apestoso «Montecristo #2». A su lado, cual si se tratara de su sombra, el capitán Carrizosa estuvo pendiente de auditarle cada tranco. Una vez consolidadas las cifras y analizadas las coordenadas, la regla de cálculo vomitó la respuesta. Entonces el gordo Celaya pidió silencio, se despojó del tabaco, consultó sus apuntes y emitió su sentencia inapelable:

En este providencial hemiciclo caben 316 hembras sentadas y otras 111 de pie.

Una madrugada de insomnio, tres semanas más tarde, Emiro se imagino que había recibido «el llamado divino». Quizás fue efecto nefasto de una olla de sopa de caracol que se le indigestó y lo envió a la letrina repetidas veces esa noche, o en realidad, se trató de una fuerza espiritual que le rebulló la conciencia. Lo cierto es que percibió que en las entretelas de su alma se operaba una transformación.

A la mañana siguiente se sintió ungido con la aureola del designado. Sin esperar a que lo llamaran, se apareció en la casa cural. Se cuadró con ademán militar, sacó pecho e hizo sonar el golpe de sus calcañales.

El cura quedó sorprendido ante esa mezcla de disciplina y mansedumbre. Así que, en el siguiente pestañeo, ya lo había apabullado con bendiciones y lo salpicaba con agua bendita por los cinco costados. Luego le colocó, uno encima del otro, cuatro escapularios colgados de su pescuezo. Cual si se tratara de una ceremonia militar, lo fue condecorando con medallitas de santos de todas las devociones. Emiro tomó muy en serio el protocolo de la ceremonia. Para evitar que alguna medalla se le extraviara, desapuntó el gancho nodriza que le aseguraba el bolsillo de atrás del pantalón para que no se le cayera la billetera. Se abrió la camisa. Con la punta del gancho ¡Ay! se perforó la tetilla izquierda, y del mismo gancho desplegó su nueva colección tintineante de medallas, que le blindaban cuerpo y alma de las amenazas del demonio.

– ¡Ahora estoy listo! Para lo que mande, su reverencia.

– ¿Sabe de electricidad?

– Ni idea, padre.

– Aprenderá. No se trata de prender la luz, sino de apagarla.

Una corriente de curiosidad se regó por todo Puerto Galeón con el chisme que «el experto en *sexo oral*» explicaría su técnica, en un espectáculo gratis, «sólo para mujeres de la vida».

Al antro fueron llegando todas las muchachas de la vida alegre. Aparecieron por grupos. Cabreadas ante tanta expectativa, tanta promesa subjetiva, tanto chisme que inventaron con lo del «*sexo oral*», tanta lora que dieron con el cuento del *cuentero*. Por la pinta de las coquetas y de los tinieblos que las escoltaban era fácil deducir las casas donde trabajaban. Como si las hubieran educado para respetar sus espacios vitales y sus jerarquías se fueron acomodando sin conflicto, alrededor del entablado. ¡Qué luna la que se asomó sobre el borde del mar! ¡Qué luna carajo! Qué lindas las veinte banderas blancas de la tertulia, con su mamarracho impreso en tinta negra, flameando sobre el escenario. Y qué bocones y dicharacheros son en este puerto. La gente inventó que el símbolo de «los pares opuestos y complementarios» no era otra cosa que una copia ampliada de la placa de «rayos X» que le hicieron a los cojones del uruguayo.

Teresa se apropió del liderazgo y corrió a acomodar a la gente. Movía sillas aquí y espantaba perros allá, mientras tranquilizaba a las muchachas y a sus escoltas, pues apenas les habían concedido 90 minutos de permiso –hasta las 8– para a escuchar al *cuentero*.

Tan pronto José María se trepó al escenario y caminó lento haciendo sonar sus tacones sobre esa caja de resonancia que era el entablado, y los tres reflectores lo siguieron... el silencio se hizo agobiante.

– ¡Mierda! –susurró Naúl– ¿Vieron a esa mujer cubierta con el rebozo negro?... me pareció pillar a doña Genoveva... miren en la esquina, allá atrás... ¡Claro! Es ella. Y también vinieron Buenaventura y Valentina.

Las chicas de la vida lucían absortas. Boquiabiertas. Suspendidas en el asombro colectivo. Con tanta expectativa y en ese ambiente medio clandestino, ellas padecían ese cosquilleo etéreo, como de ausencia de masa y de peso, como de levedad, como si se hubieran confabulado para contradecir las tres leyes de la física. Percibían que sus espíritus aleteaban en vuelo estacionario desafiando las muy frescas la ley de la gravitación universal. Por instantes parecían confundidas, como si las hubieran citado para participar en un espectáculo de orgasmo colectivo.

– ¡Ay! Si el doctor Zuleta me viera en éstas, no me lo perdonaría –susurró la abuela.

– Niña Genoveva, el difunto jamás nos perdonaría a las tres– se persignó la negra Buenaventura.

Ya el *cuentero* iba a romper el celofán del silencio, cuando el sordo «Beethoven» exclamó en voz baja.

– Coños, me pareció ver a mi mujer y al grupo de treinta socias de la «Fundación de la Madre Soltera»... ¡Sí! Allá están atrás, agazapadas… al fondo a mano izquierda.

Las luces se encendieron y el *cuentero* empezó a describir aquel instante, en el día once, cuando Dios le traspasó al hombre el privilegio divino de inventar las palabras. Cada frase tenía la métrica exacta y la sintaxis precisa. Cada palabra la pronunció en el tono adecuado y la modulación fluida. Cada una de las historias –inéditas para este público– las fue tejiendo armónicas para demostrar que lo más maravilloso con que ha sido dotado el hombre es la capacidad infinita de inventar sus propias palabras… el privilegio de poder expresar de forma armónica y bella lo que en principio, allá en lo profundo de la caverna, fueron alaridos y chillidos, estruendos y zumbidos, chirridos y desafinaciones, rugidos y estridencias cacofónicas. «Cada nueva palabra que inventamos es la repetición maravillosa del milagro insondable de la Creación». Enseguida explicó que con el salvoconducto de la palabra, el hombre entra al templo, ingresa a la academia, pregunta curioso, investiga y filosofa, incluso, se atreve a interpretar los designios de Dios. Expresa desde lo corriente hasta lo maravilloso, desde los placeres del cuerpo hasta los padecimientos del alma. Es capaz de entender el amor y el erotismo, substancias fundamentales para justificar el breve viaje que realizamos por esta vida y el ansia de perpetuarnos –un instante adicional– en las memorias ajenas… Y ahí sí se embaló José María sobre los temas del amor, el erotismo y el sexo… Las chicas mantuvieron tal concentración sobre cada palabra del cuentero, que les pareció normal esa extraña sensación de ingravidez colectiva. Si esa noche las coquetas no flotaron libres por encima de los árboles del patio, no fue por el lastre de tanto maquillaje, no por tantos collares de cuentas, ni tantos anillos ordinarios, no por tantos moños, hebillas y peinetas, tantos afeites, tantos perfumes y aceites esenciales, sino por esa carga agobiante de fantasías eróticas que las mantuvo ancladas, con más gloria que pena, sin esperanza de redención, al mundo material de los sentidos.

Y ahí fue cuando el plan maestro del cura, se ejecutó con la depurada técnica del golpe de estado. La luz eléctrica titiló medio instante y un chasquido señaló el ingreso de la audiencia al reino de la oscuridad.

Pero para aumentar la confusión, no pasó nada. Nadie desertó. Nadie sufrió de angustia, de pánico o de depresión. La gente ni se percató, como si el apagón que gestionó el Padre Müller para silenciar a la palabra profana, no hubiese sucedido. La impecable maniobra de sabotaje del grupo que animó el cura, «en nombre de Dios» permaneció inédita, como si no hubiese sucedido.

– Padre Müller –explicó el ingeniero– la culpa fue de esa enorme luna, que coincidencialmente se estacionó en la bóveda celestial, al momento que le ordené al muchacho que usted me envió, cortar los cables del fluido eléctrico.

Si hubo alguien que se percató del corte de energía, seguro que lo atribuyó a algún efecto especial planeado por los tipos de la tertulia, con el propósito de crear un ambiente más íntimo que armonizara con la cháchara del *cuentero*.

José María se olió la amenaza, pero no perdió el hilo de la historia. Hizo un visaje discreto para que Naúl investigara lo del corto circuito y continuó como si nada.

Con la paciencia y el preciosismo de un tejedor de trenzas de filigrana, con la paciencia creativa de un anudador de alfombras mágicas, con el tiempo disponible que goza un anacoreta jubilado y con la misma intransigencia del gusano que dedica la mitad de su vida a envolverse de seda en su capullo para poder despertar convertido en mariposa, así, poco a poco, el cuentero resultó fascinando a las muchachas.

Y fue cuando el cuentero hizo la única mención a la súbita oscuridad, recurso que justificó para hacer más visible, por contraste el milagro de la luz. «Vamos a participar en un juego reservado a los dioses que se llama Creación». E invitó a cada una de las mujeres a inventar palabras nuevas, dotadas con la potencia nuclear de transmitir las emociones del «amor».

O el sonido de la palabra «amor» pringaba, o la energía retornó de repente para electrocutar el sistema nervioso de la señorita Inocencia, la secretaria del cura Müller, porque ella se cimbreaba impúdica, cada vez que otra expresión asociada con el amor chisporroteaba en el aire.

Y, contaminadas ellas con la misma fuerza creativa del *cuentero*, se entregaron a inventar palabras merecedoras de un renglón en el nuevo diccionario erótico de la Academia. Surgieron de esta obra colectiva vocablos –que aunque desconocidos– contenían en tres sílabas universos rebosantes de vías lácteas.

– Las carabelas arribaron a este Nuevo Mundo cargadas de palabras carentes de significado. El primer hallazgo que maravilló a los descubridores fue que en estas tierras infinitas jamás existieron los objetos para los que sus palabras fueron inventadas. En compensación, retornaron a Europa con otra carga de vocablos inéditos que los ilustrados de los reinos ibéricos se confesaron incapaces de interpretar, porque desconocían las maravillas que describían las nuevas expresiones: *canoa, huracán, hamaca, tiburón, ají, chocolate, aguacate, tabaco...*

El grupo de vendedoras de la plaza, que debieron colarse sin vergüenza pues nadie las invitó al evento, también se animaron a inventar barbarismos cargados de significados. Eran palabras como ellas, sin alcurnia, ni ascendencia noble, ni raíces clásicas. Palabras incapaces de demostrar vínculos legítimos con declinaciones latinas, ni con raíces griegas, palabras tan extrañas que, incluso, fue necesario –esa misma noche– inventar frutas, nabos, verduras y tubérculos prodigiosos, en el intento de hacerlos casar con la sonoridad de cada uno de los vocablos que crearon.

A nadie le importó que el parlamento del *cuentero* superaba ya las dos horas y media, y que las chicas a esa hora ya debían estar de retorno a su trabajos de inventoras de fábulas eróticas.

Doña Paloma viuda de Sourdís quien permaneció discreta, a la sombra, sin dejarse notar, de súbito no pudo resistir más la impresión del trance. A contrapelo de las advertencias de sus veintinueve compañeras de la Fundación que le suplicaban «que por caridad no fuera a hacer el oso», se liberó de las dos sirvientas que la escoltaban y avanzó resuelta hacia la tarima. Cuando alcanzó la primera fila, expulsó de su asiento a una chica que parecía hipnotizada y se trepó sobre el butaco. Sin pudor y sin vergüenza, abrió sus brazos hacia el cielo y en el clímax del éxtasis exclamó:

– ¡Gracias Dios mío! ¡Gracias por enviarme este exorcismo!

Tres horas más tarde, el *cuentero* les reveló la magia de las metáforas ¡Ay mi madre! Ahí sí perdieron todas por igual, razón, sueño, brújula y afán .

Con la guía del *cuentero* identificaron las leyes de la física que gobiernan la métrica de las canciones de trovadores y juglares, la forma cómo se ilumina un poeta y con ingenua curiosidad buscaron la manera de armar poemas usando trucos de mecánica clásica.

Se atrevieron, incluso a esculcarle los riñones a los versos de Neruda con la idea de descubrir su mecanismo, la constante de su música, la piedra filosofal que lo inspiraba, hurgaron entre sus decasílabos, sus sonetos y su canto general, buscando el resorte del sentimiento, la caja de resonancia de la música, la forma en que encajaban y se relacionaban los piñones de la inspiración, le hicieron inventario a los dientes de cada piñón para admirar en esa caja de música la forma cómo se van armonizando los versos para vestirse, unas veces de poemas de amor y otras de elegías. Contaron los remaches que unen las letras para formar cada palabra y, al final, se vieron incapaces de volver a armar el complejo mecanismo y sus engranajes.

– Capitán Carrizosa, ¿esa de allá atrás, pálida y extasiada, a punto de levitación, no es la señorita Inocencia, la secretaria del cura?

– Permítame la enfoco desde este puesto de observación… ¡Positivo el civil! Apreciación correcta. Es ella.

Sí, claro, era la señorita Inocencia. Con ese gesto de placidez dibujado sobre su rostro, le importó un higo que ahí, en semejante ambiente de guarichas, quedara en evidencia su exótica presencia.

Al concluir el evento, las treinta piadosas matronas, socias de «Fundación de la Madre Soltera», abandonaron el establecimiento bizqueando de la emoción ante la certeza que esa noche se graduaron de poetisas.

Incluso Pepa, la marchanta más joven de la plaza, dio testimonio al día siguiente de haber experimentado esa sensación narcótica de flotar por encima de las copas de los árboles del patio.

Ni qué decir de Valentina Zuleta, quien confesó que con el eco de las palabras del *cuentero* resonando en su cerebro resultó presa de un tal «desdoblamiento astral», o por lo menos de una sensación de levedad, como si se hubiese trasladado por telequinesis a otro umbral del Universo.

La madrugada sorprendió a las casi mil mujeres –que el gordo Celaya calculó erróneamente a ojo como «316 hembras sentadas y otras 111 de pie»– plenas y dichosas por haber encontrado abiertas –de par en par– las puertas de la inspiración.

Las «mujeres de la vida» de Puerto Galeón se fueron a acostar vencidas por la felicidad, embriagadas de poesía, dichosas de gritar a voz en cuello «¡nos tuvieron en cuenta!» y convencidas que la verdadera liberación consiste en descubrirse a sí mismas.

Entre tanta calentura retórica, brotarán alrededor de la figura mítica del *cuentero,* admiración desbordada y odios irrefrenables.

Ese es el precio que deben pagar quienes se atreven a crear y a creer, en voz alta.

43

Señales celestiales y guiños terrenales...

Desde aquella mañana cuando el irrespetuoso uruguayo desencadenó la ira santa del padre Müller con su insolente interpretación de «*La Creación*», el artista empeñó su suerte.

Ahora, había llegado el tiempo de cobrar esa deuda.

El padre «*trinitro*» no se limitó a machacar su fanática diatriba contra los pastores gringos, sino que, por asociación diabólica, incluyó a Naúl y al *cuentero* en la lista de los enemigos de la Iglesia. De encime, trepó los niveles de peligrosidad de los miembros de la tertulia a niveles satánicos. Las beatas se alebrestaron y corrieron a respaldar con fe ciega la autoridad divina de su pastor.

– Señorita Inocencia, no exagero. Se trata de un espíritu del mal, de altísima peligrosidad, que surge de las sombras del averno. Es un desvergonzado anarquista, que osa burlarse de sí mismo y, de paso, se burla de la solemnidad de la iglesia. *¿Sí o sí?*

Como la señorita se hizo la desentendida, el cura le ordenó:

– ¡Haga pasar a nuestro joven *cruzado*!

– Buenas tardes su reverencia. Aquí estoy para lo que mande.

– Emiro, lo mandé a llamar con urgencia. Yo también recibí la misma señal divina. Le confirmo: ¡Usted es un enviado de Dios!

El joven reaccionó nervioso y se mojó con saliva la punta de los dedos para alisarse el cabello rebelde.

El cura agarró del brazo a Emiro, salió de la oficina e ingresó a la iglesia que a esa hora se encontraba en penumbra.

– Lo mandé a llamar porque ya llegó el *Anticristo*.

– ¿Aquí, al puerto, su excelencia?

– Claro. Le recuerdo que fue su misma patrona, la señora Paloma viuda de Sourdís, quien primero denunció su arribo en la nota que usted mismo me trajo. Mire, lea: «*se nos coló el Anticristo*».

– ¡Ay! ¡Ave María Purísima!

– Quien representa el *Anticristo* es ese tipo de manos grandes y bigote poblado, que llaman Naúl. Se hace pasar por artista, pero en realidad es un bolchevique, anarquista internacional, que organizó en el puerto, una célula de veinte conspiradores para cumplir órdenes directas del mismísimo Belcebú. Predica con una Biblia, que fue escrita por un ruso –desde el infierno– en la que se ordena destruir a la iglesia, no obedecer a la autoridad, disolver la unidad de nuestras familias y vivir en el libertinaje. Miles de fieles cristianos se han acercado a la parroquia para denunciar que Naúl pregona por las calles la presentación de un extranjero depravado, que es el mismísimo *ángel del mal*. Sus cómplices practican todas las tardes la *magia negra* utilizando como pretexto la participación en torneos de poesía.

– ¿Y yo qué pinto ahí, su reverencia?

Sin darle tiempo para tomar aire, el padre «*trinitro*» le hizo una vívida descripción de los días que estaban por venir. De los rayos y centellas que caerían del cielo, las explosiones siderales, la colisión de los cuerpos celestes, el desbordamiento de los océanos, el acercamiento imparable del sol y los cuerpos achicharrados de los infieles pudriéndose en las calles, mientras los justos se elevarían –entre trompetas y alabanzas– hasta el cielo. La mezcla de visiones infernales alcanzó el paroxismo gracias a que la parábola le fue relatado a Emiro en voz baja, en un tono de secreto de Estado, y en la esquina más oscura de la iglesia.

Una de las lechuzas blancas que anidan arriba en el campanario– pasó en vuelo rasante por encima de estos santos conspiradores, dejando una estela de olor acre, como a plumas mojadas. Emiro no pudo disimular el escalofrío que le heló el espinazo.

– Ahora debes permanecer toda la noche, aquí, en esta iglesia, en rigurosa vela, soledad, ayuno y abstinencia para reflexionar, orar y aceptar el santo designio que recibes.

Emiro tragó saliva y extrajo, de la última concavidad de su pecho, un hilillo de voz:

– Como mande su reverencia.

Esa tarde, el fundamentalismo religioso ordenó silenciar las voces disonantes. Y la ignorancia –que es el caldo de cultivo donde florecen los dogmas– aceptó sacar del medio a los intelectuales envueltos en esta conspiración del mal, sin contemplaciones ni preguntas.

Si en aquella noche de la tertulia «*sólo para las mujeres de la vida*» se operaron milagros, los efectos posteriores fueron cosa de portento.

No existen documentos ni testimonios fehacientes sobre otras reuniones del *cuentero* con las chicas, pero que las hubo, las hubo –y clandestinas– juran los que saben.

Lo realmente maravilloso fue el súbito cambio de orden del día de las coquetas. La resaca resultante de tan potente dosis de poesía las hizo caer rendidas en los brazos del romanticismo. Descubrieron que el amor no se reduce a coqueteos y grititos, sino que el amor –según el tal Sócrates– se encuentra dotado de un alma de verdad, verdad, como la que portan los cristianos de a pie.

La poesía se puso de moda. Unas veces como vicio solitario, otras, como orgía creativa.

Cuentan que en una exclusiva casa, reputada por sus prostitutas francesas, las chicas se entregaron, sin condiciones, en los brazos de la poesía, y que trepadas, en esa obsesión, buscaron las claves para su inspiración en el canto de las aves. Juran en Puerto Galeón que ellas lograron descifrar el código que da sentido a los trinos de amor de los canarios machos, hallaron la clave que da luz sobre los mensajes nocturnos de galanteo entre las lechuzas blancas y explica el testimonio vocinglero que traen en sus laringes, esos alegres papagayos tricolores –disfrazados para un carnaval de máscaras perpetuo– que, para burlase de sus captores, terminaron repitiendo las palabras que se inventaron los humanos.

En otra casa, en el colmo de la euforia, las muchachas recortaron miles de palabras de libros y revistas, y las arrojaron desde la azotea al jardín, con la esperanza que al descender ingrávidas, el azar, ayudado por la brisa, produciría los versos más originales.

Otras chicas se obsesionaron por aprender geografía por cuenta de los relatos de los juglares de gesta. En sus testimonios se adentraron en bosques encantados, en serenas lagunas azules, entre los bosques brumosos de Transilvania y hasta atravesaron el desierto de Gobi a lomo de poemas.

Incluso se habla que muchas de las privilegiadas «mujeres de la vida» que asistieron a esa inolvidable noche de malabares retóricos y eróticos que propuso el *cuentero*, se retaron en los años subsiguientes a batallas campales en las que usaron, a manera de munición, rimas, versos y poemas, de variados calibres.

Los 21 peripatéticos filósofos de la tertulia se volvieron famosos. Trajeados de blanco y en estado de éxtasis etílico, visitaron con frecuencia bares y bailaderos para ser homenajeados como profetas del amor.

Para corresponder a la generosidad del *cuentero*, Teresa entusiasmó a cien pichonas para que organizaran un taller literario. De entrada, nombraron al *cuentero* como representante «ad honorem» de las mujeres de la vida», en la vía láctea y galaxias vecinas. Lo cargaron de cartas credenciales escritas con el almíbar de la rima, y perfumaron dichas cartas con fragancias exóticas, convencidas que así le proveían aliento vital a sus palabras. Al final, se rotaron un gordo lápiz de grasa, el mismo con el que se agrandan los ojos, para rubricar el documento de constitución de su taller. Todas coincidieron en dibujar la misma «*equis*», confesando así, sin la menor vergüenza, que ninguna de las cien sabía firmar.

La experiencia que esa noche vivió doña Genoveva resultó plácida pero, acompañada de una extraña sensación de alarma. No por ella, pues disfrutó de la presentación como no recordaba antecedente, sino porque sintió la magia de las palabras en un ambiente extravagante, en compañía de mujeres tan peculiares, que por instantes se sintió de gira turística por *Sodoma* y *Gomorra*. Lo que al final le prendió las alarmas fue el estados de éxtasis contemplativo en que vio envuelta a Valentina.

– Abuela, siento como si hubiese sido iluminada por la fe, pero no me puedo explicar qué fuerza magnética es la que me atrae.

Como resultado de esa confesión, doña Genoveva decidió colocar ojo avizor sobre la conducta de Valentina, porque esa curiosidad infantil que la acompañó durante doce años, admirando, ingenua, todo lo que hacía el «Tío Naúl», se convirtió a sus 18 en obsesión con el nuevo profeta que aterrizó en su casa.

Entonces se dio mañas para alejarla de la nueva luz que la hechizaba, y del campo magnético que la atraía. ¡Qué paradoja! Ella debió reconocer que a su edad, en su carácter de abuela y matrona, también disfrutaba de la magia cautivante de José María. Tener el privilegio de participar con el *cuentero*, en esas charlas privadas de sobremesa, era como asistir cada noche a un doble de cine de aventuras –en el gran cine Mogador, el más grande de Puerto Galeón– narrado por los propios actores de Hollywood, en vivo y en directo, y de manera exclusiva para ella.

Cuando la niña Genoveva se olió que era preciso colocar distancia prudencial entre la juventud de su nieta y las tentaciones de la carne, se inventó un viaje a la sabana profunda, allá donde su hermana menor fungía como mayorala de la enorme hacienda ganadera de los Valdeblánquez, que ambas heredaron.

La tarde cuando Valentina fue notificada por su abuela sobre el inminente viaje ¡Mi Madre! ¡Qué desconcierto! Ella sintió el desplome del universo. No se encontraba mentalmente preparada, ni encontró argumento para quedarse, ni vía posible para desertar. En medio de la desesperación decidió dejar testimonio –por escrito– de lo que le dictó su corazón.

En medio de las carreras por el viaje y acosada por los gritos de doña Genoveva, apenas tuvo tiempo para garabatear siete palabras: «*Aún no partes... y ya te extraño*» Firmó el mensaje con el colorete de sus labios, perfumó el papel y lo deslizó bajo la sábana de la cama de José María.

Así se reeditó la historia del amor imposible, cuento de nunca acabar: ella con menos de veinte, él cerca a los cincuenta.

A pocas cuadras de allí, las treinta doñas que reinaban todos los martes en el Club del Comercio para ayudar con sus manualidades a la «Fundación de la Madre Soltera» también se confesaron tocadas. Las palabras del cuentero las afectó de manera tan profunda, que ahora se sintieron iluminadas. Percibieron que su papel en Puerto Galeón no era el de *ángeles de la discordia*, sino el de animadoras del perdón y la reconciliación.

Acudieron en grupo y sin cita previa a la oficina de la parroquia. El Padre Müller les escuchó, con pasmo, el cuento completo. Como si lo hubieran ensayado de antemano, las damas alzaron sus voces, una, tras otra, en orden y con derroche de convicción.

– Padre no perdamos esta oportunidad de reconciliación. Ese hombre tiene el don de la palabra. Y es mejor verlo alineado en las huestes del Señor que en el campamento contrario.

– Padre, invite al Señor José María, no se pierda la oportunidad de conocerlo.

– Envainemos las espadas, bajemos los escudos, mostremos nuestras manos desarmadas, ensayemos gestos de reconciliación.

Al padre «*trinitro*» no le molestó la actitud entusiasta y a la vez mansa de las beatas, lo que le resultó chocante fue ese sentimiento de arrebato y veneración hacia el *cuentero*. Lo vio como el altanero desafío de la palabra profana a la palabra divina. Pero las mujeres no cedieron un ápice, antes bien, arreciaron sus demostraciones de admiración por un extranjero que pringaba con sus palabras de esperanza.

La encargada de ponerle la tapa al pomo fue la mismísima señorita Inocencia, la secretaria de su reverencia, que pese a no estar incluida en la comitiva, metió la cucharada sin permiso. Quizás se contagió por el virus de la sinceridad. Lo cierto es que cruzó la línea de la prudencia y sin la menor vergüenza confesó «me siento iluminada por las palabras que escuché sobre el amor».

El cura la miró de arriba a abajo cual si se tratara de algún ser extraterrestre en estado de intoxicación etílica, pero ella ni se percató, porque continuó de largo con su sermón sobre el amor.

– Es importante que todos crezcamos en la tolerancia, el respeto al prójimo y el amor a los demás. Si alguien debe dar ejemplo de sinceridad es la Iglesia y la iglesia está constituida por los fieles. Si alguien debe encabezar un movimiento de reconciliación somos nosotros, porque Dios está hecho de amor.

El padre Müller rumió durante dos días el testimonio de las damas. Concluída su caprichosa clasificación sobre «los buenos y los malos» de la película, citó al capitán Coscarelli, comandante de la policía en Puerto Galeón.

– Quiero advertirle, comandante, que esos librepensadores y comunistas que se citan todas las tardes en la tertulia están convocando a reuniones sediciosas. Allí emplean toscos trucos de ilusionismo para engañar a nuestros fieles y las mismas tácticas de lavado de cerebro que emplean los pastores protestantes *gringos*.

– *¿Gringos?*

– Pues éstos no serán *gringos – gringos*, lo que se dice *gringos*, pero son extranjeros. Al fin y al cabo ¿no es eso lo mismo?

– Padre ¿y luego usted no es *gringo*?.

– Yo puedo ser de origen alemán pero soy el enviado de Dios en este puerto y Dios no reconoce fronteras ni es extranjero en ninguna parte del universo. Le recuerdo, capitán, Dios no necesita permisos, ni pasaporte, ni que usted le estampe una visa de entrada a este puerto de pecadores.

– En el caso del levantamiento popular que usted sugiere, yo no tengo suficiente pie de fuerza para contener a la chusma.

– Ese es su problema capitán, por no cortar de raíz el problema cuando se lo sugerí hace algún tiempo.

– ¿Sugerí?

– Mi memoria es infalible. Yo le dije: elimine a los cabecillas. Póngalos presos. Son extranjeros. Expúlselos o lo que sea. Están atentando no sólo contra el gobierno que le paga su sueldo, sino también contra el gobierno divino que yo represento.

– Déjeme consultar con mis superiores, su reverencia.

– Su único superior es el de Arriba. Esos agitadores están suplantando la palabra divina para sublevar al pueblo.

– ¿La *palabra*? ¿Y en qué partido militan o a qué potencia extranjera representan? ¿Es ilegal usar la tal *palabra*?

– El *don de la palabra* es de origen divino. Emplean el poder de la palabra, para alentar experiencias de hipnotismo colectivo, y ahí está el demonio. Con esas acciones retan el poder de Dios.

– Pero padre Müller, si ni siquiera hemos podido evidenciar que porten armas.

– ¿Armas? Capitán, están utilizando el arma más poderosa: ¡La *palabra*!

– El arma que me habla su reverencia ¿de qué calibre es?

– Capitán, míreme a los ojos. Si usted no actúa contra esos descreídos, Dios se va a manifestar con un cataclismo que, como en los tiempos de Sodoma y Gomorra, va a arrasar, hasta con los cimientos de este puerto.

– ¿Cataclismo?

– Sí. Lloverán rayos y centellas. Una tormenta le rebullirá los intestinos a esas casas de perdición donde se aloja el pecado. ¿Queda advertido capitán? Esto se nos salió de las manos.

Esa noche el capitán Coscarelli abandonó la casa cural convencido que en Puerto Galeón pronto irían a conocer el lado oscuro del sol.

44

El delirio de los celos...

El sermón dominical: «¡Malditos! Los extranjeros que pretendan competir con la Palabra de Dios» lo estrenó el padre Müller en la misa de 5, lo perfeccionó en la de 7 y para la misa de 12 se había constituido en obra maestra de la oratoria sacra, local.

Como quiera que la diferencia doctrinaria entre conservadores y liberales consistía en que los primeros madrugaban a misa de cinco y los progresistas acudían a misa de siete, pues ese mismo domingo, todos los de a pie quedaron enterados de cómo luce la ira santa en su versión prusiana.

Al mediodía el sol reverberaba afuera, pero la iglesia se mantenía fresca con sus puertas abiertas a los cuatro vientos. Es que a esa hora se citaban allí, la brisa que viene del mar, con la que baja de la sierra; el viento caliente del interior con las ventiscas de la ciénaga; y las familias de rancios apellidos con las autoridades civiles y militares. En medio de tan armonioso clima, la burguesía local escuchó la patriotera diatriba del cura y la llamada a sus cruzados para que defendieran «nuestras tradiciones judeo–cristianas amenazadas en mala hora por la corrosiva influencia de anarquistas extranjeros».

Los escasos agnósticos y ateos que no asomaron sus apéndices nasales en ninguno de los tres oficios se enteraron antes de la siesta sobre el nivel de intolerancia confesional que se empezó a padecer en Puerto Galeón.

El sermón de ese domingo no se quedó prisionero entre los muros de la iglesia, sino que el eco rebotó el lunes, en la página quinta, donde «El Caribe Times» funge de faro doctrinario para orientar a la siempre despistada opinión pública del puerto. Don Fidedigno Hurtado derrochó palabras para descalificar a «los intelectuales de la tertulia, que aprovechan su privilegiada posición económica y social para atentar contra las instituciones y subvertir el orden. Ejemplo de esa reprochable conducta fue el espectáculo patético que organizaron so pretexto de un acto literario, en un establecimientos de baja estofa, en un ambiente de promiscuidad, en el que –según fuentes que prefieren mantener su anonimato, por miedo a represalias– se improvisaron actos de magia negra con participación de damas cultas (que fueron llevadas allí con engaños) y de mujerzuelas de dudosa conducta. Estos saturnales desenfrenados se constituyen en motivo de vergüenza para este puerto que goza en todo el Caribe de merecida fama por su cultura, civismo y urbanidad».

La orden del día para la tertulia del lunes la definieron el vibrante sermón y el empalagoso editorial.

– ¡Mierda! Esto huele a guerra santa –abrió la tertulia el señor Libanati.

– Pero es una guerra sin moral ni justificación. La carreta del cuentero no reta los dogmas de la Iglesia, ni es contraria a los asuntos de fe, ni transgrede las fronteras celestiales.

– Es que el padre Müller sufre de un pecadillo muy humano: el delirio de los celos.

– Si yo estuviera debajo de su negro bonete también estaría celoso. Es que la fuerza magnética de la convocatoria al evento y ese poder subyugador de la palabra del *cuentero*, provocaron que todas las féminas en este puerto, desde las virtuosas hasta las pecadoras, coincidieran en reconocerse, sin vergüenza, como *«mujeres de la vida»*.

– ¡Las mujeres de Puerto Galeón demostraron esa noche lo que es la verdadera democracia!

– Que a los machos no se nos arrugue ahora la habichuela. Si nos

silenciamos hoy, le estaremos dando al cura y a «El Caribe Times»
toda la justificación para que nos persigan y acosen.

– Ahora es cuando tenemos que gritar más fuerte.

– Sí, pero no vale la pena controvertir con el cura.

– ¡Cuidado! Su estrategia es hacernos cometer errores para colocarnos al margen de la Ley.

– Inventémonos un evento de mucho impacto, transparente, amplio, incluyente, neutro, que no se preste a interpretaciones torcidas y que nos quite de encima ese *sambenito* que nos adjudicaron de ser unos vulgares conspiradores contra la Iglesia –recomendó el gordo Celaya.

– Debemos restarle pretextos al cura y neutralizar la pluma viperina de don Fidedigno. Organicemos un evento que nada tenga que ver, ni con mujeres, ni con palabras.

– ¿Y qué se les ocurre?

Durante tres horas no salieron del remolino de «hay que hacer algo» El debate sobre el rumbo a seguir resultó tan intenso que los dos ventiladores se vieron a gatas para mantener durante tres horas la frescura en el ambiente. A punto estaban de capitular cuando una propuesta de Celaya sonó como música celestial.

– Ya se demostró el poder encantador de la *palabra*. ¿Qué tal si ahora intentamos un encuentro para demostrar el poder subyugador de la *música*?

– ¿*Música*? –respondieron en coro más de diez sorprendidos.

– ¿Qué diablos puede hacer el *cuentero* con la música?

– Antes de continuar con nuevas especulaciónes, sugiero que primero nos pongamos de acuerdo en lo que estamos de acuerdo –recomendó el notario Buitrago–. Sometamos a votación la idea de darle una oportunidad a la música, y, si prevalece la idea, se la consultamos al *cuentero*.

Naúl anunció que se había agotado el tiempo para más debates y que necesitaba un sombrero para recoger los votos.

– Escrutados los votos –anunció el capitán Carrizosa, al tiempo que consultaba las anotaciones de Celaya– esta mierda de la música queda aprobada por… ¡Unanimidad!

– ¡Moción de orden! –gritó don Aquileo, el empresario de pompas fúnebres–. Para que nadie en el puerto piense que estamos montando una conspiración de campanario y que pretendemos invadir los terrenos celestiales, se prohíbe allí, la interpretación de cantos gregorianos y litúrgicos, kyrios, himnos, salmos, misereres, alabados y tedeums.

– ¡Moción de orden! –gritó el doctor Juancho Mora, al tiempo que le dirigió una mirada a Naúl– se prohíbe esa lunática promoción que pregona «la actuación de un reconocido experto internacional en *sexo oral*».

Todos le regalaron una mirada a Naúl, con el ruego tácito que moderara la intensidad de la promoción.

– ¡Moción de orden! –gritó Libanati– ¿Qué nombre le pondremos?

– ¿Al *cuentero*? o ¿al evento? –preguntó Naúl.

– Al evento, boludo.

– Para no correr el riesgo que se nos funda otra neurona, reconozcamos que este evento ya lo parimos con nombre y apellido –respondió el uruguayo–. «*¡La música tiene la palabra!*»

45

La música tiene
la palabra...

El *cuentero* acababa de regresar de una correría de doce días que lo llevó desde el sector amurallado de Puerto Galeón, hasta lo profundo de los ríos y la ciénaga. Estaba fascinado por la oportunidad de redescubrir la epopeya de los cimarrones que en el siglo XVII se rebelaron contra la esclavitud en el Caribe.

José María convivió diez días con los herederos de los herederos, de los herederos de esos negros alzados contra la opresión, que construyeron sus *palenques* en la mitad de la espesura, para pelear, desde allí, su derecho a vivir en libertad.

– Cada negro sabía a quién pertenecía –explicó–. Sobre su pecho podía acariciar la cicatriz al fuego con las iniciales de su amo, tatuada con esa tosca herramienta de hierro –al rojo vivo– que denominaban «*carimba*».

– José María, en ese ambiente que acabas de conocer, ¿qué posee más fuerza, la música o la palabra?

– ¡El deseo de libertad!

– ¡Mierda! ¡Ahora sí nos jodimos! Parece que estos negros lograron chiflar al único que parecía cuerdo entre nosotros –apuntó Naúl.

En el intento de alejar al *cuentero* de semejante monomanía de ponderar la tal «libertad», los 21 miembros de la tertulia debieron parar oreja durante horas y más horas sobre la experiencia que acababa de vivir el *cuentero* con los descendientes de los yorubas que fueron arrancados por los tratantes de esclavos de la margen derecha del Río Níger, con los tataranietos de los carabalíes traídos de Gabón y con los choznos de esos mandingas desgarrados del río Volta, que fueron vendidos como animales a éste lado del océano. Y así –poco a poco– con paciencia y maña, sin presionarlo demasiado, lo fueron sacando del tema de la esclavitud… hasta acorralarlo contra las cuerdas de la música.

– José María, en la tertulia convinimos en concertar un mano a mano entre la *música* y la *palabra*. ¿Qué opinas? –le preguntó Celaya.

Como el *cuentero* no respondió, el capitán Carrizosa contraatacó:

– Que la música le dé un sorpresivo golpe de mano a la palabra será un experiencia táctica inolvidable.

Dispuesto a romper el terco silencio del *cuentero*, saltó el gordo Libanati.

– José María, ¿qué opinas? ¿Es la palabra la que se adueña de la música o es la música la que le impone las condiciones a la palabra? Por favor, ayúdanos, a resolver este galimatías.

Naúl se levantó de su silla y avanzó directo hacia el *cuentero*, seguro de tener la fórmula para destrabarle su mudez. Le propinó una amistosa palmada en la espalda.

– Compadre, no joda, no se haga el rogado. Ponga fecha yo me encargo de promover el desfile del circo: «¡Señoras, caballeros y niños! ¡Culto público de Puerto Galeón! El primer sábado del próximo mes. ¡Única presentación del espectáculo: "la música tiene la palabra"! Boletas a la venta, ya. Estudiantes, sirvientas y militares sin graduación entran gratis. Grupos familiares de más de cinco parientes, tarifa especial. ¡No se pierdan este espeluznante duelo entre la música y la palabra!»

– «¡¿*Duelo*?!» – lo interrumpió un coro de reclamos.

– ¿Otra vez *duelo*, Naúl? ¿Es que no escarmientas? Recuerda que la palabra «*duelo*» está prohibida en este puerto –apuntó el capitán Carrizosa.

El *cuentero* por fin abrió la boca, para deslizar un comentario sin compromiso.

– Jamás he intentado mezclar *música* y *palabras*.

El capitán Carrizosa ofreció solucionar lo que el llamó «el problema logístico»: asegurar «que los músicos llegaran a dónde era, el día que era, y a la hora anunciada». Mojó la punta del lápiz, mientras pensaba, y consultó con la mirada al gordo Celaya.

– En cinco semanas tenemos listo el circo. ¿Cierto Celaya?

– No estoy diciendo sí… tampoco, no… pero que suena… suena –concluyó el *cuentero*.

Naúl llegó a su casa con el entusiasmo desbordado. Aprovechó que la patrona no estaba, y comió con Buenaventura en la cocina.

– Aspiro a que la niña Geno y Valentina regresen a tiempo. Eso de la música promete ser un espectáculo inolvidable.

Naúl desconocía la angustia que a esta hora padecía doña Genoveva por cuenta del impacto emocional que el cuentero provocó en Valentina.

– ¿Y no que la función a la que asistimos era la única presentación del señor *cuentero*? –preguntó Buenaventura.

–Eso pensábamos, pero esa noche todos quedamos en estado de *shock* y la gente aún se pellizca para comprobar si el tal encuentro con «las mujeres de la vida» fue algo real o se trató de un hábil espectáculo de ilusionismo.

Una vez se definió la fecha del encuentro, la tertulia varió su centro de gravedad. Abandonaron la bodega del turco Badel y se instalaron en el café de la plaza. Concertaron con los músicos del puerto echar a correr la noticia hacia todos los *nortes*, pero con el ruego de no aludir a la blasfemia del «experto en *sexo oral*».

Gracias a semejante patrocinio, el chisme trepó ágil, hasta lo más alto de la sierra, allá donde aún se escuchan –entre gasas de niebla– unas melodías milenarias que sugieren el viento y el mar, más el trinar de los pájaros, sonidos que los nativos reproducen con sonajeros de caracoles y conchas, pitos de cerámica, flautas de caña dulce y hueso, y maracas de calabazo y corozos, cuidando que el timbre corresponda fiel, a las mismas melodías con las que saludaron, cuatro siglos atrás, a los conquistadores.

La noticia del encuentro también se dio mañas para llegar hasta los últimos confines de las grandes haciendas de la sabana, allá donde se dan silvestres poetas, guitarristas y acordioneros. Ellos son los herederos de juglares medievales, trovadores y «cantores de gesta», cuyas tradiciones viajaron de polizones a bordo de las carabelas, para convertirse, aquí en la sabana, en sones montunos, estribillos y coplas.

Y la noticia llegó, incluso, hasta los confines de la extensa ciénaga, a la otra orilla, allá donde el espejo de agua comparte frontera con el firmamento, lugar remoto donde resuena prístina e inalterada la música africana, grabada al fuego en los genes de aquellos descendientes de yorubas y bantús que desertaron de encomiendas y haciendas para defender, desde sus palenques y quilombos, el último jirón de libertad que les quedaba y el derecho a una cultura de la que fueron despojados con barbarie.

En una semana quedaron notificados de la convocatoria todos los músicos, no sólo los cultos maestros que en Puerto Galeón leían partituras, sino también aquellos trovadores de oído que jamás hollaron un conservatorio, ni participaron en peripatéticos coros sacros, ni se formaron en escuelas o academias.

Con esa sensación de «única oportunidad en la vida», cientos de músicos iniciaron su peregrinación hacia Puerto Galeón, para cumplir la cita de ese sábado, fascinados con la promesa de un espectáculo de malabarismo verbal, a cargo de un legendario *cuentero*, «venido de no sé qué reino de la fantasía, ubicado en la otra orilla del planeta».

46

Las maravillas de
la improvisación...

A las cuatro de la tarde de ese sábado, José María y Naúl se atrincheraron en las dos mecedoras vienesas que en el corredor de la segunda planta se mecen a la sombra de los helechos. El cuentero se empezó a abanicar con el sombrero, al compás de dos por cuatro, mientras coordinaba sus pensamientos con el vaivén de la mecedora. Era tanto el calor húmedo de esa tarde, que hasta para hablar se sentía pereza. Naúl cerró los ojos y, en segundos, dormía plácido, con la inocencia de un recién parido; el único signo vital apreciable era la punta de sus enormes mostachos de manubrio, que aleteaban al vaivén de su respiración.

El peso de tanto silencio se rompió a las seis cuando una de las siete ayudantes de la cocina, ingrávida y descalza, apareció en la segunda planta –con la levedad de un espejismo– portando una jarra de cristal con agua de tamarindo, una botella de ron y dos vasos. Como si el tintineo del vidrio fuera el timbre del despertador, el solar del fondo resucitó de repente. Un ejército de voluntarios empezó a colocar sobre el amplio terreno, sillas y taburetes, a preparar mesas y flores, a dar órdenes y contraórdenes, a colocar cortinas, luces, reflectores y un entarimado.

Antes de las ocho, el calor ya había amainado, y entonces empezaron a asomarse a la puerta los primeros convocados. Ninguno ocultó su cabreo. El primero en arribar, quién lo creyera, fue el único que no estaba invitado: el señor Chiaraviglio, el organista.

Desde cuando el cura convirtió su púlpito en la trinchera moral para detener las descocadas presentaciones del *cuentero*, todo lo que oliera a sacristía, incluido, claro está, el organista, era considerado gas tóxico y letal por los miembros de la tertulia y, por efecto de simpatía, por quienes ya habían sucumbido al poder seductor del verbo del *cuentero*.

Curiosos, tímidos y recelosos fueron llegando... uno, tres, cinco, veinte... más de trescientos músicos, profesores de las tres bandas de Puerto Galeón, serenateros de esquina, trasnochadores de profesión y bohemios por convicción, *orejeros* casi todos.

– ¿Aquí es el lugar donde medirán sus fuerzas la música contra la palabra? –preguntó el señor Chiaraviglio, con su timbre de voz de barítono.

Naúl se asomó curioso por entre los helechos y aventuró su pronóstico:

– ¡Mierda! ¡Es el taliano, el organista! Me huelo que viene a espiar por cuenta de su reverencia. Esta noche si no hay chisme, hay sabotaje. O ninguna de las anteriores. Lo único que ya está escrito es el sermón de mañana domingo.

– Capitán Coscarelli: si usted no está notificado, yo sí. A esta hora le están arrebatando a su pastor el don de la palabra y la capacidad de amalgamar el rebaño del Señor mediante la oración y el amor.

– Padre, hay que obrar con cautela. Yo sigo sin una orden judicial para callar a esas personas, y no dispongo del suficiente pie de fuerza para controlar a una turba que se amotine en su defensa.

– Estos nuevos «*martín–luteros*» están impulsando un cisma entre los creyentes e invaden, impunes, las fronteras soberanas del reino celestial.

– Pero padre, entiendo que sólo se trata de una reunión de músicos y serenateros.

– Estos tipos van a terminar incendiando a este puerto y usted será el único responsable, capitán.

No fue más que estos rasgadores de guitarras y chupacobres, percusionistas y cantantes ingresaran al patio de atrás, y empezaran a superar el umbral de la timidez, y se fueran reconociendo como colegas del oficio, como parientes políticos, como compadres, como clientes de serenatas y amigos de juerga, para que el parrandón se tomara por asalto la noche.

Teresa parecía el *cometa Halley*. Corría rauda con su cola de sirvientas impartiendo ordenes, supervisando detalles, saludando aquí y allá. Cuando su errática órbita tocó la de Naúl, lo enteró del entusiasmo que ya subía como espuma en el solar.

A la ocho y treinta, sonó entre la mochila de Naúl el reloj despertador de dos campanas que mantenía en tiempos de paz cerca a su cama. Entonces le desactivó la alarma, se echó el último doble de ron de un solo trago y rebulló al cuentero.

– Compadre, despierte, llegó la hora de la verdad.

Con un bostezo largo, larguísimo, el *cuentero* ajustó la brújula de su conciencia.

– ¿Mucha gente?

– Muchísima.

– ¿Y qué putas esperan que yo les diga?

– ¡Mierda, compadre! No me haga dar escalofrío. Hay gente que ya ajusta una semana de viaje, con el único propósito de escucharlo.

En seguida, con la solemnidad que proyecta un alguacilillo en una tarde de toros, Naúl se calzó un sombrero de paño y plumas de avestruz –que por el tufo a alcanfor que despedía había sido extraído esa misma tarde de algún baúl de tiempos de la Colonia–. Empuñó la bandera blanca de la tertulia que exhibía «los hemisferios de la emoción y la razón» y con afectada elegancia le prodigó al *cuentero* tratamiento de «maestro matador». Le señaló, con venia incluida, el primer escalón, cual si se tratara de la puerta de cuadrillas, y con fingido acento andaluz soltó la fórmula sacramental: «¡Mataor, iniciamos el paseíllo ante el respetable!» Lo único que le faltó a esta cuadrilla fue la escolta de un varilarguero, dos picadores y tres banderilleros, porque hasta manolas hubo, sí, y en abundancia. Tan pronto Naúl y el cuentero se insinuaron en el patio, todas las hembras de la casa iluminaron sus sonrisas, como soles, y aplaudieron con el salero y alegría de un concierto de castañuelas. ¡Qué bellas! Parecían faraonas presidiendo el palco de honor en una plaza de toros y no asistiendo a una caótica parranda con musicos trasnochadores y bullangueros, que cuando arribaron a la cita ya venían lubricados con ron blanco. Ni los aplausos de las mujeres, ni la aparición del cuentero, ni las órdenes de Teresa, ni los aspavientos de Naúl, lograron calmar la algarabía.

Naúl levantó su voz y sus manos para demandar atención y las manolas le hicieron la segunda con un «*chisss*» prolongado… en esa agónica fracción de un segundo, en que reinó el silencio, José María se trepó de un brinco a una mesa y, sin esperar presentaciones, venias, ni florituras abrió la fresca regadera de su verbo con la misma desfachatez de quien dialoga en una isla desierta con su propia conciencia. Le soltó la rienda a la musa de su elocuencia y sus palabras galoparon desbocadas. ¡Qué derroche de seguridad! Le importó un higo que lo escucharan, o que lo ignoraran, porque él bien sabía que en los siguientes segundos, los indóciles se estarían arrepintiendo de la introducción que se perdieron.

Como si estuviera tejiendo en solitario un tapiz virtual con hilos de diez mil colores– el *cuentero* fue entreverando relatos fantásticos, de manera tan armónica, que en minutos todos se encontraban viviendo las «diez mil y una noches» de erotismo y excesos que en sus tiempos de grumete paladeó en los barrios prohibidos, de cien puertos, en los siete mares. Ese fue el recurso retórico para domesticar al caos de esa noche y para acomodar luego, sobre la alfombra mágica de su verbo, su tema musical predilecto: el *jazz*.

Para robarse la atención, narró con minucioso detalle la acción que él vivió en cada puerto. Desde las vitrinas donde se exhibían esos monumentos a la concupiscencia en el *Rosse Buurt* de Ámsterdam, hasta las peleas monumentales que armaban los marineros recién desembarcados en el *distrito del pecado* en Hamburgo. Pero enfatizó que nunca nada pudo superar a la aventura de escuchar el palpitar del *jazz*, en el mismísimo corazón del *distrito rojo*, del puerto de Nueva Orleans.

Cuando esa dosis de erotismo y aventura lograron capturar la imaginación de los presentes, el *cuentero* aceleró su trote verbal por entre las calles estrechas de Nueva Orleans para describir la época justa, cuando el *jazz* se fugó de la calle e ingresó jubiloso –vestido de carnaval– para oficiar su rito pagano en las casas de lenocinio de Storyville.

Atraídos por esos fabulosos relatos, adobados con la musicalidad onírica de sus palabras, los músicos se fueron arracimando sobre el entablado con la expresión alelada de los iniciados.

Entonces José María se metió de lleno a repasar el inventario de las exóticas influencias musicales que –allá en Nueva Orleans– se fueron amalgamando, en unión libre, hasta cuando el *jazz*, trajeado de etiqueta, entró soberbio a imponer sus condiciones en los grandes salones. Con la magia de su verbo, las contorsiones de su cuerpo, el movimiento de sus manos y la dosificación de sus silencios, este prestidigitador de la palabra fue reviviendo la alquimia de los metales y la transmutación de los cueros hasta llegar a ese caos responsable del fetichismo del *jazz*. Revivió en maravilloso desorden el sonido de las marchas militares que interpretaban grupos de desarrapados veteranos negros, con los instrumentos que heredaron de la Guerra Civil. Sus palabras lograron revivir el sordo tronar de los redoblantes, el saltarín «*tin– pan– tin*» de los triángulos, el estallido exuberante de los platillos de cobre, y para ambientar el clímax, describió con las palabras justas el berrido metálico de saxos y trompetas.

En su afán de completar con pinceladas verbales el retrato de ese ambiente libertino, José María fue relatando intimidades de ese paraíso de la concupiscencia, adonde convergían, sin cita previa, cazadores de pelo y fortunas, comerciantes honestos y de los otros, ricos hacendados del Mississippi arriba y pescadores del golfo, tripulantes de barcos venidos de ultramar y marineros de los «showboats», jugadores de *21* y *póker*, y contrabandistas de tabaco, ron, mujeres e ilusiones. Toda esta caterva de nuevos ricos satisfacía allí sus urgencias, curiosidades y fantasías.

El cuentero bajó el volumen de su voz como si pretendiera transmitir un secreto. Entonces todos los músicos, al unísono, estiraron sus cuellos y pararon sus orejas.

– Storyville poseía tanta vida propia que cada año publicaba su propia biblia de concupiscencias.

Y con la magia de su palabra zambulló entre ese catálogo de fantasías los deseos de todos los presentes. Qué descripción tan barroca de cada uno de los salones y de cada pecado en sus diferentes matices. Y qué seguro se mostró el fabulista al describir la belleza de las doncellas de las diferentes casas, no sólo con énfasis en la singularidad de su experticia para complacer, sino, además en la descripción matemática de cada Eva por su origen, tono de piel y mezcla racial, exaltando las cualidades de esas hembras pluscuamperfectas, las que portaban los mejores genes de la raza aria, con la mezcla justa de 1/8 de sangre de color.

En el patio no se escuchaba sonido diferente al que describía el *cuentero* de esos «*blues*» melancólicos y repetitivos de doce compases que cantaban los esclavos para acompañar su labor en las plantaciones y las piruetas vocales que en las iglesias metodistas y baptistas se inventaban los coros de negros durante el oficio del domingo. Sin perder la música grabada en el hilo narrativo de su testimonio, el *cuentero* se solazaba en detalles paralelos sobre el Distrito, donde la prostitución, el relajo y el vicio lograron forjarse un tono de respetabilidad corporativa, y donde las *madames* de los burdeles tallaron, sobre la roca de la moral victoriana, una reputación de leyenda.

Si la audiencia parecía extasiada, el señor Chiaraviglio lucía perplejo. Sus azules ojos los colocó en blanco, y se declaró sin complejos, como ido. Nadie osaba carraspear y las copas de las acacias y las palmas que se alzaban majestuosas por encima del tejado dejaron de mecerse con la brisa para no distraer al respetable.

Entonces José María se derramó en prosa sobre el ritmo sincopado del *ragtime* y la burla escondida en el alma de esos compases saltarines y exagerados, que no eran otra cosa que la imitación caricaturesca que hacía el negro de los bailes europeos de sus amos.

Esa noche fue de revelación para Chiaraviglio. Al día siguiente juró que una voz desde lo alto le susurró al oído que su soplo vital estaba compuesto por un 99% de ragtime y el resto era éter.

La parábola del *jazz* alcanzó su punto culminante cuando el cuentero echó a volar una serie de inspiradoras reflexiones:

– ¿Cuál es la razón, casi sobrenatural, para que expresiones musicales tan diversas, que no podrían juntarse sin alterar todas las matemáticas de la composición, se superpongan libres, unas corriendo en ritmos regulares y otras brinconas, indóciles, alterando las notas de la escala, para producir ese sonido de ángeles negros que todo el planeta reconoce como el *jazz* de Nueva Orleans?

O entre los efluvios del ron se les fundieron a los músicos los plomos que conectan sus entendederas, o nadie osó contaminar el torrente verbal del cuentero con una explicación cretina.

– ¿Cómo lograron entremezclar ritmos regulares e irregulares, engranando notas a contratiempo y síncopas para producir de ese caos la armonía maravillosa del *jazz*?

La mudez de los músicos espantaba. Luego de una agónica pausa, el cuentero sacudió a su alelada audiencia con dos sílabas.

– ¿Có–mo?

El silencio se podía cortar como un pan fresco, por generosas rebanadas. Un cretino que osó carraspear se ganó la mirada fulminante del colectivo.

– ¿Cómo se crean nuevas melodías alterando el ritmo, el compás y contradiciendo sus propias armonías?

Para acortar el suplicio, el cuentero tronó en el vacío:

– ¡¡¡Improvisación!!!

Apenas el último eco de esa expresión dejó de reverberar contra las paredes del patio, el cuentero le montó altar propio a la *improvisación*:

– ¡Bendita libertad! Sí, bendita libertad que les permitió crear sin tener que arrastrar las cadenas de la academia. Talento espontáneo para inventar hasta sus propias musas. Genio liberado para reinventar piruetas melódicas sobre la misma marcha. Inspiración divina para remedar el milagro del Génesis usando como materia prima el mismo caos. Soplo creador. La magia seductora del *jazz* está basada en esa divina improvisación que, hasta entonces, sólo era privilegio de los dioses.

Los casi trescientos músicos se refocilaron con la subida de las acciones de la *improvisación*, habida cuenta que la inmensa mayoría de ellos improvisaba de oído, pero se sintieron afectados cuando el *cuentero* les develó que la verdadera razón de la improvisación era que esos músicos negros, pobres de solemnidad, carentes de todos los bienes materiales, nunca asistieron a una escuela pública, y, por consiguiente, eran una partida de analfabetas.

– La magia de la improvisación surge del infortunio de no saber leer.

Como el *cuentero* miró retador al mudo Gómez, quien fungiera como director de la banda municipal por cuatro lustros, éste susurró aculillado

– Yo sí sé leer.

– No me interesa saber quién sabe leer, sino quién se atreve a improvisar.

– ¡¡¡¿Quién se atreve?!!!

– ¡¡¡¿Quien empieza?!!!

Aquí se pudo empollar el caos.

Sin que nadie se arrogara la posesión de la batuta, y sin esperar el «*un, dos tres, cua*», de rigor, el señor Chiaraviglio se clavó el violín bajo su mentón, entrecerró sus ojos y empezó a tocar de forma tan inspirada que le paró el espinazo hasta al «sordo Beethoven». Y de pronto, como si un ángel descendiera de lo alto, rasgó el celofán de la noche la voz de la señorita Inocencia. Con estremecedora tesitura de soprano se soltó con el «*Ave María*» de Shubert. La disparatada escena era digna de una sesión solemne en un asilo de orates. Como homenaje a la improvisación, alguien punteó una guitarra y dejó escapar un *trino* y entonces fueron brotando mil sonidos espontáneos, tres violines aquí, dos saxos allá, y tres clarinetes en el fondo, creando nuevas líneas sobre la armonía. En un principio sólo algunos músicos se atrevieron a treparse en la melodía que el señor Chiaraviglio lideró con su violín, pero cuando éste se aventuró con otras técnicas instrumentales, como pizzicatos, stacatos y sordinas la espontaneidad perdió la vergüenza, y todos, sin acuerdo previo, se sincronizaron en un «allegro» que llevó a los presentes a jurar que el testimonio maravilloso del cuentero y la música celestial se habían puesto de acuerdo para «flotar tomados de la mano» en maravillosa sinfonía.

En este acto de ilusionismo colectivo, lograron superimponer ritmos regulares e irregulares, notas a contratiempo y síncopas, se improvisaron malabares sobre los timbales para imponer un ritmo con tinte melamínico y en seguida se unieron diez acordeones sabaneros, cuatro violoncelos y tres violas, dos bajos, varias flautas de millo, bandolas y tiples, tamboras y guacharacas, cajas redoblantes, panderetas, pitos de cerámica y agua, maracas y raspadores ¡ay! y hasta castañuelas, y lo que parecían dieciséis oboes, en realidad se trataba de sonoras gaitas indígenas, talladas del mismísimo palo de cardón.

Quienes no estaban apertrechados de instrumento llevaban el compás con taconeo, gritos, chiflidos y unas alegres «*palmas redoblás*» al mejor estilo de un baile flamenco.

La obra sinfónica a «no sé cuántas manos» estaba trepada en la nube de su propia dinámica, a punto de alcanzar el clímax, cuando José María, el *cuentero*, levantó la mano… y ¡Oh! ¡Milagro! Todos, a una, se silenciaron de manera simultánea.

Ingresar así –de súbito– en el reino del silencio, sin siquiera un eco ¡Qué escalofrío! La emoción colectiva reptó como un corrientazo por el espinazo de todos. Si contuvieron la respiración y nadie osó carraspear durante esa larga pausa fue para no contaminar el ambiente con disonancias prosaicas.

Entonces el *cuentero* relató con lujo de detalles la miseria de un invierno en París y la necesidad visceral de un par de refugiados que necesitaban reencontrar sus almas en una metrópoli inmensa y además ajena, donde el anonimato es el único carnet de identidad. Así todos los músicos de Puerto Galeón se enteraron de la existencia del negro Esteban, el sexagenario «tresero» cubano, dueño de una sonrisa de teclado de marfil, que produjo el milagro de devolverles la esperanza a los desesperanzados y entusiasmarlos sobre la existencia de un reino mágico donde reinaba la guaracha. Y entonces, el *cuentero*, con la cuenca de una mano tras la oreja empezó a cantar a capella eso de...

«¡Somos la raza pura!

Traigo en mi sangre ancestros puros:

Vascos, gallegos y catalanes. Carabalíes, minas y lucumís.

Chinos, mandingas y yucatecos. Francia, Inglaterra y el Siboney».

Y esa canción extraída con sentimiento macho de la caja melódica de su pecho contagió de nuevo a los músicos que se lanzaron, cuasi enloquecidos a acompañarlo con la improvisada melodía.

La más joven de las sirvientas de la casa de doña Genoveva viuda de Zuleta alcanzó a ser testigo del dúo de Naúl y José María, pero no se atrevió a interrumpir. Pero apenas terminaron de cantar, serpenteó angustiada entre el gentío y lo agarró de la falda de la camisa.

– Señor Naúl. ¡Urgente! Buenaventura está grave y yo estoy sola. Y usted sabe que la niñas Valentina y doña Genoveva están en la hacienda de la mayorala en la sabana. ¡Urgente! Usted es el único pariente conocido de Buenaventura.

47

La confesión de
Buenaventura...

Naúl envió a la sirvienta a la farmacia para que Don Urías, el boticario viniera a ayudar y, de paso, pidiera un taxi o una ambulancia.

Buenaventura estaba febril. Intensos dolores espasmódicos y vómitos la tenían postrada.

— ¡Ay Naúl! ¡Qué dolor! Mire Naúl, le recomiendo a mi niña.

— Buenaventura, tranquila, ella está en manos de su abuela.

— Usted sabe que ella no es su abuela.

— Lo sé. Tranquilícese Buenaventura. Yo la acompaño al hospital, y allá la espero para traerla de vuelta a la casa. Yo sé que siente mucho dolor, pero ya verá cómo, con remedios y paciencia todo se alivia.

— Naúl, ésta negra no quiere llevarse para la tumba un secreto que desde hace veinte años cargo atragantado en el gaznate.

— Buenaventura, confíe en mí. Usted sabe que yo soy su primo uruguayo. No se esfuerce, y si quiere hablar, hágalo en voz baja.

— Naúl… Valentina Zuleta es hija mía.

Naúl, el iconoclasta, el apóstata, el valeverga, el hereje, sintió que el hielo de la verdad le engarrotaba el alma.

— ¡Putas! ¡¿Escuché bien?!

– ¡Sí! Valentina es mi verdadera hija. Yo era enfermera en el hospital y trabajé con el doctor Zuleta. Cuando empezaron sus problemas de matrimonio, tuvimos una intensa relación de seis meses que desembocó en mi preñez. Yo guardé el secreto y estuve dispuesta a abortar a escondidas. Pero esa tarde cuando le confesé mi embarazo, los rayos y centellas que esperaba tronaran de semejante eminencia de galeno se convirtieron en un episodio de serenidad fascinante.

Buenaventura sudaba y se quejaba con cada retorcijón. Además era evidente su ansiedad, como si presintiera que la dolencia que la acorralaba sin piedad, era grave y podría no darle tregua. Antes de cualquier desenlace, ella necesitaba arreglar asuntos pendientes con su propia conciencia. Con voz cada vez más débil continuó su relato.

En el transcurso de los siguiente siete meses, el médico Zuleta urdió un minucioso plan. Buenaventura renunció a su trabajo y él se hizo cargo de todas sus necesidades. La niña no nació en el hospital sino en la casa de una hábil comadrona en el barrio Belén, que el mismo médico Zuleta contactó. Previendo algún inconveniente, comprometió a un tocólogo amigo para que bajo secreto profesional la asistiera durante el parto.

Una vez se aseguró que todo estaba bajo control, retornó de manera clandestina a Puerto Galeón, para conocer a su niña.

Mientras el testimonio de Buenaventura provocaba en Naúl tremendos conflictos y reflexiones, el hilo narrativo del cuentero conducían a los músicos hasta la antesala del éxtasis.

La euforia «dónde Teresa» iba «*in crescendo*» y se corría el riesgo que las emociones desbordadas se salieran de madre. Tres centenares de músicos trastornados por la excitación y el ron, y armados con sus instrumentos, resultan más impredecibles que una chusma de fanáticos, armados con fusiles y biblias.

Para concluir, José María retornó a su tema preferido: el *jazz* negro. Describió la magia de ese sonido entre militar, religioso y callejero, que pasó de un volantín a montar campamento dentro del ambiente sibarita de los decorados salones, para imponer allí sus condiciones.

– Pero sin hacer ostentación de complejos postulados matemáticos para la construcción de su música, sino creando un universo de sonidos sobre su propio caos.

Enfatizó que la magia del sonido *creole* de Nueva Orleans, radica en su picardía callejera capaz de burlarse de la peripatética formalidad de los modales cortesanos.

–En otro «*puerto–galeón*», como éste, que comparte con el nuestro, el mismo mar... en un ambiente de antro oscuro, humo, tinieblas y sudor... reinó su majestad el *jazz*. Competían allí en furiosa armonía los violines y los banjos, los aporreados teclados de marfil y los timbales; la música no estaba escrita sobre papel sino grabada en los recovecos del alma; saxos, clarinetes y trompetas vibraban gracias a la potencia de los enormes pulmones de estos ángeles anunciadores que portaban su piel negra, como documento de identidad... pero una noche de enero de 1920, los *federales* irrumpieron en los antros. Blandían, cual si fueran las nuevas Escrituras, la recién promulgada «Ley Seca» Era un viernes. Esa sinfonía pagana, ese coro de fanáticos, el griterío de los poseídos, la bullanga, la baraúnda y el pandemónium enmudecieron de repente. La música huyó despavorida. El eco de los últimos compases quedó suspendido en el éter vibrando en agonía. Y la gente empezó a temblar por esa sensación dolorosa de vacío que uno experimenta al ingresar –de repente– en el reino sideral del silencio absoluto.

En ese instante, alguien apagó las luces y el *cuentero* desapareció como por encanto.

Los músicos no se movieron. Permanecieron absortos y alelados mirando hacia la oscuridad –en medio del silencio absoluto– como si esperaran la conclusión de este acto de ilusionismo.

– Dijo *¿silencio absoluto?* –se escuchó una voz.

Lucían atontados, aturdidos de palabras y encandilados por imágenes evocadoras. Incrédulos de lo que vivían. Sin saber qué hacer. Como si un ventarrón venido del mar les hubiera arrebatado las partituras que estaban por interpretar.

Nadie recuerda cuánto tiempo permanecieron en ese trance de éxtasis, hasta que alguien rompió el encanto con un berrido.

– ¿Qué quiso decir con eso de «*silencio absoluto*»?

Unos juran que –«*plop*»– el *cuentero* se esfumó en el éter. Otros, que como producto de tanta emoción empezó a flotar en el aire hasta que se perdió en el cénit. Los más imaginativos juran que de súbito se abrió un agujero negro y se lo tragó. La realidad es que el *cuentero* –galopando sobre su colorida carreta musical, embalado por encima de la máxima velocidad permitida– frenó de repente, justo sobre la última línea que describía «el reino sideral del silencio absoluto». Entonces aprovechó la sorpresa y la oscuridad para descender de un salto de la mesa, y correr en dirección a la letrina, pues necesitaba aliviar su agobiada vejiga que acumulaba cuatro horas de angustiosa vigilia.

En su mundo paralelo, Naúl también lucía abrumado de sorpresas e imágenes inéditas. Buenaventura transpiraba por el dolor.

– Apenas la criatura cumplió tres meses, el doctor Zuleta dio marcha a la segunda parte de su plan.

Él mismo viajó a la capital, y en un convento compró la más bella canastita, ropita delicada, sábanas de algodón egipcio y una frazada de lana. Dedicó toda una noche a redactar la carta que interpretaba el desespero de una madre joven. En seguida, con su propia mano, imitando con paciencia la letra *palmer* que les enseñan a las niñas en los internados religiosos, traspasó el texto a la esquela. Incluso se encargó de hacer el moño de seda que le colocó en el asa. Y él mismo, que conocía todos los ruidos de su vecindario, se encargó de llevar a la criatura hasta el portón de su propia casa y golpeó tres veces –recio– porque conocía el sueño pesado de las tres sirvientas.

A la siguiente semana el doctor Zuleta «*regresó*» de correría, para evaluar si su conspiración de amor y de traición funcionaba. Entonces continuó con su esquema. Fue cuando anuncio el «*segundo milagro*»: la mujer que en el hospital había perdido a su bebé y se ofrecía a ser «madre de leche» de la pequeña Valentina.

Buenaventura no pudo terminar la historia. Las arqueadas inducidas por el vómito le arrebataron hasta el último aliento. Pero sobreponiéndose le sonrió a Naúl, por un segundo, como si estuviera sellando el pacto de solidaridad que se acababan de jurar. Pálida y adolorida en la entrañas de la carne, se le veía aliviada en el alma. Era como si hubiera expulsado por su boca una serpiente cascabel.

– Naúl, la niña y yo lo queremos con el alma. Si no es mucho pedirle, si yo llegara a faltar, encárguese de ella –le agarró la mano.

Naúl estaba a punto de preguntarle si Valentina conocía ese secreto, pero en ese instante llegaron dos taxis y todo se desarrolló a las volandas. Acomodaron a Buenaventura en el primer taxi junto con Urías, el boticario y una vecina, y Naúl salió detrás en el segundo. Una vez la ingresaron en urgencias, Naúl permaneció en la salita, como centinela insomne, agobiado por tres preocupaciones. El deterioro en la salud de Buenaventura que bramaba por los dolores. La carga agobiante de secretos y el compromiso que acababa de adquirir de velar por Valentina. ¡Ah! Y lo que podría ser aún más grave, la bandera del Uruguay quedó colgada en el balcón, fungiendo como insignia de su república de la utopía. Lo inquietaba que algún músico borracho se la robara durante la tremolina, para darle un uso infame.

Cuando el primer tañido de las campanas anunciaron a las beatas de Puerto Galeón que debían salir para la misa de cinco, el médico de turno se asomó preguntando por los familiares de la paciente. Naúl dio un paso al frente.

– Lo lamento. Su parienta falleció de un *cólico miserere*.

48

El fanatismo del «siete»...

La fascinación por el testimonio del *cuentero*, provocó que una extraña corriente de tolerancia se tomara a Puerto Galeón. Sus palabras lograron el milagro de invitar a la reflexión y por cuenta de su parábola de amor se empezaron a sanar viejas heridas. Claro que no todas las heridas. Las generadas por la política obedecían a posiciones doctrinarias irreconciliables y no podrían ser resueltas ni en el Juicio Final.

Pero esa tendencia hacia la concordia se volvió tan viral y pegajosa que hasta el Padre Müller evidenció el fenómeno de concordia en esa suerte de «opinómetro» local que es el confesionario. Allí empezaron a abundar los arrepentimientos, los pedidos de perdón y hasta la aceptación de responsabilidades. Aquellos machos de pelo en pecho que se había arrogado la función de reproductores sin reparar en las consecuencias, acudieron –sin previa demanda judicial– a pedir perdón y a encargarse de la asistencia mensual a sus mujeres y a sus hijos. Incluso –sin meter las narices en los registros del *debe* y el *haber* de la parroquia, que con esmero llevaba doña Inocencia– se pudo constatar que los asientos contables correspondientes a los *diezmos y primicias*, se transmutaron –milagrosamente– del rojo al negro.

– Dios me perdone, pero todo esto es altamente sospechoso – sentenció el padre Müller.

Ese mismo día, el cura recibió una providencial visita.

– Su reverencia, tengo muchas dudas que no me dejan pegar el ojo.

– ¿Dudas?

– Muchas, excelencia. ¿Eso de detener al *Anticristo* lo debo hacer solo? ¿Existe algún manual de procedimiento? ¿Cuándo debo hacerlo? Si me meto en líos ¿puedo llamar a su reverencia? ¿Esto tiene perdón de Dios?

– Emiro, le voy a aclarar la última pregunta, la del «perdón de Dios». Una vez comprenda la repuesta, podrá ver cómo se aclaran todas las dudas que el mal intenta sembrar en su cabeza.

Emiro entrecerró los ojos y aguzó el oído para no perderse detalle de las instrucciones.

– Cierto día, Pedro le preguntó a Jesús: «Señor, ¿cuántas veces perdonaré a mi hermano que peque contra mí? ¿Hasta siete?»

Aquí el cura hizo una larga pausa, para dejar pensar a Emiro.

– Nuestro Señor sorprendió a Pedro con la respuesta: «No te digo que perdones hasta siete veces, sino aún más… hasta setenta veces siete».

– ¡El siete es entonces la clave! –alzó la voz Emiro con los ojos desorbitados.

– Siete días después que Noé entrara en el arca, empezó el diluvio universal –le respondió el cura.

– ¿Siete?

– Siete fueron las palabras de Jesús en la Cruz.

– ¿Siete?

– En el libro del Apocalipsis se mencionan: siete iglesias, siete candeleros, siete estrellas.

– ¿Siete?

– Sí, y además, siete sellos, siete ojos, siete ángeles, siete trompetas, siete truenos, siete cabezas.

– ¿Siete?

– Escucha bien: siete últimas plagas, siete bandejas de oro, siete montañas, siete reyes...

Emiro se sintió ungido por una revelación divina: el poder del número *siete*. Impulsado por esta convicción, el exsoldado propició su propia transformación: sería un vengador justiciero, dotado con los poderes extraordinarios que genera el factor *siete*.

La megalomanía se le enquistó en su cerebro. Se dejó conducir por lo que le dictaron sus tripas. No volvió a confiar sus revelaciones, ni sus confusiones, ni a consultar sus decisiones con nadie, ni siquiera con el padre Müller. Empezó a confiar sólo en sus instintos y en las visiones que le hervían en su recalentada imaginación.

La conspiración para silenciar al uruguayo la denominó «*Operación Séptem*» (del latín «siete»). Para ejecutar esa misión organizó un grupo de siete comandos. Adoptó para él el nombre en clave de «Chevah» (que significa «siete» en hebreo). Y decidió desencadenar el cataclismo, el día siete, del mes siete, a las siete.

Con el recuerdo fresco de su reciente experiencia militar, Emiro diseñó siete fases para su operación: reclutar, adoctrinar, planear, organizar, entrenar, liderar y accionar. De paso, amplió el blanco de su misión. No sólo debía silenciar a Naúl, el profeta del mal, sino, por extensión, a todos sus fanáticos seguidores.

Para no comprometer el factor sorpresa, «Chevah» descartó realizar previas amenazas, o enviar anónimos o confrontar de manera directa al «enemigo».

– Si el enemigo se cabrea, el plan se vuelve predecible.

En seguida, los complotados se concentraron en labores de reconocimiento, con tal intensidad y minuciosidad, que los siete se aprendieron de memoria los 21 blancos, y podían disparar a discreción, aún en la noche más oscura y con los ojos vendados, sin el menor riesgo de masacrarse entre sí. En pocas semanas quedó ensamblada y engrasada la máquina perfecta, para cometer un regicidio.

De la «Operación Séptem» jamás se sabrá toda la verdad.

Por cuenta del bajísimo perfil de los complotados, del ambiente de total secretismo que rodeó la conjura, de la desaparición de las evidencias entre las ruinas que dejó el huracán y de la ausencia de voluntad por esclarecer los hechos, no se sabe en detalle cómo se desarrolló la operación. Es más, jamás se conocieron las identidades de los otros seis complotados –y si de verdad existieron– aunque dicen que se trató de seis campesinos sacados de la cordillera a punta de promesas, que constataron maravillados la existencia de Dios, la tarde que observaron, boquiabiertos, por primera vez el mar.

49

El último adios a
Buenaventura...

Doña Genoveva y Valentina interrumpieron su viaje a la sabana y retornaron el lunes al amanecer. Desde el domingo ya estaban impresos los carteles que invitaban a una misa de difuntos de cuerpo presente, para el lunes a la 1 de la tarde y, en seguida, a la inhumación en el cementerio.

El cadáver lo velaron el domingo en la sede de la tertulia. Naúl le pidió licencia al patriarca Badel para improvisar una sala de velación en la bodega, con el argumento que Buenaventura era, además de su camarada y «prima política», una pobre de solemnidad. Con la ayuda del gordo Celaya, que midió a trancos el terreno, el capitán Carrizosa calculó cuantos «civiles» podían atender esa noche de velorio, cuántas bancas se requerían para acomodarlos y cuántas libras de café era menester conseguir para tener a los deudos despabilados. Hicieron una colecta entre los 21 miembros de la tertulia para pagar el cajón que don Aquileo Salgar ofreció con un descuento del 80%, más su promesa de donar el alquiler de toda la parafernalia que se requiere para esos menesteres, con la condición que le dejaran colocar un aviso a la entrada de la bodega indicando: «Velación cortesía de su Funeraria El Juicio Final, *donde su último suspiro es nuestra primera prioridad*».

Con ese amor irrefrenable por la vida, Naúl siempre mantuvo una irreconciliable antipatía por los muertos. Pero esa noche contempló durante largo rato el rostro ceroso de Buenaventura. Por la expresión cariacontecida de Naúl, quizás le imploraba aunque fuera un guiño o cualquier otra señal, o una simple recomendación sobre cómo obrar con Valentina… de súbito una frase de la negra se le vino a la memoria: *«quiero una máquina que jamás se detenga»*. Naúl cerró el cajón de golpe y corrió a su casa. En volandas reburujó entre el caos de su taller y seleccionó una cajita negra, a la que le había pintado por los seis costados no menos de cien espermatozoides que pugnaban por colarse hacia el interior, por cualquier rendija. En seguida, retornó a la bodega. En el interior de la caja se articulaban tres mecanismos de relojería y uno de música. Al abrirla, trepidaban enloquecidos piñones dentados, volantes, muelles, alambres y tornillos, con un fondo de vals vienés. Fue creada por Naúl para demostrarles a sus compinches de la tertulia la posibilidad física de construir la máquina de «perpetuum mobile».

Los miembros de la tertulia lo vieron abrir el cajón. Como si necesitara alguna justificación miró durante largo rato el rostro de Buenaventura.

– Compañera –susurró– la conspiración del amor es lo único que jamás se detiene.

Mientras se daba mañas para esconder su artilugio mecánico entre los pliegues del sudario, murmuró:

– Este viaje que hoy emprendes pinta demasiado aburrido, por lo eterno. Para que te distraigas en el camino, aquí te coloco entre el cajón, en calidad de préstamo, esta máquina de mecánica nacional. Te hago notar la *garantía de fábrica* que promete movimiento a perpetuidad. Me la devuelves, sin falta, la víspera del Juicio Final.

Al mediodía del lunes, cuando el cajón fue colocado en la carroza para iniciar el cortejo que partió de la bodega hacia la iglesia, doña Genoveva sintetizó el intenso dolor que padecía.

– Naúl, vuelvo a sentir la presencia del mismo fantasma que me acompañó hasta el cementerio aquel día cuando enterramos al doctor Zuleta. La semana anterior, él debía inaugurar un puesto de salud en las islas. Estaba tan excitado con la expectativa de celebrarle los primeros dos años a Valentina que no esperó la llegada de la lancha del servicio de salud, que estaba programada para recogerlo tres días más tarde. Por el afán de estar con la niña el día de su santa, se embarcó en una lancha vieja que zozobró llegando al puerto. Ese 25 de julio, murió ahogado. No me explico, pero siento que vuelve a salir de esta casa otro fantasma. Es como si por entre los muros de piedra coralina de la casona se nos volviera a escapar otra alma en pena.

Naúl observó la mirada melancólica de la Niña Geno. Sus ojos tristes semejaban una acuarela donde se adivinaba entre la bruma los restos de un naufragio.

Luego de los ritos y responsos, el ataúd salió a cielo abierto. Entonces los 21 miembros de la tertulia con sus trajes blancos de iluminados se alternaron para cargarlo en hombros hasta el cementerio ¡Qué insolada la que se pegaron! Bajo la reverberante canícula del mediodía recorrieron al pasitrote las quince cuadras, con la cabeza descubierta y el sombrero contra el pecho. Detrás del féretro, marchó Valentina de la mano de su «tío Naúl» y la señora Genoveva del brazo de José María, quien, de paso, se encargó de portar la sombrilla. De los amigos del club nadie asomó sus narices, porque no es usual dar el pésame a una socia por la muerte de su sirvienta. Pero esa indiferencia la balanceó un gesto insólito de generosidad: aparecieron en la procesión más de cien «mujeres de la vida» que, aunque jamás trataron a Buenaventura en vida, se vistieron de luto para recordarle al mundo que la «solidaridad» tiene nombre de mujer.

Los músicos negros de Puerto Galeón también se confabularon para acompañar al cortejo. Ninguno preguntó si Buenaventura portaba sangre yoruba o dahomeyana, lo importante ese día era demostrar la solidaridad de raza. Improvisaron a las carreras un ensamble y allá aparecieron arrastrando una lenta marcha de *jazz* de funeral, con himnos, lamentos y *alabaos*.

La carroza de la Funeraria el «Juicio Final» cerró el cortejo, demostrando que a estas alturas de la vida —o de la muerte— se terminan todos los afanes. Los cascos de los dos caballos golpeaban el empedrado en franca disonancia con la marcha de 8 compases que marcaban los hombres de los cobres y el redoblante. Durante la inhumación, la banda se fajó, uno, tras otro, tres himnos sacros, lentos y solemnes, pero al retorno… ahí sí se desquitaron. Los músicos negros les despertaron a las cajas redoblantes el duende juguetón que allá adentro dormía y resucitaron los parches y los metales para interpretar un descocado concierto de *ragtime*. ¡El muerto al hoyo y el vivo al baile! La oportunidad de lamentar la muerte de Buenaventura, estaba concluida, y había llegado la hora de celebrar su fugaz paso por la vida.

Durante las tres horas de la ceremonia, Naúl mantuvo una tenaz lucha interior tratando de resolver el laberinto moral en que estaba enredado. ¿Le debía contar a Valentina que Buenaventura era su madre? «Su madre de verdad, verdad» –se repetía–. En su excitada memoria se asomó vívido el recuerdo de su propia experiencia cuando a los siete años fue sorprendido por su padre, con una filípica despiadada: «jovencito, usted ya tiene uso de razón y debe enfrentar su propia verdad», preámbulo retórico para soltarle la noticia que por esa poderosa razón que los demógrafos denominan «pobreza absoluta» su madre biológica lo tuvo que regalar al endeudado portero del hospital de caridad del pueblo de Durazno, el mismo día en que ella lo trajo –por equivocación– a este mundo de dementes.

– Naúl. Estoy desolada –susurró Valentina– Sólo yo puedo dar fe de la entrega y dedicación de esta mujer con mi vida. Con ella sentí lo que es tener una verdadera mamá. Y ese acto de generosidad se valoriza aún más… porque ella no lo era.

Naúl sintió que se le atragantaba la verdad, pero se dio mañas para apretar su corazón y resistir en silencio.

Durante los siguientes nueve días doña Genoveva presidió la *novena de difuntos*. En medio de la peripatética solemnidad, el *cuentero* y Valentina coincidieron sus miradas varias veces y si brillaron con intensidad sus pupilas, bien podría tratarse de señales enviadas desde galaxias muy lejanas, por dos cometas fugaces que ensayaban guiños sobre el telón de fondo de un cielo estrellado. Sin embargo, en reiterado acto de ilusionismo, José María siempre se esfumó antes del primer responso.

La octava noche del novenario, doña Genoveva se aseguró que el *cuentero* asistiera al oficio completo, pues sus descaradas desapariciones, durante las siete jornadas anteriores, fueron muy notorias.

– Estimada señora, perdóneme, es que sufro de fotofobia –le aclaró el cuentero.

– ¿Foto qué? –preguntó la vieja con los ojos entrecerrados.

– Señora. Padezco de alergia a la luz. Y tal condición se me ha venido agravando con su reiterada cantaleta de: «*…y brille para ella la luz perpetua*».

– ¡Ah! Ya medio… entiendo, señor Valle. A propósito, ¿cómo es que trabajan sus palabras?

– Señora, le voy a confesar, pero guárdeme el secreto.

Doña Genoveva se alisó la falda, hizo un mohín como si se arreglara el cabello y se sentó en la punta del asiento.

– Ni las palabras, ni yo, jamás hemos trabajado. Si en este oficio hubiese algún trabajo, pues un día las palabras se cansan, se les agotan las baterías, se les acaba la tracción, se sindicalizan y amotinan, y entonces exigen aumento de salario, disminución de horas de labor y jubilación temprana. Hilar las palabras no causa pena ni dolor. Ellas brotan espontáneas y se colocan en su justo lugar, en el momento preciso, sin el menor trabajo. Lo hacen para auto complacerse con su propia belleza.

Como la vieja quedó, por decir lo menos, turulata, insistió.

– ¡Oh! Comprendo. Pero ¿no hay aunque sea una técnica que usted me pudiera compartir? Es simple curiosidad –trató de justificar su pedido.

– Sí, claro que la hay. Es una técnica espontánea, muy parecida a la que usted emplea para respirar. Entiéndame doña Genoveva, aquí no hay trucos de magia, ni espiritismo, no soy un ventrílocuo, ni un embaucador. La clave es que sonidos y palabras obedecen a unas leyes matemáticas exactas, y el clímax de la belleza se alcanza cuando la alquimia de las palabras logra ese delicado balance entre, su leyes inmutables y la potencia del caos, entre su estabilidad y el cambio perpetuo, entre la poesía y la locura.

Si doña Genoveva no insistió en su preguntadera fue para digerir en calma qué diablos fue lo que quiso decirle este cretino tan dicharachero y enredado.

50

La conspiración
del amor...

Justo a la medianoche, Valentina recorrió todo el pasillo sin dejarse delatar ni por su sombra.

Empujó lenta la pesada puerta y entró sin anunciarse. Flotaba entre una nube de deseo y fue directo, sin condiciones ni exigencias, sin imposiciones ni subordinaciones, hacia esa silueta mágica que se recortaba contra la ventana.

Etérea, avanzó lenta pero decidida, sin titubear. José María dio mediavuelta y en acto reflejo cruzó los brazos, cual si necesitara un escudo. La retó con su mirada y entre susurros intentó disuadirla.

– Mantente lejos. Eres muy niña.

– Yo ya soy mujer.

– Estás jugando al amor.

– ¡Estoy jugando con fuego!

– Estás traspasando, sin permiso, mi espacio vital.

– ¿Es prohibido?

– Peligroso.

– ¡Pues estoy dispuesta a correr ese riesgo!

– Puedo ser tu padre.

– ¿Y eso qué cambia?

– ¡No avances más!

– ¡Sí!

– ¡Vete a dormir!

– No necesito dormir. Aprendí a soñar... despierta

– Nos van a escuchar.

– Entonces, calla.

Durante una eternidad de segundos las palabras se fugaron del recinto y el silencio entró a escena a jugar el papel de cómplice. Entonces sintieron palpitar las arterias cual si se tratara de dos diapasones que intentaran vibrar a la misma frecuencia.

Ella cruzó franca la antepenúltima barrera de la intimidad y se le acercó aún más… hasta cuando los aromas de la primavera y el otoño se hicieron uno solo...

– ¡Dije no!

– ¡Digo sí!

Las manos de Valentina se posaron sobre los brazos cruzados de José María y ambos cuerpos aceleraron sus palpitaciones hasta secretar ese nuevo perfume indefinible, dulce y a su vez acibarado, que es el combustible de la seducción.

– Mañana.

– ¡Hoy!

Los labios se rozaron sedientos y sin prisa, hasta cuando cada quién sintió correr por su médula espinal ese choque eléctrico que es portador del mensaje urgente del deseo.

– Te amo.

– Te necesito.

La impaciencia cayó rendida en brazos del amor. Durante dos horas de magia reemplazaron los juramentos con gemidos. Reinventaron la poesía. Improvisaron la física cuántica y la mecánica erótica. Sin musitar palabra se juraron esta vida y la otra, y perdieron la cuenta de las veces que se entregaron al delirio.

A la madrugada, Valentina salió como llegó: invisible, ingrávida y silenciosa, para seguir soñando con los ojos abiertos, en la intimidad de su cuarto.

No se quiso bañar. Se metió desnuda entre las sábanas. Se acarició el abdomen, los senos y los muslos para percatarse que el frío que sintió durante tantas semanas, había huído deslumbrado por la luz. Aspiro el olor a hembra y a semen. Estaba amaneciendo, y su vida, por fin, tuvo sentido.

«Chevah» y la «Operación Séptem» corrían a un ritmo inusitado.

Empezaron con un fusil Mauser y 500 cartuchos que le compraron a un soldado desertor que se encontraba escondido en la cordillera. Con este trabuco entrenaron tiro de precisión en un campamento que organizaron arriba, en lo más profundo de la sierra, hasta cuando el hombro se les durmió con la coz de tanto retroceso. Tres semanas más tarde, en nombre de la causa, asaltaron cuatro buses en la carretera, extorsionaron a dos hacendados y secuestraron a un rico comerciante del puerto.

Esas operaciones sirvieron para financiar los seis fusiles Mauser y las siete cajas de munición .30 que le encargaron a unos contrabandistas guajiros, más las tres cajas de dinamita y los detonadores que compraron a un almacenista del gobierno que auditaba su uso en las minas de carbón a cielo abierto.

Emiro, insuflado de arrogancia, jamás compartió sus planes bélicos con el Padre «*trinitro*», y éste –confiado en los designios divinos– tampoco lo forzó a revelarlos. El último mensaje de «Chevah» fue breve.

– Su reverencia. Lo escrito, escrito está. Sólo resta que bendiga a mis cruzados.

Si allá en lo profundo de la sierra, los intolerantes juraban venganza, acá, en el taller de Naúl, el tema esencial era el amor.

José María agitaba un trago doble de coñac en copa barrigona, con tal lentitud que parecía ser propietario único de todo el tiempo del mundo. Cuando el brandy alcanzó la temperatura tibia de su mano, introdujo las narices entre los vapores, cerró los ojos… aspiró el efluvio del alcohol, suspiró y habló.

– Compadre, llegó la hora de partir.

Naúl estaba concentrado sobre una tabla donde reproducía otro milagro de su creación. Con sus dedos enormes y un clavo de acero hurgaba las entrañas de la pieza de madera para extraer algún grabado atorado entre su fecunda imaginación. Pero ante la inesperada frase del cuentero, suspendió la tarea y abrió los ojos.

– ¿Partir? ¿Te sientes bien?

– Una enfermedad tropical, para la que creí estar vacunado, me tiene postrado.

– ¿Enfermedad?

– Sí, y muy grave.

– ¿Fiebre amarilla? ¿Dengue? ¿Fiebres terciarias? ¿Sarna? ¿Sabañones? ¿Calentura? ¿Prostatitis? ¿Gonorrea? ¿Mal aliento?

– Ninguna de las anteriores. Algo aún más complejo y doloroso... estoy perdidamente enamorado.

– ¡Ay! Te lo advertí, bruto, antes de mirarla a los ojos, debiste suspirar tres veces…

– Seguí al pié de la letra tus instrucciones, macho, pero no me recomendaste el antídoto para neutralizar los efectos secundarios de su magnética sonrisa.

– ¿Para dónde piensas largarte?

– Entiendo que la «United Fruit» opera una línea de vapores que toca la Habana, vía Colón o Veracruz.

– ¿No te sientes huyendo?

– Atravesé medio mundo para cumplir mi palabra contigo y así poder dormir sin que me desvelara mi conciencia. De lo único que huyo es de esa tumba de mierda que me describiste en tu carta.

– ¡Acéptalo! Huyes de un amor imposible.

– ¿Imposible? El amor hace posible lo imposible. Pero en algunos ambientes, el amor no es más que un océano de emociones rodeado de prejuicios. El prejuicio más asqueroso es la satanización de la diferencia de edades.

– ¿Qué dice Valentina?

– Nada. El verdadero amor crece en silencio. Si al enamorarte escuchas cascabeles, trompetas y violines podría ser consecuencia de un trauma craneal, como consecuencia de algún porrazo que te diste en tu infancia.

– ¿Sientes dolor?

– Sí. Y para el dolor de amor no han inventado analgésico.

– ¿No esperas un milagro?

– Doy fe que los milagros son posibles. Sentirse sorpresivamente amado por una mujer bella y joven es experimentar un verdadero milagro.

Naúl penduló su cabeza como espantando malos pensamientos. Sacudió la viruta de la tabla y se embolsilló el clavo. Como no le alcanzó el tiempo para ordenar sus pensamientos, se acarició los enormes bigotes, se bebió su coñac de un solo trago y le habló a la pared, como si pensara en voz alta.

– Cuando uno parte, mi amigo, la distancia no extingue el amor, sino que sobrealimenta la llama, hasta que el incendio se vuelve incontrolable.

El cuentero dio por no escuchado el comentario. Continuó agitando el coñac, y volvió a consumir su nariz entre los vapores.

– Naúl, uno es ateo hasta que se enamora. El amor es hoy mi religión. Desde el mismo instante que me asomé al interior de sus ojos, me volví monoteísta.

– ¡Ay! Maestro, me recuerdas un antiguo proverbio: «Un viejo enamorado es lo más parecido a una frágil flor que se arriesga a germinar en el invierno»

51

Un testigo incómodo...

Desde cuando el Señor Chiaraviglio fue confirmado como organista, él se apropió de un pequeño cuarto, arriba en el balcón del coro, lugar donde almacenaba el material didáctico para sus clases de solfeo y su colección de partituras sacras. Además atesoraba cajas y más cajas con su colección de cilindros de cera y discos de pizarra con las voces de Mario Lanza, Enrico Caruso y Antonio Paoli. Como consideraba ese discreto sitio a prueba de ladrones, guardaba allí su violín, una flauta traversa, el acordeón «Paolo Soprani»– y las hojas de vida con anotaciones en latín sobre el aprovechamiento de cada uno de sus alumnos.

Esa noche regresaba a guardar su acordeón, cuando se percató que la puerta de la iglesia estaba entreabierta y que contra lo dispuesto por el Padre Müller, el sacristán dejó encendidos dos cirios grandes. Una vez en el interior alcanzó a ver sombras extrañas, que se deslizaban en silencio por la nave. Eran personas desconocidas, vestidas con atuendos negros. Con el corazón en la boca, subió al balcón del coro y se escondió en el cuarto. Eran tiempos nuevos y no era de extrañar un robo sacrílego.

La iglesia se encontraba en penumbra. Las sombras de los conspiradores tremolaban sobre los baldosines de la nave por el efecto de las llamas vacilantes de los cirios. Pero los sospechosos no sobrepasaron el comulgatorio. Permanecieron frente al altar, inmóviles, en respetuosa contemplación.

En ese ambiente medieval de catedral gótica, los siete «cruzados de la fe» se arrodillaron en la primera banca para asistir a una extraña audiencia. Desde su incomoda posición, el organista escuchó horrorizado las palabras que brotaron desde las sombras de las mismas sombras, quizás desde la parte de atrás del altar mayor. Fueron pocas palabras, pero el efecto del eco, que rebotó contra los muros de la iglesia vacía, provocó la energía suficiente para erizarle la piel hasta al más arrojado.

– «¡Ay de aquel que ose transgredir las fronteras del Reino del Señor porque no habrá piedad, ni perdón! Gracias os doy por asumir la función de ángeles exterminadores dispuestos a aplastar la palabra profana. Vuestra misión es clara: silenciar a los impíos, y recuperar el poder de la palabra para que ella sea instrumento de la voluntad divina. Les hablo en nombre de El Señor. Desde este altar descienden a esta hora mis bendiciones para ustedes, los nuevos cruzados de la Santa Fe».

Las sombras que proyectan las imágenes en yeso de una docena de santos, se alargan sobre el piso de la nave vacía, como si fuera necesario ambientar este espectáculo de fanatismo alucinante, con efectos especiales.

Aunque los nuevos cruzados no asistieron armados, Emiro les ordenó llevar entre los bolsillos rieles con proyectiles .30 para que esa munición pudiera ser regada con agua bendita, recurso para que «Santa Bárbara bendita» les afinara la puntería.

La conspiración para acallar la palabra rodaba ya con su propia inercia, y a estas alturas era muy tarde para detenerla.

El organista italiano no resistió durante más tiempo la pesadilla. Sintió en su vientre las puñaladas de arcadas sucesivas, entonces cerró la puerta del pequeño cuarto, se colocó en cuatro patas y vomitó hasta la bilis.

A partir de esa noche el señor Chiaraviglio revivió en toda su intensidad el calvario moral que padeció cuando sus amigos lo presionaron hasta comprometerlo en un duelo a muerte, pero a la hora de la verdad, cuando ya no existía posibilidad de echar reversa… lo dejaron íngrimo, solo, a la buena de Dios.

Recordó que la cólera lo indujo a cometer imperdonables disparates, como el de arriesgar su pellejo y llegar al punto de asesinar a otro ser humano, por un burdo chisme parroquial.

Lo más lacerante de esa experiencia nocturna en la iglesia fue la dolorosa sensación que lo abrazaba, se sintió traicionado por el reverendo Padre Müller, su confidente, su amigo y guía espiritual. Pero decidió callar.

A la mañana siguiente, acudió temprano a la iglesia. Se arrodilló en la última banca y observó a lo lejos al inmenso Cristo que presidía el altar. Cerró los ojos y le pidió consejo. Pese a que hizo un esfuerzo por orar no se le ocurrió ninguna plegaria que le fortaleciera su espíritu. Las oraciones le salían de manera mecánica, carentes de significado. Parecían simples palabras a las que la frustración les arrebató la música.

Con obsesión repitió y repitió la misma frase: «¿Cómo le pido a Dios que me ilumine? ¿Cómo?». Al cabo de un par de horas, vencido por su propia insignificancia, abrió los ojos y le habló al Cristo, en voz alta:

— *Jesús: haz de mí lo que más te convenga.*

Iba a decir «*amén*», pero sintió que esa expresión era una vacía reiteración de la voluntad divina.

— ¡Atención! ¡Presten atención! ¡Nos quieren joder! En Puerto Galeón corren chismes y exageraciones. La gente se encuentra muy cabreada y envidiosa con el éxito del *cuentero*.

— ¿Cabreados conmigo? —José María abrió los ojos y ensayó una sonrisa socarrona.

— Maestro, le recuerdo que estamos en un puerto caribe. Aquí la orden del día no la dicta uno, sino la alienta el embrujo del trópico. Aquí cualquier chisme se gradúa de leyenda y si la leyenda es torcida se convierte en *verdad revelada*.

— Es como los sobrenombres. Un apodo de mierda te persigue a ti y a los hijos de tus hijos por las generaciones necesarias, hasta que el apodo logra sustituir a tu apellido original —explicó Celaya.

– ¿Pero, por qué están cabreados conmigo?

– Porque somos exagerados, chicaneros y lengüilargos. Naúl te creó monumental fama con eso del «*experto internacional en sexo oral*». Y claro, en la plaza montaron el cuento que ibas a compartir con ellos la fórmula secreta para producir, de manera industrial, ese olor peculiar a coño que embrutece a los machos, dizque macerando *no sé qué mierdas*, con pétalos de flores tropicales.

– Pero además están *mosca*, porque se sienten excluidos. Después de semejante alharaca que montamos, vinimos a debutar con una tertulia «sólo para las mujeres de la vida». ¡Qué falta de olfato! Si el machismo es en este puerto moneda de curso legal. Los varones costeños se sienten desplazados. Luego vino la tertulia «exclusiva para músicos». Pues todos los que nacimos desheredados de oído nos cabreamos. El único camino que nos queda es inventarnos algo raro y memorable que les permita entrada libre a quienes quieran participar, sean machos, hembras o maricas, sin odiosas exclusiones.

– ¡¿Qué?! ¿Otra improvisación? ¡Putas! Estoy hasta los cojones de tantas presentaciones. Por eso, me largo. Como nunca cobro, la gente repite. Lo que me cabrea es que algunos se memoricen la carreta y luego resulten demandándome por la repetidera. ¿De qué querrán que les hable? ¿Qué cuento nuevo me invento?

– José María, por favor, remata por lo alto este fin de fiesta. Recuerda que tú te largas con tu carreta y nosotros nos quedamos como unos boludos soportando la mierda que, en tu nombre, nos va a caer encima –reiteró Libanati.

Luego de soportar el desfile de plañideras, por más de una hora, el *cuentero* se incorporó de su silla con el ademán de quien se va a despedir.

–¿Cómo coños es que dicen ustedes? *¿Micción de qué?*

– ¡Moción! Moción de orden.

– Pues pido «moción de orden» para acabar este desorden. Sin más lloriqueos: ¡Acepto! Que vengan todos los que se les dé la real gana. ¡Ah! Pero vuelvo a advertirles mi compromiso: sin cobrar ni un centavo.

– ¡Venga esa mano, compadre! Me huelo que esa noche habrá lleno completo. ¿Para qué día citamos a la gente?

– Convoquemos a los amigos para la noche anterior a mi partida. Y no se diga más.

– ¡¡¡¿Partida? !!!

– ¿Y cuándo partes?

– Todo depende de lo que hagan por mí los de la «White Fleet». Su agente me envió un cable con dos opciones, o salir en el «Talamanca», por Colón, a Kingston, y de allí a la Habana, o embarcarme en el «Chiriquí», vía Puerto Limón a la Habana. El primero que zarpe. Pero desde ya les exijo: ¡No me sometan a la tortura de despedirme de Puerto Galeón, durante todo un mes! Esa miserable despedida a cuenta gotas no la merece ni el quebrado propietario de un circo pobre.

– ¿Y el tema?

– Invéntese lo que les dé la regalada gana. ¿Qué tal «*¡la música sin músicos!*»?

52

La música sin músicos...

La tercera tertulia nació espontánea, sin agite ni alharaca. Nadie la promocionó. La noticia fluyó natural –boca a boca– despojada de especulaciones y torcidas expectativas. Ni el gordo Celaya, se apropió del papel de agrimensor del solar, midiendo a pasos el ancho y el largo del patio, ni el capitán Carrizosa le auditó cada tranco, para sentenciar que «aquí caben no–sé–cuántas hembras sentadas y ya–no–me acuerdo–cuántas de pie». No hubo exclusiones, ni presupuesto sólo dos advertencias: «cada quién traiga su butaco» y «es gratis».

Desde hacía tres semanas no caía una gota de lluvia, gracias a los vientos alisios del sureste, y ya se percibía la sequedad del «veranillo de San Juan», puerta de ingreso a la temporada de huracanes.

El atardecer de ese día tiñó de escarlata el horizonte y un calor terco y seco se estacionó sobre Puerto Galeón. A las siete de la noche, la temperatura, allá en el solar de «Dónde Teresa», se percibe diez grados por encima del que se disfruta a la orilla del mar. Esta súbita fiebre se atribuyó, no tanto a la aglomeración, como a la cosquillera expectativa. La débil brisa apenas mueve las hojas de los cocoteros, allá arriba, pero aquí abajo, ni se nota, ni incomoda a nadie.

Con un lleno hasta las banderas, apareció el *cuentero*. Era tal la fascinación de la muchedumbre, que nadie se atrevió a romper el embrujo con aplausos. Si algún zumbido se escuchó en ese instante, se debió a la súbita respiración contenida de la gente. Sin presentaciones ni preámbulos, como si José María ya formara parte esencial de lo real maravilloso del paisaje, caminó hacia el escenario en medio del sobrecogedor silencio, y se trepó al entablado. Miró alelado a su audiencia y ésta le retornó una sonrisa colectiva, tan uniforme, como si toda la tarde la hubieran ensayado. Y entonces el *cuentero* abrió el grifo de su verborrea y dejó fluir la historia de la música. En segundos, la fascinación de los espectadores con su verbo los hizo sentir cómplices de un acto colectivo de ilusionismo.

Con voz íntima, susurrante, prometió llevarlos de la mano hasta el arco que insinúa el ingreso al mundo mágico de la música y develarles el *santo y seña* que permite franquear la puerta que da acceso al reino donde se crean los sonidos. La única contraprestación que pidió fue reducir al mínimo las luces, clausurar por un instante los ojos y concentrarse en el sugerente hechizo de sus palabras.

Juran que la alelada audiencia resultó trepada –en segundos– sobre la alfombra mágica de su verbo, para emprender con su guía un viaje virtual, desde el nivel de los baldosines en el patio, hacia el cénit, allá arriba –más arriba de arriba– buscando la esfera donde los dioses crean y recrean la música. De ese modo, los embelesados asistentes, ingresaron a un lugar intemporal, etéreo, donde ellos fungían, en simultánea, como protagonistas y espectadores.

Enseguida se dio mañas para llamar –uno tras otro– a cientos de instrumentos de su orquesta sinfónica imaginaria. Para este acto funambulesco empleó como único recurso, los colores de su voz, en todos los matices y tonos, más esa mímica precisa aprendida en Italia –sombra mayor entre las sombras–. Para facilitar la presentación individual de cada instrumento, creó un primer escenario.

Los testigos de esa noche se admiraron al ver de qué manera los diferentes instrumentos obedecieron la voz de su *amo*. El oboe dio un paso al frente, improvisó una venia respetuosa, al tiempo que dejó escuchar un profundo «do de pecho»; le siguió la flauta travesera, acompañada de la flauta de caña dulce y un coro de caramillos, y detrás violines, violas y bajos. Las guitarras, tiples, bandolas y cuatros, dieron el respectivo paso al frente y la venia convenida, para luego seguir de largo y acomodarse, obedientes, en la posición que les corresponde en el proscenio, como si de antemano lo hubiesen estudiado. Qué armonía la que acompañó el desfile, según la fiel descripción que iba haciendo el *cuentero* de cada instrumento, los secretos de su fabricación, los sonidos que producía y el papel que jugaba en la prometida sinfonía. Qué dominio de la historia, porque dicen que logró, incluso, resucitar a instrumentos que como lenguas muertas sólo servían de lejana referencia a los muy entendidos: cítaras, laúdes, liras, espinetas y vihuelas, y hasta la viola da gamba se sacudió esa noche el polvo del olvido y corrió ágil por el escenario a presentarse en público.

– ¡Ay Teresa qué belleza! –se escuchó el vozarrón de Naúl, en el borde del clímax.

Sí. ¡Qué alegre obertura de trompetas y clarines! seguida del tronar grave de los bombos, y esa segunda que improvisaron las cajas redoblantes repitiendo juguetonas: *¡rataplán–plan–plan!* Luego todos «escucharon», ahí mismito, el puntear de las cuerdas y el deslizar sinuoso de los arcos sobre los violines, y no bien los espectadores alcanzaron el éxtasis, las palabras del *cuentero* lograron extraerle música alegre a los cencerros, a mil liras, a diapasones y triángulos, a los cascabeles de bronce y a las castañuelas de cristal.

El cuentero no se permitió suspiro ni pausa. Una vez describió la característica de cada instrumento, permitió que ellos se enzarzaran –virtualmente– en un batiburrillo de sonidos, compitiendo todos por afinarse al mismo tiempo, algarabía que aprovechó el juglar para descolgarse por un flanco, y así encadenar, de paso, un maravilloso rollo de nuevas historias, que trasportaron a los privilegiados testigos por cien escenarios, mal contados, separados –entre sí– por apenas siglos de sublimes y estrafalarios estilos musicales.

Gracias a su fecunda imaginación y a ese conocimiento de las entretelas de la historia de la música, el *cuentero* fue llenando cada escenario de sonidos. Describió, batuta en mano, culturas, coyunturas, coincidencias, tendencias, ritos y costumbres que en todos los casos los asoció con melodías. Así, puso a trinar –*a tutti alterna*– al clavecín, al órgano y a la viola de gamba en un deslumbrante salón lleno de espejos, sito en un palacio de mediados del «*Seicento*», para luego saltar lejos, bien lejos, allá, a un campo de batalla imaginario, donde logró despertar a una tempestad de tambores y cañones, que acompañaron esa noche el sordo galope de «La Carga de la Caballería Ligera» de von Suppé. Aún se escuchaba el eco de esa escaramuza, cuando el *cuentero* pegó un brinco a otro continente, en el invierno de 1812, para dejar filtrar, entre gasas de niebla, el eco melancólico de unas *marsellesas* tristes pegadas a la retaguardia del ejército imperial de Napoleón, que huye de Moscú acosado por el general invierno y sus cosacos. Para revivir este episodio describió con detalles la magia que empleó Tchaikovski, para armonizar –en su «Obertura Opus 49»– cornos, flautas y oboes, trombones, tubas y cornetas, con el retumbar de dieciséis cañones de carga frontal y las alegres campanas que se echaron al vuelo en las iglesias de Moscú. Sin gran sobresalto, la audiencia resultó transportada a una catedral, donde un cuarteto de peripatéticos maestros sacudía sus empolvadas pelucas al ritmo recitativo de una sonata barroca, y la música renovaba en este escenario su juramento de mantenerse esclava sumisa de la poesía. Los alelados asistentes continuaron asomándose –asombrados– por la ventanilla de su imaginación, cual si se tratara de viajeros del Expreso de Oriente, contemplando escenarios de tiempos idos y costumbres olvidadas, que transcurrían, raudas –en un desorden admirable– a lo largo de ese hilo retórico, que el cuentero iba tejiendo con los nudos invisibles de la música.

¡Ajá! Que si esa vaina sonó a música sacra o a música profana, a nadie le importó. Que si la música era de un bandoneón en un antro o la de un órgano de cinco teclados en una catedral, a nadie le interesó. Lo asombroso es que la voz del *cuentero* les sonó a algunos a música andina y a otros a fandango; un grupo juró que la narración evocaba ese tipo de música negra patrimonio del palenque profundo, mientras que tres profesores del Liceo identificaron un aria perteneciente a un concierto *grosso* de los tiempos del Renacimiento. El efecto fue igual. Lo extraordinario es que el único instrumento que esa noche le imprimió esplendor y armonía al evento fue esa conjunción que se produjo, entre la garganta prodigiosa del *cuentero* y la imaginación desbocada de los espectadores.

Nadie olvida ¡qué colosal bostezo! improvisaron todos al unísono con esa melodía lenta que reptó solemne cuando el chismoso describió los honores a un muerto eminente en un funeral en *Los Inválidos*, y en seguida, antes que inmediatamente, los hizo saltar, de un brinco, a otro funeral –allí no más– apenas a océano y medio de distancia, para marchar esta vez bajo el sol canicular de Nueva Orleans, al ritmo que imponía otra banda, esta vez banda de negros, armados hasta los dientes con trompetas y saxos, más esas laringes prodigiosas por donde brotaban espontáneos *blues* y *alabaos* ¡Ay que páginas de *jazz* inolvidables improvisaron esa noche estos morenos! Obra de arte efímero de la que nunca quedó huella, pues esos músicos prodigiosos no tenían idea de cómo escribir partituras.

Las metáforas que el *cuentero* usó esa noche para extraerles –a todos y a cada uno de los instrumentos– sus espíritus saltarines y burlones, más sus descripciones vívidas de las diferentes melodías, con sus singulares tiempos y armonías, provocaron que los espectadores se apoderaron de cada historia, cual si hubieran sido nombrados celosos guardianes de esos sonidos, por los siglos de los siglos.

El trance hipnótico que logró con sus palabras se materializó en el milagro de la solidaridad. Todos resultaron integrados al relato y se sintieron responsables de armarle tramoya a cada historia, de ambientarla de acuerdo a las exigencias de cada época y, al final, todos resultaron marcando el compás de la música que el cuentero iba describiendo y cantando a viva voz, como si fueran integrantes del mismo orfeón, que si realmente existió, fue entre la recalentada imaginación de los presentes.

Al principio nadie se atrevía a resollar duro, para no mancillar ese ambiente como de convento de clausura, pero poco a poco, la gente se dejó encarrilar mansa en ese cuento del trance colectivo.

Así la emoción fue «*in crescendo*» y la participación brotó espontánea. Empezaron por llevar el compás de melodías imaginarias y luego tararearon himnos sacros seguidos de canciones profanas.

Los 21 miembros de la tertulia también cantaron, con la misma irreverencia del coro de monjes de la abadía benedictina de Seckau. Parecían recitando las trescientas letanías de Carmina Burana, pues coincidieron con los monjes en alabar, sin vergüenza, los goces carnales y los placeres terrenales.

En seguida, arrebatados y sin asomo de timidez, los veteranos de diez guerras civiles se incorporaron, y empezaron a marchar por el solar entonando en coro:

Allons enfants de la Patrie,

Le jour de gloire est arrivé!

Contre nous de la tyrannie,

L'étendard sanglant est levé...

Así se apoderaron los viejos del espíritu de la revolución. Con sus abarcas azotaron sin piedad el empedrado, en el intento de conservar el compás. Se les vio envueltos en el clímax de la euforia, como si estuvieran entrando a París en ese julio de 1792, cargando sobre sus encorvadas espaldas a *La Marsellesa*.

Y de ahí en adelante se desbocó –entusiasta y efervescente– el espíritu patriótico. Las treinta damas de la «Fundación de la Madre Soltera» se levantaron como un solo cuerpo, para lanzarse agresivas a competir con *La Marsellesa* que entonaban los veteranos. De una, sin asomo de timidez, se fajaron a voz en cuello el

«¡Oh Gloria Inmarcesible!»

¡Oh júbilo inmortal!

¡En surcos de dolores

el bien germina ya!»

Himno que de inmediato fue respondido por los trabajadores de Puerto Galeón con *«La Internacional»*, canción del movimiento obrero que estos duros sindicalistas entonaron marciales, mientras blandían sus puños amenazantes como garrotes y golpeaban el piso con sus botas de trabajo, en su obsesión por mantener el compás.

¡Arriba, parias de la Tierra!

¡En pie, famélica legión!

Atruena la razón en marcha:

es el fin de la opresión.

Berridos sindicales que, a su vez, fueron humillados por las voces atipladas de los alumnos del Liceo Alemán que para demostrar su peso específico y gozarse la noche cantaron el *Fahnenlied*, el himno de las juventudes alemanas:

Unsere Fahne flattert uns voran

Unsere Fahne ist die neue Zeit

Und die Fahne führt uns in die Ewigkeit!

Ja, die Fahne ist mehr als der Tod.

Himno que no entendieron muchos, y que provocó la inmediata respuesta de un coro improvisado de más de cien mujeres de la plaza, que se desgañitaron con falsetes y berridos, en su intento de reclamar peso específico en la fiesta. La alegre interpretación, a grito pelado, de un «*potpurrí*» de corridos de la revolución mexicana se robó la emoción de los testigos:

Se agarraron a balazos,

se agarraron frente a frente,

Arnulfo con su pistola

tres tiros le dio al teniente.

Pero ¡ay! le dice el teniente,

ya casi pa'agonizar:

«Oiga, amigo, no se vaya,

* acábeme de matar».*

La luz había retornado al local y la música ya no sonaba entre los vericuetos de la imaginación, sino que los espectadores enloquecidos de entusiasmo —y en un grado de sobriedad impresionante— cantaban a voz en cuello trozos de arias, himnos y canciones de la revolución. La emoción de la muchedumbre ya no cupo donde Teresa y entonces se desbordó a las calles.

Resultó tan maravilloso el testimonio del *cuentero*, que al filo de la madrugada, la turba de sus adoradores, enloquecidos, recorrían las calles cantando emocionados himnos a la libertad.

Algunos vecinos cabreados ante el espectáculo, dedujeron que esa embriaguez musical, esa euforia por la libertad, la igualdad y la fraternidad, más las antorchas que esgrimían podrían provocar el incendio del barrio, por lo que llamaron de urgencia a la policía.

El mismísimo capitán Coscarelli, quien espiaba en las vecindades, apareció en segundos al frente de todo su pie de fuerza, más el refuerzo de veinte grumetes de la capitanía de Puerto Galeón. Sin ningún miramiento le notificó al *cuentero* su detención sumaria, sin derecho a disfrutar del *habeas corpus*, por los delitos de *incitar a la muchedumbre a la rebelión de los espíritus, por escándalo en la vía pública, por delitos conexos con los de asonada y por actividades políticas incompatibles con su visa de extranjero.*

Tan pronto le transmitieron al presunto azuzador de esta euforia semejantes acusaciones y se le notificó que ante la urgencia por apaciguar el alzamiento no había tiempo para leerle su derecho –válgame Dios–a permanecer en silencio, Naúl dio un paso al frente y se ofreció como «chivo expiatorio» –según él– para reemplazar, el cuerpo presente del empapelado, en la hedionda cárcel de Puerto Galeón.

– Es que en estas circunstancias es preferible aprovechar las habilidades del *cuentero* como bombero para extinguir tanta emoción alebrestada –alzó su voz Naúl–. ¡Entiendan! Su palabra es el único recurso que tenemos a mano para sofocar los ánimos que están ardiendo.

Pero ese acto de solidaridad de Naúl en nada satisfizo el apetito represor de la autoridad, antes bien, lo avivó con tan funesto resultado, que los dos extranjeros resultaron presos, sin fórmula de juicio y sin posibilidad de pataleo.

¡Ay Teresa, qué pereza! –se escuchó el vozarrón de Naúl, cuando marchó al calabozo, escoltado por la fuerza pública.

Mientras que el inspector tasaba los posibles daños a la cosa pública y definía las posibles transgresiones a la soberanía nacional en las que habrían incurrido los encartados, Naúl y José María marcharon sumisos a cumplir con la decisión que les impartió su destino.

La muchedumbre que se mantuvo despabilada frente a la inspección de policía, escuchó emocionada al desafinado dúo de compadres, que allá en lo profundo de los calabozos, coreó a voz en cuello, «¡*Somos la raza pura!*», el himno nacional de su tal república de la utopía.

«Y me hechizan ellas, mujeres bellas, de raza pura con piel oscura:

Mulatas lindas de piel canela hechas de azúcar, tabaco y miel.»

Apenas aclaró, los detenidos se silenciaron. Acomodaron sus humanidades sobre el cemento frío, las abarcas a manera de almohada y ambos se cubrieron con la bandera uruguaya.

– Buenas noches maestro. Duerma como un recién nacido que aquí vela su escudero. No olvide que soy más fiel que un perro recogido.

53

Se Buscan...

Los socios de la tertulia se turnaron para demostrar su solidaridad con los detenidos. Todos los días peregrinaron para atiborrarlos de libros y revistas, comida, ron de contrabando, amén que organizaron una red de solidaridad para apoyar la causa de los que bautizaron como «prisioneros de conciencia».

A partir del lunes se declararon en alerta máxima y todas las noches se reunieron a especular sobre el tema de «la censura a la palabra», pretexto para salpicar las tibias noches del *veranillo de San Juan*, con ron blanco. Pero no se contentaron con enclaustrarse en la bodega a quejarse como plañideras, sino que salieron a azuzar a los estudiantes, tanto del Colegio Alemán, como a los discípulos del hermano Pedro, en el Colegio de los Maristas. Los jóvenes juraron que saldrían a manifestarse en la calle, el día de la audiencia, alegando «el amordazamiento de la palabra, el secuestro de las ideas y el silencio forzado de la imaginación». El gordo Libanati instó a los muchachos de las escuelas públicas a que expresaran su indignación, desfilando por las calles de Puerto Galeón con las bocas selladas con esparadrapo. El gordo Celaya y el capitán Carrizosa ofrecieron encabezar una comisión que viajaría hasta la capital para alertar a los consulados de Uruguay y España, sobre el tratamiento discriminatorio y desproporcionado de las autoridades del puerto contra los dos extranjeros, pero desistieron luego de analizar la compleja biografía de los dos encartados y hacer cuentas de lo que les tocaba contribuir –a prorrata– para pagar el viaje.

– Entre lo peor, lo mejor que les puede suceder al *cuentero* y al uruguayo, es que los deporten –sentenció Carlos Buitrago, notario único de Puerto Galeón y miembro de número de la tertulia.

Para administrar tanto tiempo de ocio que les regaló la vida, Naúl y José María se dedicaron a esculcar sus conciencias.

Naúl hizo prolijo inventario de todas las Marías y las Penélopes que amó en treintaitantos países, y hasta confesó estar preso de nostalgia cuando recordó a Amina, reputada en el Norte de África, como su más aprovechada alumna berebere de *s*.

En contraste, a José María se le borró el hemisferio cerebral de la memoria y sólo habló de su diosa, Valentina, agregando que «amor es ese irresistible deseo de ser deseado».

Esa noche le escribió:

«Te tengo frente a mí, pero no me puedo acercar.

Te puedo saludar, pero no te puedo abrazar.

Te puedo hablar, pero no te puedo besar.

Te puedo imaginar, pero no te poseo.

Eres primavera, yo soy otoño.

Eres como una estrella, sólo para mis ojos, porque estas manos jamás te podrán acariciar. JMV».

Ella le respondía cada día, con papelitos clandestinos: «Contigo aprendí a soñar, cuando ya estoy despierta. VZ».

Naúl concluyó con un apunte filosófico.

– Macho, ya te pasará. Los grandes amores empiezan con euforia, entre las burbujas de una copa de champaña y terminan con acidez, aliviada por las burbujas de una cucharada de bicarbonato de sodio, disuelta en medio vaso con agua.

Cumplidas cuatro semanas de detención, los dos extranjeros detenidos fueron notificados que tendrían audiencia ante un juez para instruirlos de cargos. Los presuntos delitos incluían sedición, realización de actividades subversivas incompatibles con su estatus de extranjero, alteración del orden público, más otra docena de cargos derivados.

El capitán Carrizosa solicitó permiso al juez, para preparar a Naúl y a José María para la audiencia. Con la venia del juzgado, ocho de los compañeros de la tertulia fueron autorizados para visitarlos en el reclusorio, so pretexto de estudiar el alcance de los cargos. Pero no se tocó el tema jurídico, sino que los diez se dedicaron a repasar anécdotas y a hacer bromas sobre las condiciones de la reclusión y a leer en voz alta la multitud de mensajes que les enviaron. Justo antes de despedirse, el gordo Libanati preguntó:

– ¿Tienen aquí un traje decente para ir a la audiencia? Es importante impresionar al juez. Con su apariencia pueden demostrar que ustedes no son vulgares contrabandistas, o anarquistas de pacotilla, sino unos intelectuales decentes, dedicados a cultivar el arte de la retórica.

El gordo Celaya se ofreció a coordinar con doña Genoveva el alistamiento de un traje para esa ocasión. «Ajá chico, ¿y tú qué te vas a poner para ese día?» le preguntó a José María.

– Abrumado ante la majestad de la justicia de este puerto, ardo en deseos de estrenar una camisa de fuerza.

Tres días más tarde, a los calabozos de la comisaría central de Puerto Galeón fue a parar aquel viejo terno de paño que Naúl negoció con un judío avaro en París, y que ahora lucía recién planchado, pero hediondo a naftalina. En la misma bolsa, apareció el cartón que el uruguayo le pidió a la Niña Geno con el propósito de colgarlo en su celda: «Patria es el lugar donde se vive bien» «Frase de Naúl Ojeda, cuya autoría se la disputa Cicerón».

Horas después, llegó otra bolsa. Era el impecable traje blanco, en lino egipcio, que Valentina compró en el almacén de los libaneses –a escondidas de doña Genoveva– para que José María impresionara al juez.

En agradecimiento por el amoroso gesto de doña Genoveva, Naúl le escribió una nota:

«Cuanto más numerosos son los hombres libres que me rodean y más vasta es su libertad, más extensa, más profunda y más amplia se vuelve mi libertad». Remató con: «Palabras que Naúl Ojeda le prestó a Mikhail Bakunin, con cero por ciento de interés».

Sumido en lo más intrincado de su laberinto intelectual, el señor Chiaraviglio estuvo tentado a denunciar la existencia del complot, pero en seguida desistió. Sospechó que hasta las mismas autoridades podrían estar enredadas en la conspiración.

El organista se sintió a la deriva. Recordó cómo el cura Müller y el infalible director de «El Caribe Times» instigaron el duelo, y, a la hora de la verdad, lo dejaron a merced de su suerte.

La única persona que le brindó su apoyo, y hasta arriesgó su libertad para defender su honor fue el capitán Carrizosa, un tipo al que jamás antes trató, pero al que tuvo el privilegio de conocer, cuando se solidarizó con su tragedia personal.

– Capitán quiero hablar con usted.

– Hola amigo Chiaraviglio, ¿ya está preparado para la tormenta que se avecina?. Con calores tan infernales se evapora mucha agua de la ciénega y el mar. Es entre estos hervores donde se cocinan los huracanes.

El capitán lista de chequeo en mano dirigía a dos obreros que colocaban madera para proteger las ventanas de su casa y retiraban escombros y basura de los alrededores

– ¡Ay! Ustedes los civiles nunca aprenden a tomar precauciones.

– Capitán, necesito comentarle algo urgente.

– Mi caro amigo. Más urgente que prepararse para un inminente huracán no hay nada. Yo revisé las estadísticas e hice mis cálculos matemáticos. ¿No le huele a pólvora? Es el ozono. El huracán viene cargado de rayos y centellas.

– Pero esto es de vida o muerte, capitán

– De vida o muerte es un huracán que supere los 175.2 kilómetros por hora. Mire cómo me encuentro de ocupado. Aún me falta sacar el bote de motor del agua y colocarlo bien lejos de la orilla, sobre cama seca. Como si fuera poco, debo esconder mi velero en unos manglares de bajo calado, lo más lejos del mar, y asegurarlo con cuatro anclas de cadena. Así que, lo invito a que regresé cuando pase todo, si es que la tempestad que adivino en la atmósfera no se lo lleva todo.

– Capi, por caridad, mañana puede ser demasiado tarde.

– Nunca es tarde, no sea pesimista. En una semana lo invito a celebrar el paso de la tormenta. Aquí voy a asegurar una botella de ron de caña, para que nos la bebamos a la salud del huracán.

– Capitán, sé de buena fuente, que los 21 miembros de la tertulia, tienen las horas contadas.

– ¿Contadas? ¡Ja, ja, ja! Algunos no hemos tenido otro vicio solitario que contar y descontar nuestras horas durante los últimos sesenta años.

En procura de solidaridad con los detenidos, los miembros de la tertulia escribieron a cuarenta manos una carta a don Fidedigno Hurtado, director de «El Caribe Times». Le pidieron –«con todo respeto»– se pronunciara sobre la importancia para la sociedad de Puerto Galeón contar con una prensa libre, que defendiera el derecho constitucional de los ciudadanos a expresarse libremente. De paso, le demandaron un pronunciamiento franco ante los atropellos que habían sido objeto el *cuentero* español y el uruguayo, «un par de pacíficos intelectuales, cuyos derechos civiles fueron desconocidos por oscuras decisiones policiales». Escribir la carta les demandó una hora. Consultarla, editarla, corregirla, reescribirla y pasarla a limpio medio centenar de veces, les tomó más de una semana. Don Fidedigno ni publicó la misiva, ni acusó recibo de ella. Pero para echar sal sobre la herida, se fajó un encendido editorial que no fue más que una elegía sobre «la independencia, objetividad y gloriosa neutralidad de este diario, decano de la prensa libre en este lado del Caribe, orgullo de la gente bien de Puerto Galeón» Recalcó sobre la tradición de su familia «dedicada al mantenimiento de la concordia nacional y a la proyección internacional del país». Para demostrar su vocación como defensor de la libertad de expresión exhibió –con nombres, apellidos, apodos familiares, pelos y señales– un inventario de los inteligentes herederos y parientes políticos de don Fidedigno que estudiaban filosofía y letras en París, con la promesa de retornar a la Patria –más preparados que un queso *roquefort*– para heredar los negocios derivados de la tradición periodística del apellido *Hurtado*

Después de la agria polémica en el seno de la tertulia sobre si convenía visitar en persona al mezquino director de «El Caribe Times», sus veinte miembros decidieron aparecerse en sus oficinas, para pedirle un pronunciamiento sobre «la libertad de expresión».

A las 8 de la mañana montaron campamento en la recepción de la oficina. A las 10, le recordaron a la secretaria que ya completaban dos horas de paciente espera. A las 11, declararon –por unanimidad– sentirse aburridos. A las 12, manifestaron que se encontraban hambrientos. A la 1, ensayaron un bostezo en coro para notificar a la recepcionista que estaban a punto de desfallecer de hambre. Por fin a las 2, una secretaria flacuchenta, adornada con enormes espejuelos, les notificó que qué pena pero que el ínclito Director estaba escribiendo el editorial del día siguiente y nadie podía interrumpir su inspiración. ¡Ahí sí fue Troya! Le mandaron a decir «de qué mierdas se iba a morir», y lo retaron con expresiones –que aunque castizas– eran un tris retadoras: «dígale a su jefe, que estos caballeros aspiraban a ver un varón testiculado que pusiera la cara, y no a una secretaria». Pues a la semana siguiente el señor director sí puso la cara.... o más bien, 22 caras. En coordinación con el alcalde del puerto, y previa consulta al padre Müller, publicó ese lunes un gigantesco aviso, en doble pagina, bajo el titular de «se buscan», donde aparecían las fotografías de los 21 miembros de la tertulia, más un «retrato hablado» del señor Valle, el *cuentero*.

SE BUSCAN

DELITOS:

«CRIMEN ORGANIZADO, SEDICIÓN Y

ALTERACIÓN DEL ORDEN PÚBLICO»

Esa misma madrugada, de manera simultánea, amanecieron empapeladas todas las esquinas de la ciudad vieja con un colosal afiche –similar al de los cines– copia fiel del aviso publicado por el diario. En el pie de página se leía: «Advertencia: Este aviso ha sido pagado por ciudadanos ejemplares, representantes de las fuerzas vivas de la ciudad, dispuestos ellos a separar en nuestra sociedad el oro de la escoria».

No alcanzaron a transcurrir 24 horas, cuando los 22 rostros ya lucían irreconocibles. Manos misteriosas se encargaron de practicarles –a los más de quinientos afiches pegados en todas las esquinas– cirugía cosmética. Con la paciencia de los restauradores de íconos bizantinos, le fueron agregando detalles. Sobre la calva del señor Libanati le colocaron un bisoñé crespo. A los piadosos hermanos Yurgaqui les colocaron cuernos. El capitán Carrizosa Navarro, quien como fenómeno exótico aparecía sonriente, le borraron un diente, razón para que en esta edición corregida del afiche apareciera mueco. Naúl parecía un ciego con las enormes gafas negros que le pintaron. Al gordo Celaya fue al único que mejoraron, habida cuenta que le agregaron un puro. El «sordo Beethoven» resultó bizco. Don Aquileo Salgar, el de la funeraria, le crecieron los labios, le aumentaron las pestañas y le colocaron aretes, por lo que lucía como un vulgar travesti. Para rematar, aquel titular agresivo de «Advertencia» resultó cubierto con una tira de papel, pegada con engrudo, donde se leía: «Ejercer el poder corrompe. Someterse a él degrada. Palabras de Bakunin».

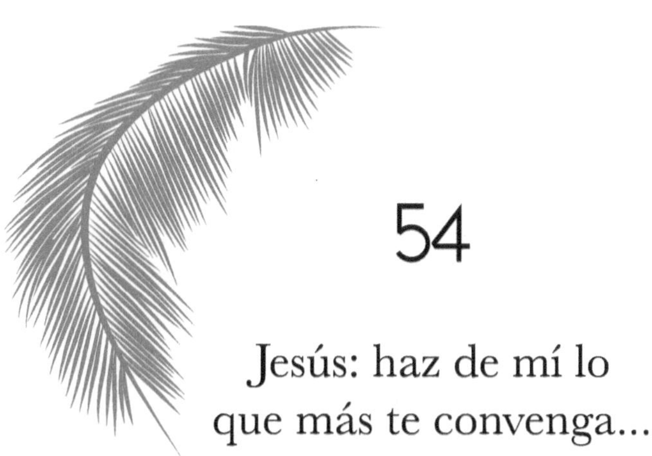

54

Jesús: haz de mí lo
que más te convenga...

La serenidad que por muchos años disfrutó el señor Chiaraviglio en Puerto Galeón, con su flauta, su acordeón, su violín, sus alumnos y su voz, empezó a diluirse en un recuerdo tan borroso como su niñez en Nápoles.

Ahora, con sesenta años a cuestas, padecía de insomnio, extrañas visiones, premociones fatídicas y una angustia clavada entre el esternón y el bajo vientre. De noche lo despertaba un olor a azufre, que en un principio creyó provenía del infierno, pero luego recordó que se trataba del aroma que le quedó impreso en el cerebro desde la madrugada del duelo, un tufo acre, mezcla de angustia y de pólvora. Como si lo anterior fuera poco, cargaba un insoportable lastre de remordimientos. Tenía demasiadas deudas morales que cancelar y no encontraba camino o pretexto para satisfacerlas.

Primero, le pesaba en el alma la calumnia que él mismo contribuyó a prohijar, cuando acusó públicamente a Naúl de ser el autor de la ofensiva copla y, como consecuencia de decisiones injustas y desproporcionadas, puso en evidencia la debilidad de su carácter.

Otra deuda atorada en su conciencia era con el capitán Carrizosa. Él lo representó con dignidad y lealtad en el momento más aciago de su vida, cuando debió cargar —solo— con el agónico deber de defender su honor ¡Qué cruel contraste! Aquellos que creyó sus amigos, no fueron más que unos pusilánimes que lo abandonaron.

¡Ah! Pero entre todas las deudas, la más grande y compleja de pagar era la tercera: con Naúl. En el último segundo del duelo, sin que mediara una voz de clemencia, en un inesperado gesto de generosidad que engrandeció al uruguayo, éste le perdonó la vida, sin que luego hiciera ostentación de su magnanimidad.

Y la última era una deuda de admiración con el *cuentero*, quien lo ayudó a reencontrarse a sí mismo, por la vía de develarle con esplendidez, el poder subyugador de la palabra.

Luego del fugaz encuentro con el capitán Carrizosa y su frustración por haber sido incapaz de transmitirle la urgencia del peligro inminente, el organista buscó refugió, otra vez, en el último rincón del balcón del coro. Desde esas alturas terrenales miró a lo lejos el inmenso Cristo del altar. Apabullado por su propia insignificancia, solo atinó a repetir la única oración a la que le encontró sentido:

– *Jesús: haz de mí lo que más te convenga.*

Y la repitió lento, modulando cada palabra, en voz baja, con fervor:

– Jesús: haz de mí lo que más te convenga.

No llevó la cuenta de cuántas veces insistió en la misma letanía, seguro que ella contenía el poder nuclear de hacer milagros.

– Jesús: haz de mí lo que más te convenga.

¿Que la imagen de Jesús alzó la cabeza y lo miró?, es improbable. ¿Que le sonrió?, está por verse. Pero que la imagen lo colmó de energía espiritual y lo conminó a liderar una misión imposible, de vida o muerte, que no daba ni pausa ni tregua… de eso no hay duda.

De un ágil salto, el obeso organista llegó hasta el borde de la empinada escalera. En tres trancos descendió a la calle y, sin pensarlo dos veces, puso en marcha una operación destinada a retar –otra vez– a la mismísima muerte. Estaba seguro que ese era el providencial camino para pactar un acuerdo de paz con su atribulada conciencia.

El golpe de mano, inició su fatídica marcha, con la exactitud de un cronómetro suizo.

Si algo resultó cosa de portento fue la coincidencia de dos fenómenos de distinto origen, pero de similar potencia demoledora: el huracán y la «Operación Séptem». Cabe, incluso, especular que una mano de poder extraordinario colocó la fuerza del ciclón a las órdenes del comandante Chevah.

– Mañana en la noche, si no nos reconocen como el brazo armado de Dios, nos recordarán como su rayo vengador.

El gordo organista se sorprendió ante el renovado ánimo que lo envolvió. Se sintió iluminado. El delirio de entrar en acción por una justa causa, lo sacudió. Entonces apareció en flash sobre su mente la palabra inspiradora: «¡*improvisación!*». Esa era la clave que les reveló el *cuentero*, la noche que introdujo a los músicos del puerto dentro del palpitante corazón del *jazz*. No contaba con tiempo para planear, luego debía improvisar sobre la marcha.

De entrada, espantó su proverbial timidez y se impuso la tarea de tocar todas las puertas, incluso las de gente con quien jamás antes se imaginó cruzar palabra.

El aviso «Dónde Teresa, Amor, Ron y Cerveza» bailaba encabritado a merced del ventarrón, cuando el organista entró sin golpear.

– Señora Teresa, es urgente. Se va a repetir en Puerto Galeón, «la noche de San Bartolomé».

– Señor organista, si está promoviendo algún espectáculo nocturno de guacherna y carnaval, cuente con nosotras.

– No mi señora. *La noche de San Bartolomé* no fue de carnaval sino de carnicería. Y aquí está a punto de repetirse esa tragedia que ocurrió en Francia, hace dos siglos y medio.

– ¿Al fin qué? ¿Tragedia o carnicería?

– ¡Masacre! ¡Asesinatos! Todo como infeliz resultado del odio y la intolerancia religiosa. Esa histórica noche, los fieles católicos, azuzados por políticos y predicadores capuchinos, masacraron a dos mil cristianos protestantes en París y a diez mil en toda Francia. ¡Atención! Una tragedia similar, alimentada por la intransigencia y el fanatismo religioso, está a punto de arrasar con Puerto Galeón.

Satisfacer la curiosidad histórica de Teresa le tomó al organista casi quince minutos, pero la maldita conclusión le demandó cinco segundos:

– Una docena de fanáticos religiosos, cuyas identidades desconozco, van a matar mañana en la noche a Naúl o al *cuentero*, o, en el peor de los casos, a ambos.

– ¡Putas! O mejor... ¡Ave María Purísima! ¡Carmen! ¡Anunciación! –gritó Teresa con tono de urgencia– ¿Dónde están? ¡Alexandra! ¡Colette!¡Castalia! ¡Ébano! ¡Evangelina! ¡Bajen de inmediato! ¡Nicole! ¡Macaria! ¡Estefanía! ¡Teodora! ¡Todas al patio! ¡Yolanda! ¡Violeta!..

En minutos, un destacamento de cuarenta mujeres «de la vida» –mal contadas– lideradas por Teresa, se encontraban absortas, en pie de lucha, contagiadas de entusiasmo por el señor Chiaraviglio, iluminadas por una misión extraña y dispuestas a neutralizar a unos fantasmas que apenas empezaban a reconocer por deducciones débiles, basadas en conjeturas vagas.

Las pichonas conocían a Naúl como si fuera de la casa. Soportaron sus genialidades cuando estaba en sano juicio y sus locuras y excesos cuando montaba campamento durante tres días, en unos parrandones donde se mezclaban, carne de chivo oreada, ron de caña, whiskey de contrabando, rumbas calientes, sones vallenatos y chistes pesados.

Esa familiaridad con el uruguayo y el tremendo impacto que les causó escuchar la verborrea del *cuentero* durante el inolvidable encuentro con «las mujeres de la vida», cohesionó a las pichonas alrededor de la causa de los «prisioneros de conciencia».

Esas graciosas mujeres, construidas para ser gatitas angora, consentidas y mimadas, que se dejaban acariciar sin importar qué tan impúdico fuera el manoseo, se trocaron de la noche a la mañana en tigresas, furibundas, dispuestas a defender a su camada.

– ¿A qué mal parido hay que desollar? –se escuchó el reto de alguna.

– ¡Estamos en pie de lucha! –respondió otra.

– ¡Para pelear, a ninguna nos tiembla el trasero!

En vista que el organista abrió los ojos cabreado, Teresa se apresuró a susurrarle entre su oreja peluda.

– Le advierto Señor Chiaraviglio, un solo marica bravo o media docena de bailarinas ofendidas desarrollan suficiente energía como para provocar un maremoto.

Entre tanto, Naúl y el cuentero, confinados en los estrechos calabozos de la comisaría de policía, continuaban disfrutando –en calzoncillos– de sus dos camas de cemento, ignorantes del zaperoco que se estaba horneando en Puerto Galeón. Sudaban como en un baño turco y soportaban estoicos esa humedad pegajosa que suele preceder a un temporal.

Semanas atrás, cuando se regó entre las mujeres el rumor que en los calabozos reinaba un olor nauseabundo (solución de grajo, aguas estancadas y miados), tufo que desde los tiempos de la Inquisición ya había hecho costra verde sobre la piedra coralina, cientos de ellas se volcaron para realizar un espontáneo y masivo tratamiento de *aromaterapia arquitectónica*. Mujeres de todas las clases confrontaron al Capitán Coscarelli y lograron su permiso para hacerles llegar a los detenidos, toda clase de flores aromáticas. Se aparecieron las mujeres con inmensos canastos rebosantes de perfumadas flores de gardenia. Confeccionaron coronas con flores de níspero, madreselva, jazmines, geranios y narcisos, amén de ramos con nardos y jacintos. Entre bolsas con limones, colocaron lilas, heliotropos, toronjil, azaleas y osmanto chino. Si la hediondez no se eliminó por completo, por lo menos se neutralizó durante el día y parte de la noche, no en las madrugadas cuando retornaba ese asqueroso hedor a mortecino y a metano. Pero ellas no se amilanaron. Todos los días cientos de mujeres, armadas con el don de la persistencia, repetían la peregrinación para renovar con más flores perfumadas el ambiente miserable de la cárcel.

Pese al aislamiento y a la fetidez, Naúl y José María no padecían el menor asomo de incertidumbre, antes bien, se sentían dichosos por la oportunidad de enriquecer sus biografías con otra anécdota exótica, y soñaban –día y noche– en voz alta, con sus planes de reformar aquella Constitución, que bajo otros cielos firmaron sobre una servilleta de organdí, y así poder trasladar a Martinica o a Cuba –con todas las de la Ley– la sede oficial de su republiqueta en el exilio. Por esa vía legítima, erigirían en esas islas mil santuarios benditos, dedicados al culto del *son*, de la *sandunga* y de la *guaracha*.

– Macho. Con tantas matas me siento viviendo en el mismísimo Edén o flotando entre una ensalada de lechugas.

– Naúl, esta es la única cárcel del mundo que huele a pensión de maricas.

– Maestro, abrumado de flores y de olores, me parece estar asistiendo a mi propio funeral.

55

Evacuación de la «familia» de Naúl...

Los siete terroristas se vistieron de negro y para evitar brillos que los pudieran delatar se pintaron con corcho quemado los rostros, brazos y manos.

A la madrugada, se embarcaron en un camioncito, allá arriba en un caserío, en lo alto de la sierra donde pasaron las últimas semanas en exigente entrenamiento. Cargaron los fusiles, setenta botellas llenas con gasolina, las cajas con la munición, las tres cajas de dinamita, paquetes con pan, carne de chivo ahumado, queso campesino y cantimploras con agua.

Esa misma mañana, un sobre cerrado, marcado como «personal y privado», yacía sobre el escritorio del padre Müller en espera que su destinatario lo abriera:

«Apreciado Padre Wolfgang: Usted ha sido mi mentor, consejero y amigo durante muchos años. Pero hoy, he tomado la decisión espiritual de alejarme de su influencia. Le ruego acepte mi renuncia como organista de la parroquia. El motivo es simple: en ésta, que es mi Iglesia, ya no se habla de amor, sino de cólera. Ya no se predica la redención, sino la revancha. Ya no se ora a la luz del día, sino se conspira entre las tinieblas de la noche. Ya no se escuchan plegarias, sino voces de mando. Yo, que le he servido a usted con una generosidad sin orillas, me siento adolorido por la decisión que acabo de tomar. Su seguro servidor y amigo, Emiliano Chiaraviglio.»

Mientras Naúl y el cuentero se peloteaban, de una celda a la otra, las fantasías nacidas de su universo descocado, allá «donde Teresa», un improvisado ejército de «mujeres de la vida» se organizó a las volandas, para cumplir un misión de vida o muerte: evitar la masacre de esos 22 caballeros, cuyas fotos aparecían en «El Caribe Times».

Teresa se puso al frente del oficio más urgente. Junto a cuatro chicas corrieron por las desiertas calles del casco viejo de Puerto Galeón, a esa hora azotadas por el temporal, con el propósito de poner a salvo a «la familia de Naúl».

Entre tanto, el organista italiano escogió a dos auxiliares: Nicole y Colette. Sin tiempo para protocolos y presentaciones, los tres salieron disparados a alertar a las damas de la «Fundación de la Madre Soltera», habida cuenta que muchas de ellas eran esposas de prestantes miembros de la sociedad, que pertenecían a la tertulia.

Dos jovencitas corrieron a transmitir la voz de alarma a las mujeres vendedoras de la plaza y convencerlas para que se unieran a la operación.

Otras cuatro, lideradas por esa inmensa hembra morena que llamaban Ébano, pasaron a la reserva por si era necesario una operación especial, que requiriera inteligencia y fuerza.

Las doce restantes se encargaron de conseguir seis botes para evacuar a los amenazados desde seis playas diferentes.

Cuando el equipo de Teresa golpeó el portón rojo del 610 de la calle del Alférez Mayor, doña Genoveva palideció. En un principio se negó a abandonar la casa, con el argumento que la construcción era fuerte y segura, a prueba de huracanes, e inmune a los asaltos de piratas y corsarios. Pero ante las noticias alarmantes, la oscuridad que se venía, los relámpagos que centelleaban, y el ulular de las primeras franjas de viento que anunciaban el arribo del huracán, doña Geno arregló una maleta y organizó la salida inmediata de Valentina y de las dos sirvientas.

Entre la vorágine de la emergencia, Valentina lucía serena. Se dirigió al patio de atrás para comprobar que la puerta del taller de Naúl estaba asegurada. En seguida subió hasta la habitación de José

María, y le escribió: «En medio de este divertido maremágnum estoy feliz. Ahora soy parte substancial de ti. Ardo en deseos por escuchar tu voz, para comprobar que continúo soñando despierta. Cuídate». Como de costumbre, deslizó el papel debajo de la sábana. Entre los gritos de «Niña ¿en qué andas? ¡Se nos acabó el plazo! ¡Debemos embarcarnos ya!», ella se dio mañas para desclavar el listón de madera, donde Naúl había registrado, con marcas y fechas, el crecimiento de Valentina. «Increíble, ya casi alcanzo la raya, donde el «tío» Naúl, marcó su altura cuando llegó a esta casa». Con la angustia tatuada en sus caras, las cuatro mujeres, fueron embarcadas en una camioneta verde, con instrucciones perentorias al chofer, de no detenerse durante las siguientes seis horas, hasta arribar –tierra adentro– a la casa grande de la hacienda lechera de los Valdeblánquez, en lo profundo de la sabana.

– Valentina ¡Por Dios! ¿Para dónde llevas ese listón? –la recriminó doña Genoveva.

– Abuela, aquí está el registro legalizado de mi vida, desde que era niña hasta que me convertí en mujer.

Tan pronto las chicas se aseguraron que la casa del 610 quedó vacía, se dieron mañas para asegurar puertas y ventanas, con trancas, candados y fallebas, y para no dejar pista que orientara a los asesinos, arriaron la bandera de «los dos pares opuestos y complementarios» que allá arriba, en la cumbrera del tejado flameaba con renovados bríos, al ritmo que a esa hora le imponía la furia de la tempestad.

Si alguien quedó en *shock* con el relato del organista fue doña Paloma viuda de Sourdís. Una vez se recuperó del pasmo inicial, exhibió tal coherencia y lucidez que, incluso, se sorprendió a sí misma.

– ¡Gracias Dios mío! ¡Esta operación de rescate es un genuino exorcismo, de los de verdad, verdad!

La matrona permaneció petrificada con sus brazos estirados hacia el cielo y una expresión de placidez total, al tiempo que recibía sobre su rostro la lluvia inclemente. De súbito, la señora Paloma salió de su trance.

– ¡Ordenen qué debo hacer! ¡Hasta mi vida les ofrezco!

Presurosa se colocó una chaqueta impermeable de hule y le ordenó a dos de sus tres sirvientas que la siguieran, armadas de paraguas.

– Me toca cargar con estas jóvenes ingenuas y majaderas. Es una lástima que Emiro, el jardinero de la casa, ya no esté. Qué muchacho tan honrado y servicial. Cómo me hace de falta en estos episodios, porque con su agilidad de gato montés ya hubiera volado a notificar a todas mis amigas de la alarma.

La vieja, hizo una pausa y, sin el menor escrúpulo, dejó escapar un hondo suspiro.

– El Emiro desapareció hace once semanas, me imagino que detrás del trasero de alguna vagabunda. Así son de obsesivos los hombres. Lo que se me hace raro es que nunca regresó por sus cosas, ni reclamó el sueldo de los últimos tres meses, ni volvió por los ahorros que me confió una tarde.

Il signor Chiaraviglio le mostró el aviso de «Se Busca», y en segundos, doña Paloma improvisó un mapa mental preciso, indicando en dónde moraba cada quién. De inmediato se echó a correr, a la par con las sirvientas, para alertar a sus amigas.

Si el número de legionarias se multiplicó en proporción aritmética, se debió a que el terror creció en progresión geométrica.

Aunque eran siete los conjurados, la oscuridad en la iglesia y el impacto por la visión, contribuyeron a que el organista diera testimonio de haber visto «por lo menos una docena… de los veinte asesinos». Teresa convirtió esa «docena» en más de cincuenta y en la medida que la alarma transitó de boca en boca, entre tantas almas ingenuas, el número de terroristas se convirtió en un inminente ataque de mas de diez mil piratas que, como en tiempos idos, asaltarían a Puerto Galeón, saquearían residencias y comercios, se robarían las campanas de las iglesias, violarían a sus mujeres y no dejarían piedra sobre piedra.

Gracias al miedo que encarna el fantasma de lo desconocido, resultaron alineadas –hombro con hombro– las coquetas mujeres de la vida, con las arrogantes socias del club; las sencillas vendedoras de la plaza de mercado, con las primorosas alumnas de solfeo del organista; las mujeres consentidas de Naúl, con tres ingenuas hermanitas de la caridad; sirvientas, madres, amigas y vecinas unidas todas por una causa común. En las siguientes dos horas, más de doscientas mujeres ya cumplían tareas asignadas por Teresa, la señora Paloma y el organista italiano, arrebatadas por la mágica consigna que hizo grande el *jazz* de Nueva Orleans: «*¡A improvisar! ¡Carajo!*»

56

Fuerza de Tarea
«Ébano»...

La única seña para llegar al cuartel general de esta operación de rescate era preguntar por el aviso de lata que en la esquina reza: «Dónde Teresa: Amor, Ron y Cerveza».

El centro de operaciones se organizó alrededor de una larga mesa marcada por las huellas de vasos, quemaduras de cigarrillos y los tacones de algunas alegres bailarinas que dan fe de mil y una noches de carnaval y relajo. Sobre esa mesa se arracimó la democracia. Teresa, el señor Chiaraviglio, las tres hermanitas de la caridad que incorporó la señora Paloma, doña Tonny Restrepo y la señora Gloria Cataño de la «Fundación de la Madre Soltera» y esa vibrante muestra de hembras pintoreteadas y parlanchinas que se encargaron de dotar a Puerto Galeón de su bien ganada fama de ser un puerto que jamás duerme.

La señora Paloma lucia en estado de éxtasis, maravillada por la aventura en que quedó envuelta. «Puede que no esté experimentando un exorcismo, pero esto es algo muy parecido a un orgasmo», le confesó en un suspiro a doña Gloria Cataño.

Subida doña Paloma en su nube de protagonismo, le arrebató al señor Chiaraviglio la hoja del periódico donde aparecían los 22 más buscados de Puerto Galeón, y sin más protocolos, mojó la punta del lápiz rojo en su lengua.

– Para mantener el control, es preciso numerarlos.

Según su acelerada explicación los números asignados no corresponden al orden en que aparecen en la publicación, ni a un código a la suerte.

– Estoy pensando en cómo agruparlos, de manera fácil y organizada, para sacarlos del puerto, con mínimos riesgos para ellos y nosotras, y en total secreto, hasta que la autoridad atrape a los asesinos.

La numeración obedeció a criterios claros. La cercanías de la vivienda de unos con otros. El nivel de dificultad para ubicarlos, habida cuenta que algunos podrían estar escondidos a raíz de la publicación de «El Caribe Times». Consideraron también la tensión que se vivía en Puerto Galeón por la llegada del huracán. La cercanía a las playas por las que podrían ser evacuados. Más la capacidad y ubicación de los botes.

A Naúl y a José María los marcaron como 1 y 2. La misión de sacarlos de la cárcel –por la razón, la fuerza o el engaño– y conducirlos hasta la playa se le asignó a la que bautizaron: «*Fuerza de Tarea Ébano*».

La noche que entró el huracán, la comisaría estaba a cargo de cuatro policías solteros. Tres días atrás, el capitán Coscarelli les otorgó permiso a 36 de sus unidades para que ayudaran a sus familias en los preparativos, y hasta él mismo se dedicó a reforzar las puertas y ventanas de su vivienda, además de almacenar agua y víveres para una semana.

Ébano y las muchachas conocían a todos los policía que prestaban sus servicios en Puerto Galeón. Todas las noches las patrullas de vigilancia hacían una escala técnica «Dónde Teresa» y en días de descanso allá aparecían los agentes en traje de civil para tomarse una cerveza o un ron, y socializar con las muchachas.

Cuando los equipos de rescate se desgranaron de la casa de «Dónde Teresa» hacia los destinos convenidos, el temporal ya se había tomado la ciudad. Las mujeres chapaleaban entre los arroyos, e inclinaban sus cuerpos para hacerle resistencia al furioso temporal que por momentos las cegaba. El riesgo era inmenso. Los tornados que se forman al interior de un huracán pueden desaparecer a una persona como por encanto o convertir un vidrio, una teja o una lata en cuchilla traicionera, capaz de degollar de un tajo limpio a un novillo cebado.

Ébano arribo a la comisaría echa una sopa. La camisa de algodón destilaba, y se pegaba a sus tetas monumentales. La breve falda empapada permitía adivinar –en toda su extensión– esos muslos que como columnas sostenían una escultura perfecta. Ni que se acabara de duchar vestida. Sin el menor asomo de piedad cimbreó ese cuerpo de diosa que todos adoraban y decidió mostrar su faceta de encantadora de serpientes. Sonrió para deslumbrar a los policías con una hilera de dientes perfectos y parpadeó con esas pestañas que más parecían hojas de palma mecidas al viento. Con la voz acaramelada que las mujeres afinan para poder hablar de amor a oscuras, pidió ver al comandante.

– Mi comandante, ¿Ustedes ya comieron?

Ante semejante visión erótica, el despistado debió entender «¿ustedes ya me comieron?» o alguna otra ilusión calenturienta, porque el cretino puso los ojos en blanco y sonrió con mansedumbre....

Gracias a los encantos de Ébano, la operación de liberación resultó más simple y menos heroica de lo que se pensaba.

Las chicas se aparecieron con tres deliciosos sábalos, reforzados con yuca, plátano y arroz, entre una olla. Una vez los tres guardas improvisaron la mesa y se sentaron, y el sargento que fungía de comandante se amarró al pescuezo una toalla percudida a manera de servilleta, las cuatro mujeres se apoderaron de los fusiles, encañonaron a los sorprendidos policías y los metieron a empujones entre la primera celda que se encuentra a la entrada de la comisaría.

– ¡¿Qué hacen estas hijueputas?! ¿Están locas? –gritó el sargento– ¡Se van a arrepentir!

Ninguna respondió

Una vez aseguraron a los policías bajo llave, ingresaron raudas al área de las celdas, en el fondo de la casona.

Naúl y José María quedaron boquiabiertos ante esa visión surrealista. Cuatro ángeles empapados habían caído del cielo, armados hasta los dientes.

– Maestro, le suplico me aplique una bofetada porque creo que esta fiebre me tiene delirando.

– Señoritas, ¿a qué se debe el placer de verlas, recién bañadas, en estas mazmorras del tiempo de la Inquisición?

Ninguna respondió

– Perdón por esta pinta de maricas se excusó el *cuentero*– pero es que con este bochorno ya no aguantamos ni los calzoncillos.

La enorme Ébano, miró a los dos graciosos con la misma expresión de desprecio de una bacterióloga frente a una muestra coprológica.

– ¿Será que hoy tenemos visita conyugal? –preguntó Naúl.

– Chicas ¡Bienvenidas al jardín del Edén! Quítense esos vestidos empapados que se van a resfriar y pónganse cómodas.

– ¿Qué se toman?

Ahí, en ese instante, empezó la única parte dramática del rescate: los dos prisioneros de conciencia se negaron a salir

Ébano no sonrío, ni se dejó intimidar, ni permitió que la operación de evacuación fuera tema de debate. Armada con ese enorme fusil no lucía amenazadora, sino misteriosa. Con derroche de síntesis notificó a los detenidos la amenaza del atentado, insistiendo que Puerto Galeón estaba repleto de sicarios pagos, que llegaron de la cordillera con la orden de asesinarlos a ambos. Debió improvisar y exagerar para llenar los vacíos de información, pues ignoraba los detalles del complot.

El par de irresponsables abrieron los ojos fingiendo enorme sorpresa y en seguida se revolcaron de la risa con la historia.

– Ébano, mi pichona, aquí estamos chapaleando en un dilema moral: ansiamos la libertad, pero vivimos tan cómodos entre este jardín de flores que nos da física pereza fugarnos –exclamó Naúl.

– De este paraíso nadie nos mueve –complementó el *cuentero*.

– O salimos, como entramos, con alfombra roja y en hombros de la autoridad, o nos negamos a abandonar este Edén.

Los 90 segundos del debate concluyeron cuando se escuchó el

chasquido metálico del cerrojo. Ébano, cargó el fusil, y entonces todos quedaron paralizados por la sorpresa.

– ¡Les voy a demostrar que esto va en serio!

Subió los brazos, se acomodó la culata en el hombro, cerró los ojos y ¡¡¡CATAPLUM!!! El retroceso del arma la hizo trastabillar. El totazo aún retumbaba en la comisaría y el olor de la pólvora se sintió en el recinto, cuando los presentes ya se sintieron notificados que la mierda era en serio. Como si fuera necesario comprobar la severidad del anuncio, Naúl y el cuentero coincidieron en mirar la nevada ingrávida de cal y arena que empezó a caer del agujero abierto en el cielo raso.

– ¡¡¡Oigan!!! ¡No sean irresponsables! ¡No los vayan a matar! –se escuchó a lo lejos la voz del sargento de guardia– yo estoy respondiendo por las vidas de esos extranjeros detenidos.

– O salen caminando, o los saco alzados –gritó Ébano, al tiempo que accionó el cerrojo, expulsó una vainilla y colocó otro proyectil en la recámara. Como transcurrieron cinco segundos sin respuesta, subió el arma al hombro y ¡¡¡CATAPLUM!!! volvió a disparar hacia el techo, trastabillando de nuevo.

¡Qué aturdimiento! Esta vez se coló un chorrito de agua por el nuevo agujero, mientras la máscara del pánico descendió sobre el rostro pálido de ambos detenidos.

– Maestro, a juzgar por ese segundo totazo, creo que esta mierda va en serio –susurró Naúl.

– ¡Esto no es un juego! ¡Vístanse ya!

En los siguientes segundos estallaron afuera dos relámpagos que iluminaron la comisaría y en seguida todos quedaron aturdidos con el impresionante retumbo. Las dos violencias, la de la naturaleza y la de los hombres se acababan de desencadenar de manera simultánea.

Ébano lucía transmutada. Los nervios le hacían temblar las pantorrillas y los labios, pero la mujer, decidida a no dejarse notar el culillo, de nuevo accionó los cuatro tiempos del cerrojo metálico. , y ¡¡¡CATAPLUM!!! volvió a disparar hacia el techo.

El ruido era ensordecedor. Aullaba el viento afuera y gritaban los policías desde los calabozos de la entrada. Los muros y ventanas recibían el impacto de tejas, basura y ramas. Ébano impartía órdenes a voz en cuello. La luz titilaba, se cortaba y, en seguida retornaba entre chisporroteos. Los detenidos corrían de un lado al otro en el fútil intento de definir qué libros valía la pena salvar del diluvio universal. Entre el fragor de semejante caos, José María fue testigo de un milagro: Naúl hincó una rodilla, cerró los ojos un instante y se persignó lento, como si estuviera leyendo en la última circunvolución de su memoria, las instrucciones del Catecismo: «de arrriba hacia abajo y desde el hombro izquierdo hasta el derecho».

– Naúl ¿qué pasa?

– Maestro, acabó de percatarme que Bakunin está equivocado: ¡Dios existe!

El fugaz diálogo apologético lo cortó un berrido ronco de Ébano.

– Esta maricada se acabó. En sesenta segundos nos largamos. El que oponga resistencia le pego un tiro. Empiezo a contar… *sesenta… cincuenta y nueve… cincuenta y ocho…*

– ¡Naúl! Mantén todo bajo control.

– Tengo todo bajo control, menos mi «par de opuestos y complementarios» que tiritan de culillo.

Naúl aceptó salir, pero se negó a enfundarse entre el vestido de paño.

– Con ese traje de oficinista me parezco al Chaplin.

Por eso a nadie le importó que saliera a la calle en calzoncillos, arropado por la bandera de Uruguay.

El cuentero apareció de blanco inmaculado, con su barba entrecana de cinco días, los cabellos en desorden y una actitud de «*bon vivant*», como demostrando que era capaz de disfrutar –en toda su intensidad– hasta de la exótica fuga de una cárcel de mierda. De súbito, dijo «perdón», y regresó corriendo a su celda, para buscar entre su perfumado paraíso terrenal una violeta… que se acomodó en el ojal de la solapa.

Ébano impartió ordenes precisas. A toda prisa cortaron los teléfonos, apagaron la luz y para velar por la buena nutrición de los cuatro policías, les dejó al alcance de sus manos la olla de sancocho con los tres sábalos. Cerraron con llave la puerta de la comisaría, y ya en la calle Ébano le ordenó a las chicas arrojar los cuatro fusiles entre los matorrales.

– ¿Ébano no llevas el fusil? –la increpó el *cuentero*.

– Nunca en mi vida cargué un puto fierro tan ruidoso y pesado. Estaba cagada del susto. Jamás antes, disparé un arma.

El fragor del temporal continuaba arrasando con todo. Las bandas enloquecidas de viento derribaron los árboles más frondosos y la calle era una corriente furiosa, que amenazaba con meterse entre las casas.

Ébano se acurrucó contra un muro para proteger el aviso de «Se Busca» y consultar las instrucciones para evacuar al 1 y 2.

– En esta esquina nos abrimos –gritó.

La luz del alumbrado público parpadeó por instantes y el estallido de un transformador anunció el ingreso definitivo al reino de las tinieblas.

– El «*uno*» va con ustedes y se embarca en el bote seis –gritó Ébano–. Del «*dos*» nos encargamos Etelvina y yo. Infórmele a Teresa que nos fuimos derecho por la avenida del Centenario, a buscar salida por el lado de la muralla. En media hora coronamos la playa del Cascajal.

– ¡¡Corran!! ¡Corran! ¡Corran!

Antes de desaparecer –en direcciones opuestas– entre la vorágine de ráfagas de viento enloquecidas, el *cuentero* fue testigo de la repetición del milagro: Naúl elevó sus ojos hacia el firmamento y se persignó con devoción.

Pensándolo bien, esta historia hubiese tenido un final diferente si Ébano, hubiese cargado esa noche «*su*» fusil.

A las siete en punto, cuando los pobladores de Puerto Galeón estaban enclaustrados en sus casas, conmocionados por la tempestad y a merced de la incertidumbre, los asesinos se escurrieron por las desiertas calles del casco viejo, lista de verificación en mano, en busca de sus blancos: Naúl, el cuentero y los otros veinte miembros de la tertulia.

El Puerto se encontraba en máxima alerta para resistir la furia de la naturaleza, pero nadie se preparó para la rampante violencia que empezó a ejecutar –de manera fría y sistemática– el grupo criminal. Al sobrecogedor ulular que notificó el arribo de los primeros ventarrones, lo siguió el estruendo de las primeras casas desentejadas. En medio del desorden se escuchaban alaridos y oraciones. Avisos, basura, tejas, gruesas ramas y postes empezaron a volar enloquecidos para estrellarse contra fachadas y ventanas. Nadie sospechó que algunos de esos estruendos fueron causados por disparos de fusiles de calibre respetable, explosiones con dinamita y estallidos de botellas incendiarias cargadas con gasolina.

El primer objetivo de los criminales fue penetrar –con el máximo de violencia– en el local de la tertulia. Allá en la bodega se encontraba el turco Badel. El patriarca le temía menos a los vendavales y más al pillaje que se desata después de un huracán. Sus bodegas repletas de mercancía resultaban muy atractivas para los saqueadores. Por esa razón hacía presencia en su negocio. Despachó para sus casas a los veintitantos empleados que allí laboraban, se atrincheró detrás de una caja de whiskey y si se armó fue de paciencia, dos cajas de puros y un par de jovencitas –de calibres 18 y 21– que le susurraban al viejo zorro, una enciclopedia de porquerías eróticas. La explosión de la dinamita que arrasó con la enorme puerta metálica de la bodega debió congelar de pánico al turco, lo cierto es que los acribillaron a sangre fría, y de inmediato regaron con gasolina las oficinas, la carga y la «*peligrosa*» biblioteca, donde se alineaba el millar de libros que los miembros de la tertulia se robaron sin vergüenza, de la librería de Paco «El Gallego».

Disparos y explosiones resultaron tan coordinados con truenos y relámpagos, que al inicio, nadie se percató de la diferencia. En esos momentos de aturdimiento se perdió la línea que marca la frontera entre la acción devastadora de la naturaleza y la acción perversa del hombre.

¡Qué caos! Los pocos testigos que se percataron de las explosiones y disparos corrieron desbocados a buscar abrigo, pero en segundos, cuando las dos catástrofes se combinaron, aceptaron su suerte. No había salvación. Ni correr valía la pena.

Naúl creyó que lo iban a conducir a su casa, pero por fortuna no fue así. Minutos antes tres criminales volaron con dinamita el portón rojo marcado con el 610 en la Calle del Alférez Mayor y luego recorrieron la casa gritando «¡Ojeda no se esconda! ¡Salga y le perdonamos la vida!» Como nadie respondió, regaron con gasolina las dos plantas y le prendieron fuego a la vieja casona.

– ¿Qué es ésta mierda de enredo? ¿Dónde está el 21?

Al número 21 que corresponde al capitán Carrizosa, no lo encontraron en su casa. Dicen que lo vieron por última vez en la *marina*. Maniobraba su velero rumbo a los manglares donde tenía planes de anclarlo.

– ¿Y están seguras que éste es el número 22?

– Sí, claro, es Manuel Celaya.

– Pero no se parece en nada a la foto de este diario.

El gordo Celaya lucía irreconocible. Presentada una herida sobre la frente, raspaduras en la mandíbula y no podía mantenerse de pie. Estaba empapado, exhausto, descalzo y en ropa interior. Como no exhibía su tradicional Montecristo #2 entre la trompa y sus anteojos los perdió durante la tremolina, parecía un ser acabado de desembarcar de otra galaxia.

– Nos tocó luchar a brazo partido para traerlo. Se negó a abandonar su casa, y nos tocó evacuarlo a la fuerza. Por esa razón podría lucir un pirriquitín desportillado.

A lo lejos, numerosos incendios abrazaban a Puerto Galeón. Las llamas alimentadas por la gasolina mantenían una patética confrontación contra los ventarrones. Por momentos, el temporal parecía ganarle la batalla a los incendios, pero en el siguiente suspiro, animaba a las llamas para que saltaran a las manzanas vecinas.

Desde la playa se contemplaba una suerte de volcán en erupción, que teñía de carmín y amarillo la oscuridad de espanto.

57

Se ha podido perder...

Cuando lo trajeron a la orilla, el cadáver exhibía esos ojos tristes que le pintan a cualquier *San Sebastián*. Yacía sobre el fondo del bote, de cara al sol y de espaldas al mundo, consumido entre un océano de pétalos blancos.

Los dos pescadores descubrieron la lancha a la deriva. Se deslizaba en dirección a esa medialuna donde se confunden el horizonte y las aguas internacionales, animada por los vientos alisios del sureste y el reflujo de la marea.

No apareció señal que sugiriera violencia, a excepción de una pequeña mancha encarnada que insinuaba el botón de un clavel, prendido a la solapa de su impecable chaqueta blanca.

El médico patólogo –desprovisto de sensibilidad poética– interpretó la huella del clavel como *«orificio de entrada»*.

– Cuatro días después del paso del huracán regresábamos a faenar cuando vimos el bote –repetía en nerviosa letanía el asustado pescador, como si tuviera que explicar por qué razón, en cambio de arribar con caracoles, langostas, bonitos y otros frutos del mar, retornaron a la playa con el extraño más maravilloso que alguna vez se aventuró a pisar los adoquines de Puerto Galeón.

– Se ha podido perder para siempre –le hizo la segunda el otro boga.

La piel del par de pescadores era una suerte de pergamino, de tono aceituna, tostada al sol, testimonio de toda una vida expuesta al salitre. Los dos señalaban una y otra vez en dirección al mar– «se ha podido perder… perder… perder»– repetían monotemáticos, mientras se daban mañas para serenar la remendada vela cangreja de su bote, que se estremecía con la brisa.

Sin cita previa, sin que mediara invitación, sin que nadie las hubiese convocado, una tras otra fueron apareciendo por el horizonte de todas las esquinas, mujeres vestidas de un luto de dolor perpetuo, con sus cabezas cubiertas y sus caras adornadas con la palidez del desconcierto. Desfilaron silenciosas, hacia el bote, como si una fuerza sobrenatural las atrajera hacia el mismo *norte*. Descalzas, se fueron desplazando lentas por la playa, portando las sandalias en las manos, cual si la consigna fuera dejarse acariciar las pantorrillas por la espuma del mar. Se fueron acercando, en cámara lenta, con derroche de ternura, sin asomo de curiosidad, como si desde aquel primer día cuando lo introdujeron entre el regazo de sus afectos presintieran que ese ser tan maravilloso no podía durar mucho tiempo. Ninguna dio gritos de alarma ni nadie corrió. Se acercaban al bote, contemplaban al *cuentero* un instante, sin una pizca de curiosidad morbosa, como si no lo creyeran, alimentando la lejana esperanza que esto fuera otro de sus soberbios actos de ilusionismo, y, como si para activar la magia fuera necesario invocar a Dios, lo empezaron a regar con bendiciones.

Se imaginaron que partió etéreo, con sus manos repletas de versos clandestinos y metáforas inéditas, desgranando sobre Puerto Galeón sus promesas de volver.

La noticia se regó por Puerto Galeón segundos después que las campanas de la catedral se enloquecieron con el toque a rebato.

Detrás de las mujeres aparecieron, al pasitrote, los hombres de Puerto Galeón. Algunos lucían desencajados y parecían contener una rabia sorda contra la vida misma. Otros dejaron que las lágrimas corrieran sin prejuicio, como si pretendieran demostrar que cuando los machos lloran, lloran de a de veras. Ese acto público de expiación, en medio del silencio, conmovió a todos.

Antes de quince minutos el lugar lucía repleto. Los estudiantes del Liceo Alemán. Las mujeres del mercado. Los trabajadores del puerto. La burocracia municipal de Puerto Galeón. Los empleados de la Capitanía. Vendedores ambulantes. Lancheros y pescadores. Amanecidos. Soñadores. Víctimas del insomnio. Los vagos de siempre, las putas de nunca y los correveidiles.

De súbito, a lo lejos, se dibujó la silueta del capitán Coscarelli. Se desplazaba hacia la playa con ese trote caótico, como de dromedario espantado, escoltado por el turno de siete policías de la estación que blandían −en actitud de ¡a la carga!− sus amenazantes bolillos. El enorme vientre cervecero que el capitán había cultivado durante los últimos veinte años se sacudía frenético, sin la menor coordinación con la pistola Browning que, colgada de su cinturón universal, bailaba encabritada.

Oliéndose la aparición del anticristo, la mitad de los curiosos corrió en estampida en dirección contraria a la de la autoridad competente − por elemental instinto de supervivencia− pues conocían la costumbre de los policías de enredar en la investigación, de manera sumaria y sin derecho a protesta, al más lento y huevón de los curiosos.

Una vez se extinguieron las fumarolas que señalaron durante muchas semanas el corazón de las manzanas incendiadas, la brisa marina asumió la tarea de espantar de entre las ruinas el polvo acumulado, más no las imágenes de la tragedia que continuaron −ahí− vivas, en la memoria de los testigos.

Con el transcurrir de los días, el cielo limpio y el sol radiante sugirieron el retorno al paraíso. Pero los esqueletos de las edificaciones, el tizne indeleble que dejaron las lenguas de fuego y el olor a chamusquina notificaron con crueldad, que Puerto Galeón continuaba de duelo, vestido con esa túnica rústica de los penitentes que suele estar cubierta de cenizas.

EPÍLOGO

Treinta años más un día después...

Treinta años y un día después, la estación «*Voces de Puerto Galeón*» reanuda su acostumbrado programa matutino.

«Señoras y señores, amables oyentes de ésta su emisora QBYX, «Ondas de Puerto Galeón», ajusten sus relojes. Son las cuatro en punto de un amanecer preñado de remembranzas. Luego de casi 23 horas de mutismo absoluto, huérfanos de palabras, indigestos de silencios, echando de menos la insustituible compañía de la radio, retornamos con nuestra música y nuestra cháchara, con nuestras radionovelas y nuestros noticieros, con «la hora a la hora» y nuestros servicios sociales, para nutrir con sonidos la imaginación de nuestros radioescuchas. Para el homenaje que en las pasadas horas le rendimos al último *cuentero*, no podríamos contar con mejor telón de fondo que el *silencio*. Gracias por participar con su curiosidad y su paciencia en esta ofrenda. Antes de pasar a unos anuncios comerciales, les pido que no se muevan de este dial, porque en tres instantes vuelvo, con el mismo cuento de nunca acabar. Transmite su emisora QBYX , «Ondas de Puerto Galeón», y les habla, a esta hora, como todas las madrugadas, su locutor y amigo: Juanchi Valle Zuleta, hijo del amor, entre José María Valle, el legendario *cuentero,* y Valentina Zuleta...»

(Se escucha cortina musical que identifica la emisora)

LA PLACA

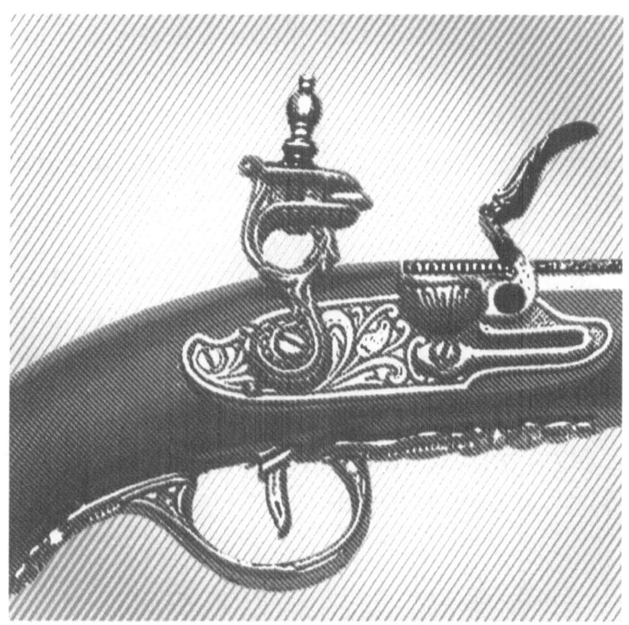

El siguiente sábado, casi un millar de fieles radioescuchas de su emisora «Ondas de Puerto Galeón», armados con sombrillas, condumio, gafas para el sol y cantinas con agua de tamarindo, partieron en peregrinación hacia la olvidada playa de «Coco Loco», lugar donde en tiempos idos ocurrió un evento que partió en dos la historia de Puerto Galeón.

Durante tres meses, un grupo de historiadores y estudiantes –con vocación de arqueólogos– exploraron la vasta playa con el propósito de localizar la roca, sobre la cual –según cuentan los abuelos– está adosada la pequeña placa metálica.

La roca coralina, sobresale apenas 50 centímetros del suelo, y la hallaron por casualidad. Estaba cubierta de caracolillo, salitre y mierda de gaviota petrificada. Quizás para desalentar a los ladrones, anclaron la placa al planeta, mediante cuatro largos espigos de bronce. Los voluntarios limpiaron la maleza, restregaron la roca con cepillos de acero y, al final, consiguieron sacarle brillo a la placa, gracias a la fórmula milagrosa preparada en «Su Botica de la Esquina» –«solución de vinagre, bicarbonato, alcohol y pimentón»– pócima detergente que hizo posible el milagro de resucitar esta historia.

Esa misma noche, «Ondas de Puerto Galeón» emitió un «flash» informativo:

¡Atención! En directo desde la playa de "Coco Loco". La placa recuperó su brillo original. Escuchen el texto que allí aparece:

«La madrugada de un 26 de septiembre se enfrentaron a muerte, aquí, en esta playa, dos valerosos caballeros, uno de nacionalidad uruguaya y el otro italiano.

Ellos protagonizaron el último duelo por honor que se recuerda en la República.

Esta placa conmemorativa fue posible, gracias al patrocinio comercial de «Anacín», que al dolor le pone fin.»

LA BANDERA

Para rememorar los 30 años del paso del huracán, «El Caribe Ti-mes» —«el diario más antiguo de Puerto Galeón, decano de la prensa en el Caribe»— publicó una extensa crónica en la que se menciona:

«…entre un cofre metálico que se halló entre las ruinas de la incendiada casona del 610 de la Calle del Alférez Mayor, apareció una bandera blanca, sin estrenar, blasonada con la imagen de un cucarrón estiercolero. La *doble* mancha negra –de corte alquímico y esotérico– que aparece grabada sobre la tela blanca, corresponde a la silueta del escarabajo sagrado que se venera en el lago sagrado del Templo de Karnak y coincide con el sello imperial de Thutmosis III, faraón que reinara en el antiguo Egipto, 1.500 años antes de Cristo. Dicen que dicho símbolo fue adoptado por un grupo de veintiún prestantes intelectuales de Puerto Galeón, quienes en estado de temporal demencia alcohólica se organizaron en una gran logia masona o Rosacruz, convencidos que el escarabajo sagrado era el talismán que les garantizaría su resurrección y la vida eterna. Los veintiún iniciados en esa orden fraternal conspiraron en secreto contra el gobierno y otras instituciones de la República, razón para que fueran excomulgados por la Santa Madre Iglesia y perseguidos por la justicia, al quedar incursos en los delitos de crimen organizado y… *concierto para delinquir…*»

NOTA DEL EDITOR

A los sesenta años del paso del huracán, aún abrigamos la esperanza de hallar con vida al protagonista de esta historia.

Si alguien conoce alguna pista sobre el destino de Naul Ojeda, o escuchó chismes sobre su paso por algún puerto, ciudad o pago remoto, o posee evidencias de que por fin arribó a Martinica o a Cuba, o si usted sospecha ser uno de los hijos que el artista dejó a su paso por diferentes países y está interesado en someterse –gratis– a una prueba de ADN, o si posee algún grabado o escultura cinética de su autoría, póngase en contacto –de inmediato– con la siguiente dirección virtual:

www.facebook.com/NovelaConciertoParaDelinquir

Otras obras del Autor

NOVELAS

Viva el Obispo ¡Carajo!

Concierto para Delinquir

El niño que me perdonó la vida

Abril nace en Enero

SÁTIRA

¿A qué huele el Humor?

HUMOR GRÁFICO

Cartoons de un Fulano de Tal

CRÓNICA HISTORICA

Setenta años de historia detenidos en El Tiempo

La Historia de los 293 Juegos Olímpicos Antiguos

POESÍA

Alfabeto - Poemas de la A a la Z